この銀盤を君と跳ぶ

either
lion or fairy
remains on the ice.

syun ayasaki

綾崎 隼

角川書店

この銀盤を君と跳ぶ

目次

人物紹介

江藤《えとう》　朋香《ともか》
振付師

京本《きようもと》　瑠璃《るり》
選手

京本　豊《ゆたか》
瑠璃の父

京本　三枝《みえ》
瑠璃の母

滝川《たきがわ》　泉美《いずみ》
選手

滝川　六郎太《ろくろうた》
泉美の父

雛森《ひなもり》　ひばり
選手

雛森　國雪《くにゆき》
ひばりの兄

雛森　翔琉《かける》
ひばりの父

雛森　紫帆《しほ》
ひばりの母

加茂《かも》　瞳《ひとみ》
選手

山本《やまもと》　柊子《しゆうこ》
選手

野口《のぐち》　達明《たつあき》
新潟アイスアリーナ、経営者

阿久津《あくつ》　清子《きよこ》
KSアカデミー、コーチ

高階《たかしな》　健志郎《けんしろう》
KSアカデミー、コーチ

序　幕

連綿と続く歴史の中で、フィギュアスケーターはいつだって恣意的《しいてき》なルールに振り回されてきた。白人を有利にするために、自国の功績を誇るために、ライバル選手を蹴落《けお》とそうと、都合良くルールが変えられてきた。

日本アイス競技連盟の中でさえ、何十年も派閥争いが繰り広げられている。スピードスケート、ショートトラック、フィギュアスケート、カーリング、四種類のアマチュア競技を一つの組織が統轄しているから、すぐに話がこじれてしまう。集客と集金が可能なのはフィギュアスケートなのに、主要な役員をスピードスケート出身者が占めているせいで、常に俺たちが理不尽な予算配分の犠牲者になる。

組織の運営は、筋力を鍛えたアスリートではなく、経験を積んだその道のプロに任せるべきだ。分をわきまえない競技のレジェンドが発言力を持つから、組織が腐敗していく。素人が指揮を執り、問題が発生しないはずがないのだ。

だから、俺はとっくに諦《あきら》めていた。考えるだけ、嘆くだけ、時間の無駄だ。自分に出来るやり方で、現役選手をサポートしていけば良い。ずっと、そんな風に考えて生きてきた。

俺、野口達明《のぐちたつあき》は、競技生活を引退した後、故郷である新潟市にスケートリンクを誘致し、経営者として選手たちを見守ってきた。才能ある若者を応援し、時には採算を度外視してサポートする。それが自分の使命と信じてきたし、もう二度と迷わないつもりだった。

しかし、今シーズンほど痛切に、連盟が制定した規定に怒りを感じたことはない。

競技の最大の華、女子シングルの表彰台を、ロシアの少女たちが独占し続けて十余年。

世界と正面から戦える天才が、ようやくこの国に現れたのに。

文字通り、歴史上最高のスケーターかもしれない少女が二人も誕生したのに。


県内最大級のコンベンションセンター、その特設リンクで、昨日から全日本フィギュアスケート選手権の実競技が始まった。二ヵ月後に開幕する新潟オリンピックの代表枠を決める、四年間で最も意味を持つ国内大会だ。

一九七二年の札幌《さっぽろ》オリンピック、一九九八年の長野オリンピックを経て、三十二年振りの日本開催が決まった第二十六回冬季オリンピックだが、ホスト都市の決定までには、把握し切れないほどの紆余《うよ》曲折があった。

当初、国内で立候補していたのは、五十八年振りの開催を目指した札幌である。しかし、二〇二〇年東京オリンピックの汚職問題が引き金となり、招致活動は選定を目前に停止となった。

その後、有力候補であったバンクーバーやソルトレイクシティなども次々と辞退を表明し、通常、七年前に決定するホスト都市が、まさかの候補地ゼロという事態になった。

そして、最終的に白羽の矢が立った都市が、ここ、雪国の新潟だった。

世界的な温暖化が進行する中でも、十分な降雪が見込めること。世界有数の良質なパウダースノーで知られていること。数々の理由が挙げられていたが、要は泥に塗《まみ》れた東京オリンピックの負の記憶を、同じ国内で、今度こそクリーンな形で成功させることで、清算しようということなのだろう。


二〇二九年、十二月二十一日、金曜日。午後四時五分。

ペアのショートプログラムが終わり、整氷が始まったタイミングで、

「野口。気を遣ってもらって悪かったな」

頭上から低い声が届き、隣の席に一人の男が腰を下ろした。

「初めて、お前に感謝された気がするよ」

「言葉にしていなかっただけさ。元気そうじゃないか」

「幸いにして身体だけはな」

深く被《かぶ》った帽子とマスクで顔を隠しているこいつは、雛森翔琉《ひなもりかける》。

知り合って三十年以上が経つ、同世代の元フィギュアスケーターである。

「相変わらず一番人気は加茂瞳《かもひとみ》か」

まだ選手が登場もしていないのに、観客席の至る所で、女王の応援グッズが掲げられている。

「十五年間、この光景は一度も変わらなかったな。お前は鼻高々だろうが」

「今年に限っては、そうでもないさ。このシチュエーションは瞳にとっても悲劇だよ」

本日の実施競技はペアと女子シングル、それぞれのショートプログラムである。

この全日本選手権は、オリンピックに出場する選手を決める、最後の舞台だ。

ただ、瞳は既に二枚しかない切符の一枚を獲得している。

娘のような存在である瞳が、もう一度、夢の舞台に挑戦出来ることは素直に嬉《うれ》しい。

現役を終える最後の瞬間まで、心から応援したいとも思っている。だが、本音を言えば、

「オリンピックに派遣されるべき選手は、京本瑠璃《きょうもとるり》と雛森《ひなもり》ひばりだ」

現在の瞳は、世界ランキングで十傑にも入っていない。今シーズンのグランプリファイナルで表彰台に上がれたのも、直前に発覚したドーピング問題が引き金となり、ロシア勢が欠場したからに過ぎない。そして、言い方は悪いが、そのせいで、こんな事態が起きてしまった。

「どちらも十九歳だ。ピークは今年じゃないかもしれないが、少なくとも四年後は同じ演技が出来ない」

ソチ、平昌《ピョンチャン》、北京《ペキン》、ミラノ・コルティナダンペッツォ、四大会連続で、女子シングルを制したのはロシアだった。前回のオリンピックでは、金銀銅すべてのメダルが彼女たちのものになっていた。

他国の選手が勝てない理由は単純である。得点が大幅に加算される四回転ジャンプを、ロシアの女子選手たちだけが複数回跳んでくるからだ。そこにコンビネーションジャンプが絡んで、出来栄え点《GOE》まで加算されると、最早《もはや》、勝負にもならない。

とはいえ日本にも二十四年振りに金メダルを獲得出来る可能性を秘めた少女が現れた。

それも、二人も同時に現れたというのに。

「そもそも加茂がいなければ、女子の派遣選手は一人だったかもしれない。あいつは自分で獲

得した枠を自分で確保した。それだけの話さ」

「だとしても、オリンピックにはベストな選手が出場するべきだ」

長くフィギュアスケート界を牽引《けんいん》してきた瞳の人気は絶大である。暗黒期をたった一人で支えてきたこともあり、熱狂的なファンも多い。

対照的に、素行が悪い二人は、昔からファンに嫌われている。それでも、間違いなく、京本瑠璃と雛森ひばりこそが、日本女子史上、最高のフィギュアスケーターだ。

しかし、この全日本選手権で勝利した一人しか、オリンピックには出場出来ない。

どれだけ願っても、誰に怒りをぶつけても、今更、規定は変わらない。

今の俺に出来ることは、ただ一つ。

この残酷な戦いの行方を、最後まで、目を開いて見届けることだけだ。

第一話

氷の獅子

二〇二九年　十二月二十一日　午前七時四分

『一つだけ、あなたの願いを何でも叶《かな》えてあげましょう』

光の向こうから柔らかな声が届いたその時、私は迷うことなく「三日間、あの子を守って下さい」と答えていた。

『たった一つの願いを他人のために使うのですか？』

訝《いぶか》しむように問われたけれど、何時間悩んだところで願いが変わるとは思えなかった。

京本瑠璃《きょうもとるり》の心を、どうか守って欲しい。

三十六歳になった今、私、江藤朋香《えとうともか》の望みはたった一つ、それだけだ。


「朋香先生。寝言を言っていましたよ」

陽光の熱を感じて覚醒《かくせい》すると、開いた襖《ふすま》の向こうから瑠璃が顔を覗《のぞ》かせていた。

「試合当日に選手より熟睡ですか。図太い神経をお持ちのようで」

首をひねり、仕事を始めていない目覚まし時計を確認する。

「まだ七時じゃない。ちゃんと眠れたの？」

「コンディション調整も出来ないような雑魚《ざこ》とは違うので」

こんな日でも、この子は朝からいつもの調子か。

世の中を見下しきった態度に呆《あき》れもするが、平常心を保つというのは、言うほど簡単なことではない。相変わらずの高飛車に、むしろ安堵《あんど》を覚えた。

全日本フィギュアスケート選手権大会、女子シングルの火蓋《ひぶた》が今日、切られる。

オリンピック派遣選手を決めるための最終選考競技会であり、今日のショートプログラムと、明後日《あさって》のフリースケーティング、その合計点で勝者が決まる。

最終滑走グループに入った瑠璃の演技開始時刻は、午後八時過ぎだ。ただ、午前中に公式練習があるため、九時にはアパートを出ようと話していた。

カーテンの隙間から、十二月の新潟とは思えないような眩《まぶ》しい光が差し込んでいる。

「今更ですけど、地元のアドバンテージって馬鹿にならないですね。大会当日に、こんなにぐっすりと眠れたのは初めてです」

畳の上に布団をまとめ、大きく伸びをする。心なしかいつもより身体が軽い。

昨晩の寝付きは悪かったが、睡眠自体はしっかりと取れたようだ。

「私もそうかも。たっぷり夢を見た気がする」

「コーチはもう少し緊張して下さいよ」

「この町に呼んでもらえたことを感謝しなきゃだね」

来年二月に開催される第二十六回冬季オリンピックの開催地は、ここ、新潟県である。

ゲレンデを使用する競技は山間《やまあい》の市町村で実施されるが、フィギュアスケートは新潟市に造られた特設会場が舞台だ。その切符をかけた全日本選手権もまた、同じ会場で実施される。

アイスリンクとスケーティングクラブを運営する野口達明《のぐちたつあき》に誘われ、私たちが新潟市に引っ越してきたのは、今から一年半前のことだ。

新潟オリンピックを見据えての決断だったわけだが、結果的に引っ越しから得られたものは想像以上に多かった。

新拠点の「新潟アイスアリーナ」は、本州日本海側で唯一となる通年営業の屋内型リンクである。三百六十五日、練習場所に事欠くことがなくなったし、こうして大切な大会当日も自宅でコンディションを整えることが出来た。

「本番も選手村に入らず自宅から通って良いんですかね」

「どうだろう。早めに確認しておこうか」

まだ出場権を得たわけではないけれど、私たちはその未来を疑っていない。

不安は鎖だ。怯《ひる》めば錆《さ》び付く。迷えば絡みつく。

積み上げてきた日々を愚直に信じて、勝負するべきだろう。


午前九時二十四分。

入場管理パスを首から下げ、関係者通用口から会場に入る。

「あ、すみません！　京本選手！」

更衣室に向かう道中、黒いシャツを着た運営スタッフに呼び止められた。

「メッセージカードが京本選手だけ未提出なんです」

瑠璃はその高圧的なオーラで相対した人間を緊張させる女である。その凍《い》てつくような目で睨《にら》まれ、スタッフの頬が引きつった。

「こちら、予備のカードです。公式練習後で構わないので、スタッフに預けて下さい」

手を伸ばそうともしない瑠璃に代わり、私が受け取る。

「この子、試合前で気が立っているので」

「はい。そうですよね。お声がけして申し訳ありません。頑張って下さい！」

「心にもないことを」

告げられた応援の言葉すら切って捨て、瑠璃は再び歩き出した。

喉《のど》まで出かかった言葉を嚙《か》み殺し、スタッフに頭を下げ、瑠璃の後を追うことにした。

ストレッチに準備運動、それから、精神の統一。

公式練習とはいえ、リンクに立たせる前にやらなければならないことが山ほどある。


午前十時五十五分。

公式練習を終えてリンクから上がってきた瑠璃は、珍しく肩で息をしていた。

もともと代謝の良いタイプではあるが、ここまで汗をかく姿は珍しい。

曲かけ練習では、三回転ルッツから三回転ループに繫《つな》げる本日最高難度のコンビネーションも難なく着氷していた。演技には何の問題もなかったが、決戦の夜に向け、昂《たか》ぶる気持ちは抑えられないということかもしれない。

「氷の感触は昨日に比べてどう？」

「随分と摑《つか》めてきました。身体も軽いです」

「印象としては、むしろルッツが回り過ぎていたかも。後で映像を見て確認しよう」

必要以上に力が入ってしまうのは、最大のライバル、雛森《ひなもり》ひばりが同じリンクで滑っていたからだろう。

雛森の演技スピードは、瑠璃に輪をかけて速い。ジャンプの飛距離や高さも一人だけ異次元である。空気を読むということを知らない子だから、ショートプログラムで禁止されている四回転ジャンプまで、練習で連発していた。

男子のトップ選手すら凌駕《りょうが》する雛森の試技を間近で見て、可哀想に何人かの選手は明らかに萎縮《いしゅく》してしまっていた。


フィギュアスケートの競技会では、リンクサイドに採点結果の発表を待つための待機スペース「キス・アンド・クライ」が設置されている。そこに選手直筆のメッセージが掲げられるようになったのは、いつからだろう。

選手の個性が垣間《かいま》見《み》えることもあり、中継ではテレビカメラによく抜かれている。

クールダウンを終えた瑠璃に、スタッフから渡されていたメッセージカードを差し出す。

「提出を忘れていたの？」

「まさか」

「じゃあ、やっぱり意図的か」

パーカを羽織った瑠璃は、続く動作でリュックに手を伸ばした。

「書かないの？」

「私にファンなんていませんから」

瑠璃は意味のない自嘲《じちょう》はしない。自らを卑下することもない。事実そうと感じているのだ。

「いるでしょ。積み上げてきた歴史に自信を持ちなさい」

「だとしても伝えたい言葉がありません」

「メッセージがないなら目標を書いたら？」

しごく真っ当なアドバイスをしたはずなのに、露骨な溜息《ためいき》をつかれてしまった。

「朋香先生が現役だったら何て書きました？」

「『表彰台に立つ』かな」

聞かれたから答えてやったのに、鼻で笑われてしまった。

「だから先生は二流だったんですよ。大会では優勝以外、考える必要ありません。伝えたいことも、言葉にすべき目標もないんだから、それは捨てて下さい」

「これは連盟が考えたメディア戦略の一つよ。咎《とが》められても面倒でしょ。何でも良いから書きなさい。とりあえず提出さえしておけば、言い訳になる」

「何でも良いんですか？」

瑠璃の顔に嫌な笑みが浮かんだ。

「私が本当に言いたいことを書いたら、絶対、テレビに映せませんよ」

「それで良いわ。運営が掲示をやめるなら、それは、もうこっちの知ったことじゃない」

「なるほど。先生もなかなか良い性格になりましたね」

「あなたの悪影響でしょ」

この子のことを最初に「氷の獅子《しし》」と呼んだのは誰だったんだろう。

その苛烈《かれつ》な性格から、瑠璃はいつしかメディアでそう評されるようになった。

皮肉も含まれている印象だが、瑠璃に限っては言い得て妙だとも思う。誰に、どんな風に評価されても、いつだって自分に確信が持てなかった私とは、何処までも対照的な人間だからだ。


現役時代の私は、可もなく不可もない選手だった。

だからだろうか。恋人ではなくフィギュアスケートを選ぶと決めた十九歳の冬。

「だとしたら脇役にしかなれない君の人生は悲惨だね」

五秒前まで恋人だった彼に、そう嫌みを吐かれてしまった。

人生が映画だったとして、主人公になれる人間など一握りしかいない。無名のスケーターが恋人よりも競技を選んだことに、彼が怒りを抱いたことも理解は出来る。

しかし、意味などなくても人は世界に生まれ落ちる。挑戦を続けることに理由などいらない。なすかなさないかではなく、やるかやらないかだ。

まだ十代だった当時の私は、本気でそう考えていた。勝てなくても、叶わなくても、届かなくても、自分のために滑り、跳び、舞うのだと信じていた。

だが、三十代も半ばを過ぎた今は、あの頃の気持ちを、確信を持って否定出来る。

今から八年前。

私たちが出会った頃、瑠璃はまだ十一歳で、私は二十八歳だった。

練習を一度見ただけで希代の天才であると分かったけれど、こんな未来は想像もしていなかった。何故なら、私は一度、瑠璃に解雇されているからだ。

そう、まだ小学生だったくせに、この子は自分の意思で、私を首にしているのである。

あの頃の私に、二人でオリンピックを目指していると教えたら、どんな顔をするだろう。

人生というのは何が起こるか分からない。

私は瑠璃が嫌いだった。本当に、本当に、嫌いだったのに。

いつの間にか私は、私たちは、同じ夢を追い、同じ道を走り出していた。

1

私、江藤朋香は、自他共に認める遅咲きのフィギュアスケーターである。

大学生になるまで国際大会には出場したことがなかった。

身体能力も平凡だし、三回転ジャンプも四種類しか跳べない。華やかな三回転《トリプル》アクセルや四回転ジャンプなんて挑戦を考えたことすらない。

それでも、体形が安定し出した頃から、芸術的側面の強い演技構成点で得点を稼げるようになった。その結果、二十三歳で初めて全日本選手権で入賞を果たすことになった。

表彰台に立つなんて夢のまた夢である。入賞程度の成績ではスポンサーもつかない。メダルをもらえるのも三位までだ。手に出来るのは賞状だけであり、賞金だって出ない。

それでも、国内で上位八人の選手になれたことが嬉《うれ》しかった。これまでの努力が、ようやく実った気がした。

競技に詳しくない人たちは、二十三歳での初入賞を遅咲きと呼ぶことに、違和感を覚えるかもしれない。しかし、フィギュアスケートは極めて選手生命の短いスポーツである。

この競技の醍醐味《だいごみ》は何と言っても華麗なジャンプだが、日本では利き足を問わず、ほとんどの選手が左足を軸に左回転で跳ぶ。そして、選手は皆、幼い頃から肉体的にも精神的にもギリギリのところでジャンプを繰り返している。怪我をしても完治するまで逆足で着氷するなんて器用なことは出来ない。必然、着氷する右足にばかり負担が蓄積し、いつかは暴発する。練習時間が増えれば増えるほど、訪れる限界も早くなる。

しかも、そこに成長の問題まで加わる。女子は第二次性徴が終わる前に、筋力が大人と同じレベルにまで発達する。スリムな体形を保ったまま、高難度ジャンプへの挑戦が可能になるが、全盛期とも言えるその期間は長く続かない。出るところが出て、所謂《いわゆる》、女性的な体形に変化すると、慣性モーメントが増大するため、回転技の難度が跳ね上がるからだ。

表現力は経験と共に上達する。ステップやスピンの技術も磨いていくことが出来る。しかし、最大の得点源であるジャンプが跳べなくなるため、十代で栄華を極めた選手も、その後はなかなか勝てなくなる。結果、女性では二十代後半の競技選手が稀《まれ》な存在になってしまう。

十代半ばで人生の絶頂を迎えた少女の人生は、ある種の悲劇だ。

天才と持て囃《はや》され、大人を蹴散《けち》らし、頂点に立った少女は、例外なくメディアやファンに持ち上げられるが、皆、すぐにままならない現実に直面し、躓《つまず》くことになる。フィギュアスケートとは、天才が天才のままでいることを許さない競技なのである。

しかし、私にはそもそもジャンプの才能がなかった。自らの器の大きさを理解し、初めから現実を受け止められていたからこそ、挫折《ざせつ》も決定的な失望も経験することなく、緩やかに成長を続けることが出来た。それが江藤朋香の波も凪もない競技人生だった。


日本女子史上最高の選手は誰かと問われたら、誰もが迷いなく「加茂瞳《かもひとみ》」と答えるだろう。学年で言えば五年、シーズン基準のスケート年齢で言えば六歳下になる彼女は、表舞台に現れた時から主役だった。

ノービス時代に全日本ジュニア選手権を連覇したことさえ、伝説の序章に過ぎない。

十三歳になり、戦いの場をジュニアに移すと、彼女は再び飛び級で、全日本選手権を制している。その勢いのまま、世界ジュニア選手権でも栄冠を手にしていた。

全日本選手権を一年目のジュニアが制するなんて、前代未聞の出来事である。

瞳の活躍はすぐに世間一般にも広まったし、翌年、前年度を遥《はる》かに上回るスコアで連覇を果たした彼女は、若くしてスケート界のプリンセスとなった。

そして、オリンピックイヤーの前年であるこの年、世論を巻き込む大論争が起きた。

オリンピックに出場するには、開催前年の七月一日までに十五歳になっている必要がある。

八月生まれの瞳は、わずか二ヵ月の差で年齢制限に引っかかったのだ。

彼女を取り巻く熱狂は、時の政治家を巻き込み、オリンピックに連れて行くための署名活動までおこなわれたが、アジア人のために規定が変わるはずもない。

全盛期、瞳は間違いなく世界一のフィギュアスケーターだった。しかし、最も脂が乗った時期にオリンピック出場が叶わず、歳を重ねるごとに、平凡な選手へと成り下がっていった。

国内では他の追随を許さない存在であり続けたが、国家政策で鍛え抜かれたロシアの少女たちには歯が立たず、世界のトップカテゴリーからは外れていった。

派遣資格を問う狂騒から四年後。

平昌《ピョンチャン》オリンピックの代表選考会を兼ねた全日本選手権で、瞳はいつものようにライバルを圧倒し、表彰台の頂点に立った。

一方、二十四歳になった私は、前年より順位を一つ落として八位となった。

オリンピック出場を夢見なかったと言えば、嘘になる。ただ、自分が持っている基礎点では、どれだけ完璧《かんぺき》に演じ切っても、どうにもならないと分かっていた。

二年続けての入賞は誇るべき成績だろう。やれるだけのことはやったはずだ。

私と瞳の間に接点はない。年齢も離れているし、私が強化選手に選ばれるようになった頃、彼女はもう国内の代表合宿には参加していなかった。全日本選手権では顔を合わせていたが、そもそも実力に差があり過ぎてライバルですらない。

瞳とは滑走グループも違ったし、認識もされていないと思っていたから、大会後に話しかけられた時は本当に驚いた。

「江藤さん。質問したいことがあるんですけど良いですか？」

賞状を受け取り、一人、寂しく帰途につこうとしていた私に、彼女は国民を虜《とりこ》にし続ける屈託のない笑顔を向けてきた。

「パンフレットを見ました。江藤さんの振付師って同じ名字ですけど、親族ですか？」

「江藤由美子《えとうゆみこ》は母親だよ」

「そうだったんですね。お母さんも選手だったんですか？」

「いや、ただのフィギュアファン。手先が器用だから衣装を作ってもらっているけどね」

「洋裁が本業なのに、振り付けも考えられるなんて凄《すご》い方ですね」

「ううん。名前を貸してもらっているだけだよ。経費を節約するために、昔から自分で演目を考えているの。でも、それを正直に書いたらジャッジに舐《な》められるでしょ」

「じゃあ、ショートも、フリーも、江藤さんがご自分で作ったプログラムなんですか？」

「もちろん。最初は大変だったけどね。さすがに十年もやっていたら慣れた」

加茂瞳の所属団体は誰もがその名を知る有名企業だ。フィギュアスケートは金食い虫と揶揄《やゆ》される競技だが、彼女のようなトップスケーターなら、金銭的な苦労とは無縁である。

「スポンサーを見つけるって大変なんだよ。私はもう諦《あきら》めた。加茂さんくらい実力があれば、逆に選べるのかもしれないけどね」

「瞳で良いです。呼び捨てにして下さい」

「じゃあ、私も朋香で良いよ」

「あの、正直に告白します。去年も、今年も、私は朋香さんの演技に一番感動しました」

「お世辞はやめて。年下の天才に褒められても、みじめになる」

私たちには天と地ほどの実力差があるから、そんなことを真顔で言われても困ってしまう。

「お世辞なんかじゃないです！」

語気を強めて否定された。

「全員の演技を見たわけじゃありません。でも、朋香さんのプログラムが一番美しかった。音楽との融合、解釈はもちろん、細部まで行き届いた振り付けが本当に」

「まあ、自分で作っているわけだし、こだわりはあるよ。ジャンプやスピンでは勝てないからね。演技構成点を稼ぐための戦い方も意識している」

私はこれまで、瞳に対して個人的な感情を抱いたことがなかった。良くも悪くもステージが違い過ぎて、嫉妬《しっと》心も羨望《せんぼう》も抱けなかったからだ。ただ、一人のアスリートとして、彼女が成し遂げてきた功績には敬意を抱いている。褒められて悪い気はしない。

「嫌な奴だって思われてしまうかもしれないけど、本音で喋《しゃべ》って良いですか？」

「誰に聞かれているわけでもないし、好きに喋ったら良いよ」

「私、子どもの頃から注目を浴びていたじゃないですか」

「ほとんどアイドルだもんね」

「ずっと、おばさんたちは早く消えろよと思っていました。競技に居座る年上の選手たちを、邪魔だと感じていました」

「随分と正直に言ったね」

「でも、素直に認めます。表現力では、あなたに敵《かな》いません」

こんなに毒を吐く子だとは知らなかった。国民の妹、笑顔も涙も絵になる優等生、加茂瞳にはそういうイメージがあるし、実際、彼女はそんなパブリックイメージを守り続けてきた。

「歳を取って、昔のように軸のぶれないジャンプが跳べなくなったんです」

「まだ十九歳になったばかりでしょ。老けたみたいなことを言うのはやめてよ」

「朋香さんの演技を見て、希望が湧きました。多分、私は四回転ジャンプを跳べません。でも、表現力はまだ磨ける。そう思えたことに感謝しています」


あの日、瞳が私に告げた言葉は、恐らく本心からのものだった。二十代になり、彼女はロシアのトップ選手たちに歯が立たなくなったが、競技生活を引退したりはしなかったからだ。

勝者の気に当てられ、私は二十代半ばにして、三回転アクセルへの挑戦を決意する。

しかし、気合いだけでどうにかなるものでもなく、結局、最後まで習得は叶わなかった。それどころか、無理をして練習を続けた結果、右膝《みぎひざ》を完全に壊してしまった。

二十五歳にして引退することになった私の名前は、すぐに忘れ去られることだろう。

それでも後悔はない。やれるだけのことはやった。凡人として登れる場所までは登り切った。

奇跡のフィギュアスケーターが、私の演技を唯一無二のものとして認めてくれたのだ。

氷上に捧《ささ》げた青春時代を、私は今でも、真実、誇りに思っている。


フィギュアスケートにおける「プロ」と「アマチュア」の定義は、言葉から受ける印象と乖《かい》離《り》している。日本アイス競技連盟に選手登録している人間を「アマチュア」と呼び、オリンピックなどの競技大会に出場出来るのは、このアマチュアだけだからだ。

では「プロ」と呼ばれるのはどんな人々かと言えば、それは競技生活を引退したアスリートたちである。連盟に引退届を出し、選手登録を解除することがプロの条件なのだ。

プロに転向した者は、アイスショーなどの興行が仕事となる。そのため、必然的にアマチュアの方が競技レベルも人気も高いという不自然な現象が生じてしまう。

引退を決めた時点で、私はまだ二十五歳だった。選択肢は無数にあったと言って良い。曲がりなりにも全日本選手権で二度の入賞を果たしているわけで、真っ先に考えたのは、プロに転向し、大好きなスケートを継続することだった。ただ、プロはアマチュア以上に人気に左右されるシビアな世界である。

知名度の低さは自覚している。有力なスケーターと懇意にしているわけでもない。スポンサーも見つけられなかった人間が、プロで生計を立てていけるとは思えなかった。だが、フィギュアスケートから離れることも考えられなかった。才能にも環境にも恵まれなかった私が、二十五歳まで選手を続けてきたのは、この競技を愛していたからだ。

悩むだけ悩んだ後で選んだ第二の人生は、「振付師」だった。

選手の指導を担うコーチは最も重要なスタッフだが、競技の特性上、大会で勝つには、技術を向上させるだけでは不十分である。選手は毎年、ショートプログラムとフリースケーティング、二つの演目を用意しなければならない。基本的には音楽から決めていくわけだけれど、ボーカルが入った楽曲も認められるようになったことで、現在はほぼ無限の選択肢がある。曲によってモチベーションも、演技の質も、大きく変わってくる。ステップシークエンス、コレオシークエンスはどうするのか。技と技を繋ぐ部分の滑りで何を見せるのか。同じ楽曲を使用していても、振り付け次第でプログラムは別物になる。

選手が独創的な舞を踊るのは、単に観客を魅了したいからじゃない。それが演技構成点に直結するからである。試合で勝ちたいなら、最新のルールを把握し、採点傾向も踏まえた上で、審査員に訴えるプログラムを作らなければならない。そして、それは誰にでも出来ることではない。求められる才能が、スケーティングの技術とは完全に別物だからだ。

そのため、「振付師」は「コーチ」と並んで重要な存在であり、大きな需要がある。

十代半ばから私はプログラムを自分で作ってきた。そして、表現力と演技構成を何よりも高く評価されてきた。

振付師を必要としている選手は沢山いるのに、一流の振付師は引っ張りだこで忙しい。何より要求報酬が高い。私は、独力で頑張るしかない選手の背中を支える振付師になろう。

それが、第二の人生の目標となった。

並々ならぬ決意を抱いて働き始めたものの、順風満帆な船出とはいかなかった。

お金を出してプログラムを作ってもらうのだから、実績のある人間に頼みたいと考えるのは自然なことだ。振付師一本で食べていくのは難しかったけれど、現役時代に所属していたリンクで子ども教室のコーチを兼務しながら、生計を立てていった。

誰もが勝利を求める世界だからこそ、確かな力があれば、必ず道は開けていく。

どんなに安い仕事でも、私より実力の劣る選手に対しても、丁寧に、誠実に、心を込めて、振り付けを作っていった。時にはスケーティングの指導もしながら、彼らのベストを引き出せるプログラムを構築していった。

振り付けはジャンプやスピンのように、一目で優劣のつくものではない。

ほとんど注目していない人間だって少なくないが、見る人が見れば違いは分かる。

幼い頃からスケートと並行してピアノを習っていたこともあり、私は音楽を譜面レベルで分析し、解釈出来る。加えて、最新のルールや採点傾向をキャッチアップする力もあった。

評判が評判を呼び、次の依頼者を連れてくる。振付師を名乗り始めて二年が経つ頃には、とうとうアルバイトなしでも生活出来るようになった。

子どもの頃に憧《あこが》れたのは、氷上で舞うプリンセスである。ここは、幼い頃に夢見た場所ではない。それでも、もしかしたら、これこそが自分の天職だったのかもしれない。いつしか、そう考えるようになっていたし、実際、それは的外れな思いでもなかった。

しかし、江藤朋香の人生が本当の意味で始まったのは、実は振付師として生きることを決意したあの日ではなかった。

二十八歳を迎えた水無月《みなづき》の候、私は、氷の獅子と出会うことになる。

2

京本豊《きようもとゆたか》の名前を初めて聞いたのは、ワイドショーの芸能ニュースだったと記憶している。

「世界で最も美しい顔100人」に選出された女優、伊藤三枝《いとうみえ》の結婚相手として、ワイドショーを賑《にぎ》わした彼は、医療ヘルスケア関連のベンチャービジネスで成功した若き社長だった。

美しい女優を妻とし、一躍、時の人となった豊は、一時期、バラエティ番組などで引っ張りだこになっていた。

出産を機に女優業をセーブするようになった三枝は、もう何年も表立った活動をしておらず、ＣＭ以外で京本グループの名前を聞くことも珍しくなった。

だから、京本三枝《きょうもとみえ》なる人物から、娘の振り付けをお願いしたいと打診された時も、依頼主があの伊藤三枝だとは考えもしなかった。契約のために自宅に招かれ、千代田《ちよだ》区の高層マンションの前に立って初めて、私は彼女が京本グループの社長と結婚したあの女優なのだと気付いた。

フィギュアスケートは路上で始められるスポーツではない。スケート靴を履かなければ氷の上に立てないわけで、どんな天才でも一歩目から縦横無尽に滑れるなんてことは絶対にない。加えて、痛みに立ち向かう勇気と、何度転んでも立ち上がる気概も必要である。

豊と三枝の娘、京本瑠璃は、現在小学五年生であり、今月、十一歳になったばかりらしい。

子どもたちが過度の練習やプレッシャーで心身を損なうことを防ぐため、各大会には年齢制限が設けられている。シーズンの初日が七月一日と定められており、六月三十日時点の年齢によって、出場出来るカテゴリーが決まるのだ。

国内で最年少の大会は、九歳以上、十歳以下の【ノービスＢ】で、次は十一歳以上、十二歳以下の【ノービスＡ】となる。その上は十三歳以上、十八歳以下の【ジュニア】で、十五歳からがオリンピックに出場出来る【シニア】となる。

後者の二つに重複期間があるのは、転向タイミングを任意で選べるからだ。

シニアとジュニアでは賞金額も大きく違う。戦える実力があるなら早々に転向した方が良いが、男子の場合、十五歳では体格や筋力の差が大きく、ほとんど勝負にならない。そのため、すぐにシニアに転向する選手の方が稀である。

逆に、女子は若くしてジャンパーとしてのピークが訪れるため、十五歳で即シニアに転向するケースも珍しくない。

京本瑠璃は初挑戦となった二年前の全日本ノービス選手権Bで、いきなり優勝しているという。去年は惜しくも準優勝に終わったらしいが、世代のトップにいることは間違いなかった。


応接間で相対した京本三枝は、これまでに会った誰よりも美しかった。

わずか一メートルの距離で向き合っても、造形が整い過ぎていて現実感がない。

隣にいる女性はマネージャーだろうか。それとも、ハウスメイドだろうか。

現役時代は綺麗《きれい》な女性たちと接する機会も多かったけれど、彼女のオーラは海外のメダリストたちより華やかだった。とてもじゃないが四十代には見えない。

「先生に振り付けをお願いするにあたっての条件です。ご希望の額に満たないようでしたら、主人と相談させて下さい」

差し出された契約書に視線を落とし、目を疑った。記されていた報酬金額が、想定よりも桁《けた》一つ多い。無名の振付師にとっては、からかわれているのかと疑うような額だった。

「率直に言って、この金額を提示出来るなら、海外のトップ振付師にも依頼出来ますよ。彼らも仕事ですから、ノービスの選手でも喜んで引き受けるはずです」

トップレベルになれば相場なんてあってないようなものだ。それでも、この金額は常識の範《はん》疇《ちゅう》を逸脱している。報酬なんて多くて困ることはないが、幾ら何でもこの額は頂けない。

「江藤先生を希望したのは娘なんです。別の先生にお願いすることは考えておりません」

「娘さんが私を指名したんですか？　すみません。何処かでお会いしていますか？」

「面識はないはずです。先生は去年、ジュニア選手権で入賞した三森亜由子《みもりあゆこ》さんの振付師をされていますよね？　瑠璃は配信で彼女の演技を見たようで、同じ方にお願いしたいと」

亜由子への振り付けは、自分としても会心の出来だった。

実際に演技を見てということであれば、気まぐれの希望ではないのかもしれない。

ただ、彼女はまだ小学五年生である。にわかには信じられない話だった。

「ご本人の希望であれば、喜んで引き受けさせて頂きます。ですが、この金額は受け取れません。三森さんと同額で担当させて下さい。コーチは個別で依頼されていますか？　それともクラブに所属している状態でしょうか？」

「個人レッスンのみです。少し前に、お願いしていたコーチとの契約を解除しました。今、新しい方を探しておりますので、江藤先生には振り付けに集中して頂けたらと」

「かしこまりました。悠長にしているとシーズンが始まってしまいます。瑠璃さんの実力を確認したら、すぐに具体的な話に入りましょう。お母様にも、彼女にも、音楽の好みや希望があると思います。まずはそちらからお聞かせ下さい」

挨拶《あいさつ》も兼ねて訪れた夜のアイスリンクは、十一歳の少女のために貸し切りとなっていた。

東京でこの規模のメインリンクを貸し切りにしようと思ったら、早朝でも三万円、深夜帯でも四万円はかかる。この時間に貸し切っていたら、数日で私の月収に届くはずだ。金に糸目をつけないとは、まさにこういう状況を指すのだろう。

広大なリンクを独占し、たった一人で滑る少女の踊りは、噂に違《たが》わぬ見事なものだった。足捌《あしさば》きにリズムがあり、インエッジの使い方も、アウトエッジへの移行も、小学生とは思えないほどに卓越している。何よりも驚かされたのは、膝のバネとジャンプ力だった。

フィギュアスケートには六種類のジャンプがあるが、最も難しいのは、唯一、前向きに踏み切るアクセルである。跳び方に特徴があり、半回転多くなるため、四回転ジャンプを跳べるような天才でも、三回転アクセルを苦手にしている選手は多い。

しかし、瑠璃はわずか十一歳にして、四回転サルコウと三回転アクセルを習得していた。高さも、回転の軸も、見惚《みと》れるほどに美しい。

この実力を大会でも発揮出来れば、ノービスでは敵無しだろう。実際の滑りを目の当たりにした今は、去年、敗れたという事実の方が信じられないくらいだった。

彼女の父、豊は、学生時代、水泳でインカレに出場していたと聞く。妻の三枝はアクションもこなせる女優であり、若い頃は時代劇の殺陣《たて》をスタントなしでこなしていた。

経済力のみならず身体能力にも恵まれている。正直、想像以上の逸材だ。

振付師に任じられた私が現れたことに気付き、暫定コーチが練習を止める。

間近で見る瑠璃は、母譲りの美しい容貌《ようぼう》をしていた。研ぎ澄まされた名刀のような気品を纏《まと》っている。

振付師を指名したのは、この少女だ。それなのに、目の前に現れた私を見ても、瑠璃は笑顔一つ見せなかった。すぐにでも練習に戻りたいのか、挨拶もおざなりなものだった。

「好きな音楽とか滑ってみたい曲はある？」

選手の雰囲気に合う曲選びも大事だが、その子の好みも同じだけ重要である。苦しい時、負けそうな時に気持ちを押してくれるのは、音楽だからだ。

「ない。私が一番美しく見える曲を、あなたが選んで」

そっけない即答が返ってきた。

「じゃあ、曲はコーチとも相談して……」

「相談なんてしなくて良い。それぞれの仕事をして。自分のセンスに自信がないの？」

何か癇《かん》に障ることを言ってしまったのだろうか。

ほとんど喧嘩《けんか》腰《ごし》にも見える態度で、瑠璃はそう吐き捨てた。

「分かった。じゃあ、今日の練習を見て、私が曲を選ぶね。滑ってみて、もしもピンとこなければ変えても良いから」

しごく当然の提案を告げると、少女の顔に小馬鹿にするような笑みが浮かんだ。

「あのさ。ろくでもない曲を選んできた振付師に、次があると思っているの？　おばさんと違って、こっちは時間がないの。センスを見せられないなら消えて」

吐き捨てるように告げ、瑠璃はそのまま氷の上に戻っていった。

思わず目を合わせてしまったコーチの顔に、苦笑いが浮かぶ。

「あの子、僕にもあんな感じなので、江藤先生もあまりお気になさらず」

「正直、面食らいました。何というか、あの子、本当に小学生ですか？」

「はい。今月、十一歳になったばかりの小学五年生で間違いありません」

京本瑠璃はあらゆる意味で想像の範疇を逸脱した少女だった。

一流のフィギュアスケーターを目指すために、必要な能力は沢山ある。中でも重要なのは、勇気と痛みへの耐性だ。高難度ジャンプの習得を願うなら、何度転んでも、怪我をしても、挑戦し続けなければならない。

瑠璃は痛みに抜群に強い選手だった。弱音を吐いたら死ぬとでも思っているのか、練習でどれだけ失敗しても、絶対に弱気な姿を見せなかった。

三枝は人当たりの良い女性である。いつ会っても穏やかで、有名人であることを鼻にかける素振りもない。対照的に、その娘は実に「傲慢《ごうまん》」な少女だった。小学生にはおよそ相応《ふさわ》しくない言葉だが、彼女は常に周囲を見下しており、誰にも反論を許さない。

去年、ノービスBの大会で優勝を逃した時、瑠璃は当時のコーチをその場で首にしたらしい。後任となった男も四ヵ月で解雇されており、新しいコーチが決まったのは三日前のことだ。

京本家には掃いて捨てるほどの金があるから、娘の我《わ》が儘《まま》一つで、コーチも振付師も首に出来る。しかし、だからと言って、あんな態度を野放しにして良いはずがない。

アスリートたるもの品行方正であるべきだ。そこまでのことは言わない。だが、肥大した自己顕示欲はいつか身を滅ぼす。成功を望むなら、この子は謙虚さを覚えるべきである。

「今月、十一歳になったって聞いたよ。だとすると、あなたの目標はミラノで……」

練習後の瑠璃に話しかけると、再び、あの高慢な笑みを目にすることになった。

「気付いたんだ。私は次のオリンピックイヤーを十五歳で迎える。最高の年齢で氷上に立つんだから結果は分かるでしょ？　世界中の人間が、金メダルを取った私にひれ伏すのよ」

3

十一歳の少女にとって最大の目標は、全日本フィギュアスケートノービス選手権大会だ。今季から瑠璃のカテゴリーは一つ上がり、ノービスAになる。

十月。並々ならぬ気合いで挑んだその大会を、瑠璃は圧倒的なスコアで制した。

表彰台に立った選手は、翌月、全日本ジュニア選手権への推薦出場が可能となる。

次のライバルは十三歳から十八歳の選手だ。滑走時間の差もさることながら、最大の違いは二つのプログラムが必要になることだろう。ノービスはフリースケーティングのみで勝負が決まるが、ジュニア大会からはショートプログラムも滑ることになる。

瑠璃はシーズン当初から、ジュニア選手権にも出場するつもりで準備を進めていた。

挑戦中の四回転トウループも組み込んで頂点を狙おうとする瑠璃に対し、しかし、コーチは怪我の心配があるからと無理をさせなかった。それは、しごく真っ当な指導だったけれど、何しろ常識の通じる相手ではない。

四回転ジャンプの習得に固執する瑠璃とぶつかったコーチは、結局、大会の二週間前に解任されることになった。

瑠璃は普段から見ているこちらが心配になるほど根を詰めて練習する。コーチが不在でもそれは変わらず、次の指導者が見つかるまでの短い期間に、悲劇は起こった。空中姿勢の改善に取り組んでいた際、着地に失敗し、足首を捻挫《ねんざ》してしまったのだ。

結果、目標だった大会を欠場することになり、治療のために、シーズン後半戦も棒に振ることになってしまった。その上、復帰後は練習を制限されるのがむかつくという理由で、再び新しいコーチを首にしていた。

固い氷の上で演技をする以上、怪我は避けられない。優秀なコーチだからこそ、選手の負担を考慮して練習を制限するわけだけれど、痛みに耐性があり、自らを天才と信じる瑠璃は妥協を嫌う。結果、ぶつかるし、感情的にコーチを首にしてしまう。

それでも、私の選曲と振り付けは気に入ってもらえたようで、新シーズンも前年度を上回る好条件で雇用契約が結ばれることになった。


フィギュアスケートの世界は華やかだが、その実、とても狭い。悪評なんてすぐに広まる。実力は群を抜いているものの、人間性に問題があり、コーチを頻繁に解雇する小学生がいるという話は、界隈《かいわい》で既に有名な噂となっていた。

京本家が提示する額は、相場よりも圧倒的に高い。しかし、それでもなお、新しいコーチはなかなか決まらなかった。

そのまま新年度が始まり、次の指導者が見つかるまで、一時的にコーチを兼任して欲しいと三枝に頭を下げられた。

「尊敬している朋香先生の言葉であれば、瑠璃も少しは話を聞くと思うんです」

「私は独身ですし、人様の子育てに口を出せるような人間でもありません。ただ、これだけは言わせて下さい。選手として大成したいなら、瑠璃さんは謙虚さを学ぶべきです。そして、それを教えられるのは三枝さんしかいません」

出過ぎた真似はしない方が良いと分かっていたが、この親子のことを思えばこそ、言わないわけにはいかなかった。腹を立てられることも覚悟の上で伝えると、三枝は泣きそうな顔で黙ってしまった。

人には得手不得手がある。三枝は人格者だが、親としてはその優しさが裏目に出ている。

彼女は娘を叱ることが出来ず、野放図な振る舞いを今日まで許し続けてしまった。

「新しいコーチが決まるまで、兼任するのは構いません。ただ、どうか彼女のために覚えておいて下さい。このままでは、あの子は演技以外の理由で駄目になってしまいます」

あの後、三枝は娘の言動を指導したのだろうか。

答えは分からない。少なくとも私が見る限り、瑠璃の態度が変わることはなかった。

それでも、一時的に練習の監督をするようになったことで、彼女が口先だけの少女ではないことを、改めて認識出来た。その練習量も、自発性も、小学生のそれとは思えない。

他人にも厳しいが、自分にも極めて厳しい。それが京本瑠璃の本質だった。

五月も終わろうかという頃、ようやく新しいコーチが決まった。

将来有望な若手とはいえ、瑠璃はまだノービスの選手である。一体どれほどのお金を積んだら、これほどのコーチを雇えるのだろう。

次の指導者は、何人ものオリンピアンを育てたロシア人だった。

もう何年も国際大会では女子シングルの頂点をロシアに独占されている。

目下、高難度ジャンプの習得に躍起になっている瑠璃にとっては、理想的な指導者と言えるはずだ。偉大なコーチの下で研鑽《けんさん》を積めば、宣言通り、ミラノでは遥か高みへと羽ばたけるかもしれない。そう本気で期待せざるを得ない契約だったわけだが……。

瑠璃が十二歳になったこの年、一つの大事件が起きた。

フィギュアスケートに限らず、芸術競技は様々な理由で定期的にルールが変更される。大改正が入るのは大抵、オリンピック後の初夏だ。

そして今回、国際スケート連盟より、来季よりシニアの年齢を段階的に引き上げていくとの発表があった。来季は十六歳、二年後には十七歳と、年齢制限が変わることになったのである。

次回、イタリア開催のオリンピックを、瑠璃は十五歳で迎える。規定変更により、瑠璃がオリンピックを目指せるのは、最短でも次々回、七年後、十九歳の冬になってしまったのだ。

「ふざけるな！　何で私が七年も我慢しなきゃいけないの！」

個人練習中に連盟が下した決定を知ると、瑠璃は怒り狂った。

「気持ちは分かるけど、選手の身体と心を守るための決定よ」

「はあ？　雑魚どもがロシアに勝てないから、都合良くルールを変えただけでしょ」

苛立《いらだ》ちに任せて瑠璃はブレードの踵《かかと》でリンクに傷をつける。

「子ども染みた真似は、やめなさい。若い選手が勝利至上主義の犠牲になることを避けたいの。ＩＳＵの判断は間違っていない」

「ドーピングまでして練習しているのも、度が過ぎた体重管理を強いているのも、ロシアだけでしょ。だったら、そいつらだけ排除しろよ」

その日、瑠璃は最後まで手が付けられないほどに荒れていたが、今更、決定が覆ることはない。若いスケーターを守るための改正である以上、今後も年齢制限が下がるとは思えなかった。

図らずも波乱の船出となった新シーズン、瑠璃は目を瞠《みは》るほどの成長を見せた。怒りが情熱に変わり、そのまま競技に向かったこともある。ただ、最大の理由は、海外から招いたコーチの指導が、瑠璃の個性に完全にはまったからだ。

自らもオリンピック出場経験を持つ経験豊かな新コーチは、瑠璃と同様、絶対に主張を曲げないタイプだった。初日から二人はぶつかっていたし、お互い言葉など通じないのに、ことあるごとに声を荒らげて喧嘩を繰り広げていた。そして、その度に、仲裁役として、私が引っ張り出された。振付師としての日常に戻るつもりだったのに、三枝に頭を下げられ、結局、そのままサブコーチとして練習に付き合い続けることになってしまった。

瑠璃は日々、新コーチから学べることを最大限、吸収しようとしている。外国籍のコーチからしても、生意気でありながら、それに見合う情熱を見せる天才少女は可愛かったに違いない。

最新のメソッドとハーネスを使った練習法を取り入れ、劇的に技術を向上させた瑠璃は、四回転サルコウに続き、四回転トウループもほぼ完璧に着氷出来るようになった。

瑠璃を人間的に好きになることは難しい。けれど、これだけ長く関わっていれば、さすがに愛着も湧く。振付師として最高のプログラムを作ろう。この奇跡のようなチームを、全力で勝利に導こう。そう心から思えるようになっていたのに……。

十月の全日本ノービス選手権で、チームに決定的な亀裂《きれつ》が走ってしまった。

同い年の有望株、雛森ひばりという選手に敗れ、瑠璃が二位に終わってしまったからだ。

雛森という選手のことは大会前から知っていた。二年前のノービスBで瑠璃を破った選手であり、往年の名選手、雛森翔琉《ひなもりかける》の娘でもあったからだ。

私は瑠璃のことをロシアの天才少女たちと戦える唯一の存在だと考えていた。しかし、雛森ひばりは十二歳にして、瑠璃よりも高く切れ味のあるジャンプを習得していた。

正直に言おう。私は大会で雛森の演技を見た時、目を疑った。夢でも見ているのかと思った。彼女が実に三種類の四回転ジャンプを着氷したからである。

そのジャンプの質は、ほとんどシニア男子と変わらないものであり、しかも、四回転トウループはコンビネーションになっていた。それどころか、演技後半に三回転アクセルをジャンプシークエンスとして組み込んでいた。

雛森の演技は終始、音楽とズレていた。表現力にも特筆すべきものは感じない。

それでも、基礎点の高いジャンプを、あれほどの完成度で着氷していけば、当然、高いスコアが出る。瑠璃は10点以上の大差をつけられて敗北することになった。

負けたとはいえ二位である。三位以内に与えられる全日本ジュニア選手権への出場権は獲得している。悔しいなら、ここからの一ヵ月で練度を上げ、ショートとフリー、二本の演技が出来るジュニアカテゴリーで、リベンジすれば良い。

私もコーチもそう考えていたが、瑠璃は敗北を決して受け入れようとしなかった。

負けを悟った瞬間、通訳の首を摑み、コーチを睨み付ける。

「この無能に伝えなさい。私が負けたのは、あんたのせいよ。コンビネーションの難度を落としたせいで、あんな馬鹿っぽい女に基礎点で及ばなかった」

「そこまでにしなさい。瑠璃。コーチは間違っていない」

出過ぎた真似だと分かっていたが、野放しには出来なかった。

「はあ？　何であんたがしゃしゃり出てくるの？」

「冷静になりなさい。雛森さんの演技は素晴らしかったじゃない。ライバルを称《たた》えることは、弱さじゃなくて強さだよ。認めた上で、成長して、超えれば良い」

「何、眠たいことを言ってるの？　負けたのは、こっちがあえて基礎点を落としたからでしょ。コーチのミスじゃない」

「目標はオリンピックで金メダルを取ることでしょ？　あなたは十二歳で、まだ身体が出来ていない。怪我をするリスクを考えてプログラムを組んだコーチが正しい。謝りなさい」

「あんたさ、誰に向かって喋っているの？　たかが振付師が調子に乗らないで。良い？　私は他人が上に立つことを許さない。絶対に」

どんな大会にも全力で臨む、その姿勢は素晴らしいが、怪我をしては元も子もない。成功率の低い危険なコンビネーションを禁じたコーチの判断は正しい。選手の将来を慮《おもんぱか》ったが故の判断だ。

しかし、瑠璃にはそれが伝わらない。窘《たしな》められれば窘められただけ怒りが倍加していく。

そして、彼女の怒りは、その日、最悪な形で顕現することになった。

表彰台で銀メダルを首にかけられた瑠璃は、ライバルの隣で自らのメダルを外し、氷に叩《たた》き付けたのだ。

それから、唖然《あぜん》とする関係者には目もくれずに、一人、表彰台から降りて行った。

人間としても、選手としても、許されざる行為である。

瑠璃の性格を理解し、多少の我が儘には目をつむるようになっていたコーチも、この時ばかりは怒りを露《あら》わにし、戻ってきた瑠璃の腕を鬼の形相で摑んだ。

だが、彼が口を開くより早く、瑠璃がその腕を振り払う。

「あんたたち全員、解雇」

冷めた眼差《まなざ》しで告げると、瑠璃は会場から足早に出て行ってしまった。


全日本ノービス選手権は全日程がライブ配信されている。

わずか一日で、この日の騒動はスケートファン以外にも知られるところとなった。

表彰式での行動を問題視され、瑠璃はジュニア大会への推薦枠から外されたし、その後の国際大会への派遣も見送られることになった。

京本瑠璃は恐ろしいまでの可能性を秘めた選手だ。真実、十年に一人の天才かもしれない。

しかし、才能とは能力だけで決まるものではない。

心を入れ替えない限り、彼女のような選手が成功することは絶対にないはずだ。

4

契約期間中の解任に対し、不思議と悔しさや腹立たしさは感じなかった。

瑠璃はノービスで最も注目を浴びていた選手の一人である。彼女の振り付けを二シーズン担当したことで、図らずも私の知名度は一気に上がった。

金払いの良い京本家からの依頼は失ったものの、以前では考えられなかったレベルの選手やプロスケーターからも、依頼が舞い込むようになった。

自然と瑠璃のことを思い出すこともなくなっていったけれど、同じ業界で生きていれば、ふとした瞬間にその名を目にすることもある。

翌年の十一月。十三歳になった瑠璃は、全日本ジュニア選手権を大会レコードで制していた。瑠璃の直前に滑走した雛森ひばりは、何を勘違いしたのか、ショートから禁止されている四回転ジャンプを二回跳んでしまったらしい。規定無視でロースコアに終わった彼女は、上位二十四名からも漏れ、翌日のフリーにも進めていなかった。

翌月、推薦枠で出場した全日本選手権で、瑠璃は伝説を作る。

トウループ、サルコウ、フリップ、三種類の四回転ジャンプを着氷し、二位に大差をつけて優勝したのだ。加茂瞳が打ち立てた最年少記録を更新しての戴冠《たいかん》だった。

曲がりなりにも一年半、あの子のチームの一員だった。才能も成長速度も分かっているつもりだったけれど、その凄みを半分も理解していなかったのかもしれない。

世界のトップとも競えるだろうジャンプの技術は、もちろん素晴らしい。だが、本当に凄いのは、舞としての美しさを極めようという妥協なき意識だ。

神は細部に宿る。瑠璃は小学生の頃から、この競技をスポーツではなく芸術として捉《とら》えていた。繋ぎの短い時間でさえ、神経を極限まで研ぎ澄ましていた。

優勝後のインタビューで、瑠璃はたった一言「雑魚を倒しただけ」と告げ、追いすがる記者たちを無視して立ち去っていった。

チャンピオンになった後の態度も大いに物議を醸すことになったわけだが、選手の人格がどうであれ結果は揺るがない。国内大会を制した瑠璃は、三月、台湾の台北で開催された世界ジュニアフィギュアスケート選手権大会に派遣され、銀メダルを獲得していた。

十八歳までの選手が参戦する世界大会である。十三歳の選手が表彰台に上がるだけで快挙なのに、二位となった彼女は最後まで仏頂面を崩さなかった。

京本瑠璃は一体何処まで成長していくのだろう。

私は自分が解雇されたことも忘れて、胸の高鳴りを覚えるようになっていたが、新シーズンが開幕してすぐに、耳を疑うようなニュースが飛び込んできた。

瑠璃の父親、京本豊が逮捕されたのだ。


伊藤三枝と結婚したベンチャー企業の社長が、贈賄罪で逮捕されたというニュースは、連日、ワイドショーのトップで扱われた。三枝は事実上、女優業を引退していたわけだけれど、そんなことで世間の関心は薄まらない。

厚生労働省から業務停止命令が下され、豊は懲役の実刑判決を受ける。

しかも、事件はそれで終わりにはならなかった。

三枝との離婚が噂される中、豊が覚醒剤取締法違反の容疑で再逮捕されたのだ。

一代で築き上げられた城は、崩れる時も速い。

社長が起こした一連の不祥事により、京本グループはあっという間に崩壊していった。

京本家の醜聞は、その娘にも影響を及ぼす。

フィギュアスケートの世界では、十二月までがシーズンの前半、一月からがシーズンの後半と捉えられている。前半戦、メインとなる国際大会は、ＩＳＵグランプリシリーズだ。アメリカ、カナダ、中国、フランス、ロシア、日本で開催される六つの大会を経て、獲得合計ポイント上位の六名だけが、グランプリファイナルへの出場を許される。シーズン前半のチャンピオンを決める大会であり、ジュニア大会も同様のレギュレーションで開催されている。

瑠璃はエントリーした二つの大会をどちらも圧倒的な得点で制していた。ライバルと目されたロシアの少女たちすら、まったく寄せ付けなかった。

しかし、ファイナルを目前に控えたタイミングで、父親が再逮捕された。

その後、京本家に何があったのかは分からない。瑠璃はグランプリファイナルと全日本ジュニア選手権を棄権したし、シーズン後半の大会にも姿を見せなかった。

家長の再逮捕を受け、京本家は離散したとの噂も耳にしたけれど、真実は分からない。

マスコミは消えた三枝の所在を探っており、私のもとにも取材という名目でハイエナ記者が現れたが、残念ながら報道内容に毛が生えた程度のことしか知らなかった。

三枝は贈賄罪には無関係である。夫が逮捕された時には同情の声も上がったものの、配偶者が自宅で覚醒剤を使用していたことが判明し、風向きが変わった。

妻がそれに気付かないはずがない。むしろ一緒に使用していたのではと疑われ始めたのだ。彼女が姿を消したこともまた、世間の疑いを加速させる要因になった。

真相は分からない。京本家の内情など、正直、興味もない。

ただ一つ確かなことは、あの事件を境に、京本瑠璃が世界から消えたということだった。

翌年、新シーズンが始まっても、瑠璃は表舞台に帰ってこなかった。

十五歳なんて一世代前ならシニアデビューを果たし、世界王者になっていても不思議ではない年齢である。

私は瑠璃が嫌いだ。勝ち気な性格に辟易《へきえき》していたし、その傲慢さを軽蔑《けいべつ》してもいた。

だけど、才能と心の強さは認めていた。認めざるを得なかった。

京本瑠璃は本当に、このまま氷上から姿を消してしまうんだろうか。豊が逮捕され、気付けば、あの子の名前は連盟が発表する特別強化選手の名簿からも消えていた。

彼女ほどフィギュアスケートを愛していた選手を、私は知らない。

決して褒められた態度ではないが、あの子がいつだって怒りに満ちていたのは、結局のところ、誰よりも真剣だったからだ。

狭い世界だし、アイスリンクは数が限られている。しかし、振付師やコーチの仲間に尋ねてみても、豊が再逮捕されて以降、瑠璃の姿を見た者はいなかった。

犯罪者はあくまでも父親だ。瑠璃自身に瑕疵《かし》があるわけではない。それでも、母親が元女優である限り、国内にいては好奇の視線を向けられることを避けられない。

再起不能の怪我を負う以外の理由で、瑠璃が引退を決意することはないはずだ。

もしかしたら三枝と一緒に、海外に拠点を移したのかもしれない。私はいつしか、そんな風に考えるようになっていた。

十で神童、十五で才子、二十過ぎれば只《ただ》の人。

女子フィギュアスケーターに限定すれば、これほどまでに頷《うなず》けることわざもない。

成長期の一年は大きい。それが二年ともなれば、ほとんど致命的だ。

翌シーズンも、連盟が発表した強化選手の名簿に瑠璃の名前はなかった。

この春、瑠璃は中学校を卒業したはずである。六月には十六歳だ。

私はあの傲慢な少女が嫌いだ。しかし、こんな形でフェードアウトして欲しくはなかった。

どうせなら、何であんな選手が頂点に立つんだと憤慨していたかった。

勝負の世界にはタラもレバもない。舞台に立たなかった者は皆、敗者である。

アスリートの世界は移り変わりが速い。

三種類の四回転ジャンプを跳んだ奇跡の少女を、世間はもう忘れ始めている。

だから、年明け、再び京本家の名前をニュースで聞いた時は耳を疑った。

沖縄の地で、三枝が元マネージャーの男性と共に、覚醒剤取締法違反の疑いで逮捕されたのである。報道によれば、彼女は容疑を否認しているらしいが、元マネージャーは二人で使用したと供述しているとのことだった。

三枝は女優であることを鼻にかけない人格者だった。苛烈な気質の娘とは似ても似つかぬ常識人だった。しかし、弱さと人格は、まったく別個のものである。三枝の心の内は、きっと、彼女にしか分からない。

豊は現在も収監中である。瑠璃はこの二年間、雲隠れした母親と一緒にいたと思われるが、どの記事を読んでも娘についての報道はなかった。

もう無関係なのに。私はあの子に解雇されたのに。

どれだけ時間が経っても、何故か忘れられない。ふとした瞬間に思い出してしまう。

結局のところ、共に過ごした二年にも満たない季節で、私は瑠璃の才能に、どうしようもないほどに魅入られてしまったということなのだろう。


歳を取ると時間の流れが速くなると言うけれど、新しいことを始めた途端、何でもない毎日まで色付いていく。競技生活を引退したばかりの頃は、一年が本当に長かった。

しかし、気付けば、私も三十代になっていた。

お世辞にも有名振付師とは言えない。だが、不甲斐《ふがい》ない成績に悩み、怪我に怯え続けた選手時代に比べたら、今の方が幸せである。

二月。三十三歳になって迎えた雪の季節。

少し前に倒れた母から、帰郷し、お見合いをして欲しいと懇願された。

幸いにも母は快復しており父も健在である。実家に戻り、親の世話を考えなければならないということはない。ただ、このままで良いのだろうかという気持ちは、自分の中にもあった。

私は高校卒業までを長野県の軽井沢《かるいざわ》で過ごし、大学進学を機に東京に出ている。スポンサーを見つけられなかった私が、二十代半ばまで選手生活を続けられたのは、家族の手厚い応援があったからだ。長く支えてくれた母に、今度は自分が孝行をする番なのかもしれない。

軽井沢には通年リンクがあるし、東京にも新幹線で簡単に出られる。お見合いはともかく、故郷に戻っても振付師としての仕事は続けられるはずだ。

今宵《こよい》は特に冷えるなと思っていたら、東京にも二年振りとなる降雪予報が出ていた。

この選択は、恐らく私の一生を大きく左右する。

一人、熱い湯に浸《つ》かりながら、帰郷について真剣に考えていた午後十時過ぎ。

不意に、チャイムが鳴った。

配達予定の物も、来訪者の心当たりもない。アパートのチャイムが夜更けに思い当たる節もなく鳴る。一瞬で身体が強張《こわば》ってしまうほどに、恐ろしいことだった。

知り合いなら、まず電話をかけてくるはずだ。無視しよう。

咄嗟《とっさ》にそう決めたのに、三十秒後にもう一度、チャイムが鳴った。

外廊下に面した風呂場《ふろば》に灯《あか》りがついているせいで、在宅中であることは隠しようがない。

居留守を使っていると分かるからか、三度目のチャイムは立て続けに三度押された。

バスタオルを身体に巻き、足音を立てずに覗き穴から確認すると、そこに立っていたのは予想も出来なかった顔だった。考えるより早く鍵《かぎ》を外し、扉を開ける。

視線が交錯するなり、来訪者は呆れ顔を見せた。

「正気？　そんな格好で玄関を開けるとか痴女じゃん」

冷気を浴び、思わず震えてしまった私を睨み付けていたのは、京本瑠璃だった。

今は十六歳だっただろうか。四年振りに再会した瑠璃は、私より背が高くなっており、眼差しも随分と大人びたものに変貌していた。

「どうして私の家が分かったの？」

リュックを担ぎ、大きなバッグを両手に持つその姿は、まるで家出してきたかのようだ。

「ママの手帖《てちょう》から名刺を見つけた」

「入って。そんな格好で外にいたら風邪を引くでしょ」

こんなにも冷える夜だというのに、瑠璃は厚手のパーカを羽織っているだけだった。手袋もしておらず、リュックを掴んだその手は、雪に濡《ぬ》れて真っ赤になっている。

服を着て居間に戻ると、身体を震わせた瑠璃が一つ大きなくしゃみをした。

「名刺には電話番号も載っていたでしょ？　どうして、わざわざ」

三枝が沖縄本島で逮捕されたのは、先月末の出来事だ。高校一年生の瑠璃が、母親と離れて暮らしていたとは思えない。母が逮捕され、東京に戻って来たのだろうか。

「取引がしたい」

私の質問には答えずに、瑠璃は屈辱に耐えるような表情でそう告げた。

「朋香さんって今も三流振付師でしょ？　優秀な選手なんて一人も指導していないでしょ？」

雪の夜に突然訪ねて来て、この子は何を言い出すのだろう。

「まさか喧嘩を売りに来たの？　担当した選手が全日本選手権で六位になったよ」

「六位？　雑魚じゃん」

性格なんてそう簡単に変わらない。この子は今も人を見下すことをやめられないらしい。

「私の選手を馬鹿にするなら帰って。真剣に戦っている選手を笑われるのは許せない」

「あのさ、この私が認めてやっているんだから、理解してよ。朋香さんが本当は三流振付師じゃないって知っているから、ここに来たの」

「何が言いたいの？」

「あなたを金メダリストの振付師にしてあげても良いよ」

この子は本当にさっきから何を言っているのだろう。

「朋香さんはアスリートとして微妙だったけど、アーティストとしての才能はあるよ。でも、トップ選手を担当していないから、世間から認められていない。結局、政治力がある奴しか勝ち上がれないんだから、朋香さんみたいな世間知らずは、永遠にモブ振付師だよ」

「子どもの戯《ざ》れ言ね。私はあなたほど業界に失望していない。一緒にしないで」

「パパが捕まって、寄付金を巻き上げられなくなったと知った連盟は、途端に冷たくなった。私の機嫌を伺っていた奴らも、全員、態度を変えた」

「それは、今までの振る舞いが原因だよ」

「私が去年、オリンピックに出場出来たなら、絶対に、皆、離れていかなかった。でも、規定が変わったせいで十九歳までオリンピックに出られなくなった。だから、あいつらは見限ったの。女の身体は成長で変わるから」

「現実を認められないのね。誰も助けてくれなかったのは、あなたが傲慢だからだよ」

「違う。私が十九歳になっても天才のままだと信じていないからよ」

「平行線ね。まあ、良いわ。答えがどちらでも私には関係ない」

「朋香さんと取引がしたい。親が犯罪者になったせいで私は落ちぶれた。もしも助けてくれるなら、私が勝ち取る栄光を、全部、自分の手柄にして良いよ」

「私を首にしたことを忘れたの？」

「そっちが雇い主に歯向かったからじゃん。昔のことをグチグチ言わないで。私は朋香さんの能力は認めていた。それがすべてでしょ。世界一の振付師になりたくないの？　三流振付師を卒業するチャンスなんて、これを逃したら一生ないかもしれないんだよ」

「あなたはもう少し人間というものを学ぶべきね。それは人にものを頼む態度じゃない」

「頭を下げれば良いの？　良いよ。どうせ、もう失うものなんてないんだから、頭くらい下げてやるわよ。だから助けて」

服従しないその態度が許せないと言って解雇したくせに、ずっと、私の振付師としての能力は確信していたのだろうか。

目の前の事象がにわかには信じられなかった。

プライドが服を着て生きているみたいな京本瑠璃が、本当に頭を下げている。

答えられずにいると、頭を下げた瑠璃の下に、一つ、二つと、透明な雫《しずく》が落ちた。

まさか泣いているのか？　この天上天下唯我独尊、傲岸不遜《ふそん》な少女が。

「お願い。助けて。あなたしか、もういないの」

「……別に。そんな風に頭を下げられるなら、ほかにも助けてくれる人はいるでしょ」

「私は頼む価値がある人間にしか頭を下げない」

しゃくりあげながら、震える声で瑠璃はそう告げた。

見た目は大人らしくなったのに。この子の人間性は、まったく変わっていなかった。

もう認めよう。私は今でも瑠璃が嫌いだ。こんな選手の振り付けはしたくない。

それなのに。嫌いなのに。関わり合いたくないのに。悔しいのは、言葉の一部を、真実と認めざるを得ないことだ。

実績のない人間に、大切なプログラム作りを任せようと思うトップ選手はいない。一流の選手を担当しておらず、政治力もない私は、永遠に脇役のままかもしれない。

「二つ条件がある」

弾《はじ》かれたように顔を上げた少女の両目は真っ赤になっていた。

「私のことは必ず先生と呼ぶこと。そして、敬語を使うこと」

「敬語なんてフィギュアスケートに関係ないでしょ」

「あなたに足りないのは、人を敬う心よ。それは芸術競技において致命的な欠陥になり得る。理解出来ないなら構わない。出て行って」

「……分かりました。朋香先生と呼びます」

もっと抵抗されるかと思ったが、意外にも瑠璃はこちらの条件をすんなりと受け入れた。

こんな夜に、コートも羽織らずにやって来るくらいだ。それくらい追い詰められていたということだろう。

「一つ、聞かせて。この二年間、あなたたちに何があったの?」

私が質問したのは、純粋に瑠璃のことを理解したかったからだ。父と母が逮捕された十六歳を助けたいと思ったからである。

「家族のことなんて話すわけないでしょ。条件は二つって言ったじゃん」

「敬語」

「話したくありません。私の親がどんな人間かなんて競技に関係ないですよね。条件は二つって言ったじゃないですか。関係ないことは話しません」

「あなたが私の力を借りたいのは振り付けだけ？　コーチもいないんじゃないの？」

図星だったのか瑠璃の顔が歪《ゆが》む。

「練習場所はどうするの？　スケート靴や衣装代は？」

「一度に沢山の質問をしないで下さい」

「本気でオリンピックで金メダルを取るつもりなんでしょ？　だったら環境は大事だよね」

「金メダルなんて通過点でしかありません。私は史上最高のスケーターになります」

「いつも目標だけは立派ね。まあ、良いわ。過去のあなたは抜群に恵まれた環境にいた。リンクを貸し切りにするお金も、衣装代も、スケート靴の購入費も、コーチや振付師に支払っていた金額も、知らないでしょ？　私には今のあなたの経済状況を理解する権利がある」

「ママは初犯だから執行猶予がつきますよね。釈放されたらスケートにかかるお金くらい幾らでも払ってくれます」

「もしも三枝さんが帰って来なかったら？　大麻ではなく覚醒剤を使っていたんでしょ？　治療には薬物依存症外来じゃなく入院を選ぶかもしれない」

「ママは私のためならお金に糸目はつけません」

「そうだと良いね」

「でも、ママは三ヵ月前に消えたんです。用事を済ませてくるって言って、そのまま……まさか沖縄にいたなんて思わなかった」

「どういうこと？　あなた、この二年間、何処に居たの？」

「パパが逮捕されて、マスコミから隠れるために、ママの実家がある徳島に避難しました。でも、あんなところにいたら練習が出来ない。もう二年も滑っていないんです。これ以上、休めない。帰って来ないママとパパなんて待っていられない」

三枝が逮捕されたというニュースを見て、一人、祖父母の家を飛び出して来たのか。

「大体事情は分かった。それで、これからどうしたいの？　東京の自宅に戻る？　それとも、徳島に戻って練習するつもり？」

「大人のくせに何も知らないんですね。徳島にはスケートリンクがありません。そもそも四国には通年リンクがないんです。そんな場所で、どうやって練習しろって言うんですか」

ああ、そうだった。昔、そんな話を聞いた記憶がある。

「東京の家は売却済みです。だから、そっちももう……」

「じゃあ、どうするつもり？」

「コーチ代も、生活費も、いつか倍にして払います。だから、ここにいさせてくれませんか？」

「うちに？　学校はどうするの？　あなた、高校生よね」

瑠璃は私でも名前を知っている、エスカレーター式のお嬢様学校に在籍していたはずだ。

「東京を離れる時に言われたんです。公立への転校手続きも出来るし、郵送でのプリント学習に切り替えて、事情が変わったら通い直しても良いって。とりあえずプリント学習にしてもらったけど、そのせいで居場所がバレて、徳島にもマスコミが来て、それでママは……」

「今も同じ学校に在籍中ってことね」

「中学校は卒業しました。でも、通えないなら高等部には進学出来ないって」

「じゃあ、今は公立高校に？」

「まさか。田舎のガキどもと同じ学校に通うなんて耐えられません」

「つまり中卒ってことか」

事実を口にしただけなのに、射殺さんばかりの目で睨まれた。

「悔しいなら、今からでも高校に通うか、高卒認定試験を受けたら良いよ。まあ、大体、事情は分かった。とりあえず状況が落ち着くまではうちにいて良いわ」

「本当に？　ここに住んでも良いの？」

「敬語。ほかに選択肢なんてないでしょ。ただ、フィギュアスケートほど頭を使うスポーツはない。世界で戦うなら、語学力も必要になる。高校はともかく絶対に勉強はした方が良い」

そう言えば、この子の学力はいかほどなのだろう。馬鹿には見えないが、我が儘放題に育てられた娘だ。勉強なんて一切してきていない可能性もある。

「うちに置くのは、あくまでも一時的な措置だからね。三枝さんが保釈されたら相談するわ」

「私がここにいたいって言ったら、そうさせてくれますよ。ママは頭が悪いけど、さすがに私に時間がないことくらい分かっているはずだから」

「三枝さんって、そうなの？」

「気付かなかったんですか？　小学生の頃から仕事をしていた人だから、方程式も解けません。パパやマネージャーがいなきゃ何も出来ない人だった」

そうだったのか。立場を鼻に掛けない人格者だと思っていたのに。

「明日《あした》から滑っても良いですか？」

「そうね。あなたが本当に口だけの子どもじゃないのか、見せてもらおうじゃない」

こんな日がくるなんて夢にも思っていなかったけれど。

少なくとも私は、一秒たりとも、この子の才能を疑ったことがなかった。

ただ、この年齢での二年のブランクは、あまりにも痛い。

期待と同じだけ不安も感じるというのが、今の正直な気持ちだった。

二〇二九年　十二月二十一日　午後八時九分

あの夜、再会した十六歳の京本瑠璃に、私は何処までの未来を期待していたのだろう。

三年近く経った今では、もうよく思い出せない。

けれど、少なくとも一つ、断言出来ることがある。それは、この子が私の予想を遥かに超えて、成長してきたということだ。

全日本フィギュアスケート選手権大会、女子ショートプログラム。

最終滑走グループの六分間練習は、つつがなく終了した。

研ぎ澄まされた緊張感の中、最初の演技者以外の選手たちがリンクサイドに戻ってくる。

身体もよく動いていたし、息も上がっていない。

午前の公式練習が嘘のように、瑠璃は涼しい顔を見せていた。

「ほら、あそこ。アイスアリーナのスタッフも応援に来てくれているよ」

「あの人たちが応援しているのは私じゃなくて、瞳さんでしょ」

全日本選手権は、オリンピックに出場する選手を決めるための、最後の戦いの舞台である。だからこそ、贔屓《ひいき》の選手が夢を勝ち取れるよう、ファンは全力でその後押しをする。

長い間、女王としてこの競技の人気を牽引《けんいん》してきた加茂瞳は、最終滑走グループの三番目に登場する。瑠璃は続く第四滑走者であり、登場まではまだ少しだけ時間がある。

「朋香先生って全日本選手権に何回出場したんでしたっけ」

バックヤードに戻り、スケート靴を脱いだ瑠璃に問われた。

「大学二年生の時に初出場で、そこから五回かな」

「意外と常連だったんですね。最高順位は？」

「二十三歳の時の七位だよ」

六年前、瑠璃は十三歳のジュニア時代に、全日本選手権を制している。自らの成績を恥じるつもりも卑下するつもりもないが、さすがに私とは次元が違うと言わざるを得ない。

「現役時代、先生の応援グッズを持っている人っていましたか？」

「あなたが観客を気にするなんて珍しいね。私もほとんどいなかったよ。オフィシャルグッズなんて販売を検討したこともない。関係者が用意した手作りバナーくらいじゃないかな」

「そっか。やっぱり実力と人気に相関関係はないんですね」

「あるでしょ。普段の行動を省みなさい。瑠璃に人気がないのは、素行が悪いからだよ」

「いえ、私の話じゃなく朋香先生の話です」

意味がよく分からない。私は全盛期でも入賞が関の山というレベルの選手だった。

「先生のジャンプは中学生レベルだと思います。でも、表現力は普通に世界でもトップクラスでしょ。素人には分かんないのかな」

敗者が訴えても負け惜しみにしかならないけれど、フィギュアスケートは技術を競うだけのスポーツじゃない。そんなこと、選手だった人間なら、皆、痛いほどによく分かっている。だが、現実問題として勝敗を左右するのは、ジャンプの出来である場合が多い。

瑠璃はそのジャンプを極めた上で、さらなる高みを目指し、戦っている。

得点には直接反映されない細部にまで徹底的にこだわり、何一つ妥協せずにプログラムを磨いてきている。そんな十代の選手、私は本当にこの子しか知らなかった。


『二十九番。加茂瞳さん。MBRコーポレーション』

再度のウォームアップを終え、競技会場に戻ると、瞳の演技が始まったところだった。

音楽はフェリックス・メンデルスゾーンの無言歌集、第五巻『春の歌』。

十代の選手だけが持つ特有の弾力は、既に瞳から失われている。ただ、経験と実績を積んできた選手にしか出せない華、味というものもある。

ファンを魅了し続けた女王の渾身《こんしん》の演技が終わると、観客たちはスタンディングオベーションで応《こた》えていた。

万雷の拍手が鳴り止まない。

スターはたった一秒で会場の空気を変える。並の選手であれば、瞳の直後に滑るのは避けたいはずだ。しかし、自らを最強と信じる瑠璃は違う。その横顔に惑いはない。

「前から一度、瑠璃に聞いてみたいと思っていたことがあるんだよね」

「何ですか？」

「あなたたちのような天才は、演技の直前、何を考えているの？」

「時と場合によるんじゃないですか。今は……演技が終わった後のことかな」

これから演じるプログラムだけに集中しているわけでもないらしい。

本日の最終滑走者、雛森ひばりのことが気になるということだろうか。

「大丈夫。あなたが勝つよ」

「知っています」

ジャージを脱ぎ、左足からリンクに降りた瑠璃は、その場で一度回転し、不敵に笑った。

「朋香先生。ショートプログラムが終わったら、大事な話があります」

「大事な話？」

これから瑠璃が披露するのは、十九年の人生で、最も意味を持つことになるかもしれない演技だ。今日と明後日の演技に、積年の夢であるオリンピック出場がかかっている。そんな大勝負の直前に、わざわざ前振りするほど、嬉しいことでもあったのだろうか。

気にはなったが、今は、これから始まる戦いに集中しなければならない。

真っ赤な衣装を纏った氷の獅子が勢いよく飛び出していく。

まだ瞳の得点も発表されていないのに、瑠璃は早々にスタートポジションについていた。

ゆっくりと回転しながら会場を見渡していく瑠璃と、最後に視線が交錯する。

八年前。私は十一歳の瑠璃と出会い、一年半後に彼女の意思で解雇された。

江藤朋香と京本瑠璃の物語は、あの日、終わったはずだった。

少なくとも私は、そう思っていた。

だが、こうして今、私たちは再び手を取り合っている。

アナウンスに名前をコールされると、瑠璃は私を見つめたまま、演技の姿勢に入った。

『三十番。京本瑠璃さん。鳥屋野《とやの》スケーティングクラブ』

これは十代の肉体でオリンピックに挑戦出来る、最初で最後のチャンスだ。

幼い頃から、この日のために戦ってきたと言っても過言ではない。

最も重要な年のショートプログラムに私が選曲したのは、イギリスの作曲家、エドワード・エルガーの『愛の挨拶』である。

気性の荒さ故か、瑠璃は苛烈な演技を得意としているけれど、四回転ジャンプを組み込めないショートでは、技術より表現力を引き出した方が強い。そう考えて選んだ楽曲だ。

瑠璃が伝えたいという大事な話が何なのか、私には分からない。正直、想像もつかない。

でも、一つだけ、断言出来ることがある。

この子は今日まで、誰よりも傷つき、誰よりも真摯《しんし》に戦ってきた。

世界にどれだけ嫌われようと、私だけは、絶対に、それを忘れない。

5

丸二年以上、表舞台から姿を消していた京本瑠璃が、リンクに帰って来た。

プライドを投げ捨て、かつて解雇した振付師に頭まで下げて、戦場に戻って来た。

瑠璃は十三歳にして全日本選手権を制し、世界ジュニア選手権で二位に輝いたトップ・オブ・ザ・トップのスケーターである。ただし、それらはすべて三シーズン前の栄光だ。

まずは十六歳になった現在の実力、コンディションを見極めたい。

かつての瑠璃は常にリンクを貸し切りにして滑っていたが、そんな金銭的余裕は私にはない。

平日のオープン直後、最も空《す》いている一般滑走時間に滑ってもらうことにした。

レクリエーション気分の客たちと一緒に滑ることに対し、文句の一つでも言われるのではと思ったのだけれど、意外にも瑠璃は嬉しそうについてきた。今はどんな状況でも氷の上に立てることが嬉しいのかもしれない。

徳島から持ってきていたスケート靴に履き替えると、初めて目にする表情が瑠璃の顔に浮かんだ。練習でも、試合でも、この少女が緊張している姿は見たことがない。しかし、今、その造形の整った横顔がはっきりと強張っている。

人間は氷の上で生きるようには作られていない。この世界に長年いると勘違いしそうになるが、氷上で舞うなんて本当はとんでもないことなのだ。

幸いリンクには年配の男性が二人いるだけである。

スタッフも客も瑠璃に気付いていない。

これだけ広々としたスペースがあれば、思う存分滑れるはずだ。

「怪我をしたら元も子もない。久しぶりなんだから無理はしないで」

「誰に言っているの？」

緊張をほぐしてやろうと気を遣ったのに、怒気を孕《はら》んだ瞳で睨まれた。

「ブランクの影響は、あなたが考えている以上に大きいわよ」

「凡人と一緒にしないで」

「敬語」

「天才がどういうものなのか朋香先生に教えてあげますよ」

捨て台詞《ぜりふ》を吐いて、瑠璃は氷の上に飛び出していく。

そして、私はたった数秒で思い出すことになった。この世界には時々、重力から解放された人間が現れる。氷上に降りた瑠璃は、羽を与えられたかのように軽やかにリズムを刻んでいった。そのスピードとステップを見て、二人の客があっけに取られたように動きを止める。

自分以外の客が滑るのをやめたと気付き、瑠璃はぽっかりと空いた中央のスペースに向かってジャンプの体勢を取った。

いきなり難度が高いアクセルを跳ぶつもりか？

常軌を逸したスピードで跳び上がった瑠璃は、高く、速く、三回転半を回り切る。

しかし、空中で美しく舞ったのも束の間、着氷ではバランスを保てず、まともに氷の上に叩き付けられると、そのまま壁際まで滑っていった。

今の倒れ方はやばい！

まともな受け身も取れていなかった。頭を打っていたら！

緊急事態だ。咎められることも覚悟の上で、スニーカーのままリンクに入る。

ぐったりとしていた少女の背中に手をやり、上半身を起こすと、顔を上げた瑠璃が苦笑いを浮かべた。

「やっぱり痛いなぁ」

「怪我は？　頭は打ってない？」

「大袈裟《おおげさ》だな。大丈夫ですよ。ちょっと腰を打っただけです」

「無茶をするなって言ったよね。どうしてあんなスピードでアクセルを跳ぶの？」

「朋香先生。私ね、人より成長が遅かったみたいなんです」

私の手を押しのけて、瑠璃はよろけるように立ち上がった。

「この二年で身長が八センチも伸びちゃった。前と同じ跳び方じゃ回り切れないって分かっていたんです。それでも一発で跳べると思っていました。実際はそんなに甘くはなかったけど」

「自分が何をしたか分かっているの？」

「知りたかったんです。私が本物の天才なのかどうか」

「答えは？」

「二年のブランクがあって、身体が成長しても、一発で三回転アクセルを跳べるほどの天才ではなかったみたいですね。まあ、そのくらい歯ごたえがないと挑戦する意味もありません」

氷の破片を払い、瑠璃は再びリンクを見据える。

「ちょっと、まだ無理は……」

「先生。靴でリンクに入るのはマナー違反ですよ。監視員にも不審の目で見られているじゃないですか。もう無理はしないので、戻って下さい」

「本当に怪我はしてないのね？」

「スケーターの打撲なんて怪我にカウントされないでしょ。無傷ですよ」

あんな転び方をした直後は、どんな選手でも怖くなる。

だが、そうだった。この子はとにかく異常なほど痛みに強いのだ。

「次、あんな無茶をしたら、今日の練習は終わりだから。と言うか、もう面倒見ないから」

「そんなの約束が違う！　敬語を使ってやってるのに！」

「私にコーチもさせるつもりなんでしょ？　だったら最低限の指導は聞いて。今日、三回転以上のジャンプは禁止。分かった？」

「絶対、嫌。ぬるいことを言わないで」

こいつ……。

「言うことを聞けないなら家にも……」

「分かった。四回転と三回転アクセルは跳ばない。それなら良いですよね」

首を横に振ると、

「じゃあ、ルッツも跳ばないから」

「全種類禁止に決まっているでしょ」

「ええ……。私、三回転なんて失敗しないんだけど」

「今日からもう一度、始めるんでしょ？　明日も連れてきてあげるから、無理はしないで。たった一度の怪我で選手生命が終わることもあるのよ」


久方振りに氷の上に立ったあの日。

「そこまでにしなさい」と何度言っても、瑠璃はリンクから出ようとしなかった。

その闘志と情熱は、二年のブランクを経ても微塵《みじん》も揺らいでいない。

ただ、才能という意味では、明確に疑問符がついた。トウループの二回転ですら着氷が怪しかったからである。

「今、身長は幾つ？」

「百六十六センチです。体重は言いませんからね」

この子は昔から線が細い。

むしろ痩《や》せ過ぎているくらいだから、問題は体重ではない。

日本人の女子選手は、二十一年前に一度だけオリンピックで金メダルを取っている。彼女の身長は今の瑠璃と同じ百六十六センチだった。だが、現在は競技の質がほとんど別物に変わっていると言って差し支《つか》えない。

高難度ジャンプが主要な得点源になったことで、選手に求められる質は大きく変容した。体操競技と同様、回転が求められる以上、小柄であればあるほど有利なのである。

この数年、世界選手権とオリンピックでは、百六十センチ未満の選手しか表彰台に上がっていない。確固たる事実として、近年トップに君臨する女子スケーターたちは、全員が百五十センチ台なのだ。

全日本選手権を十三歳で制した時、瑠璃は三種類の四回転ジャンプをマスターしていた。あの日、会場で見た演技が、今も脳裏に焼き付いている。

十三歳の京本瑠璃は、間違いなく日本女子史上最高のフィギュアスケーターだった。

しかし、今はどうだ。指先まで制御された滑りは相変わらず見事である。ただ、最強の武器であるジャンプを、この二年で完全に失ってしまっていた。

身長が一ミリ伸びただけで、バランスが変わってしまう。多回転ジャンプというのはそういうものだ。たとえ毎日練習していても、遠心力への対応は簡単なことではない。

この子は成長し過ぎてしまった。そう、本人だって気付いているはずなのに。

「先生。明日も朝から滑って良いですか？」

スケート靴を脱いだ瑠璃は、清々《すがすが》しいほどに晴れ晴れとした顔をしていた。

6

身長と体重の著しい増加は致命傷に成り得る。

この先、瑠璃が世界一の選手になることはない。たとえそれが確定した事実でも、私が指摘することではない。ゆっくりと時間をかけて、自分自身で気付いていけば良い。

瑠璃を保護していることは、勾留《こうりゅう》中の三枝に弁護士を通じて伝えてある。彼女が娘を引き取りにくるまでの短い間、面倒を見てやるだけだ。私はそう考えていた。

懲役一年六ヵ月、執行猶予三年という量刑が確定し、釈放後、三枝は犯罪者となった多くの芸能人たちと同じように、マスコミの前で仰々しく頭を下げた。

そんな彼女の姿を画面越しに見つめながら、ようやくこの共同生活が終わると思った。我が儘な少女に面倒をかけられるのも、今日が最後だと思った。

しかし、三枝は娘を引き取りにくるどころか、連絡すら寄越《よこ》さなかった。

瑠璃にはWi－Fi対応のタブレット端末を渡してある。あえて話題にもしていないけれど、母親が釈放されたことは、さすがに知っているはずだ。

母親が迎えに来ないと悟っても、瑠璃は何も言わなかった。母親の悪口を言うでも、泣き言を口にするでもなく、毎日、私について アイスリンクにやって来る。

競技の特性上、フィギュアスケートでは後ろ向きに滑る時間が多く発生する。トップレベルの選手がリンクを貸し切りにして練習するのは、衝突を避けるためだ。

かつての輝きを失ったとはいえ、瑠璃のスケーティングは一般の滑走者とは次元が違う。圧倒的な技術を持つ人間が我が物顔で滑っていたら、一般の客は遠慮せざるを得ない。それを知ってか知らずか、瑠璃は次第に、やりたい放題滑るようになっていった。どれだけ客がいても、お前が避《よ》けろと言わんばかりのスピードで、ジャンプやスピンを繰り返していた。

「お客さんがいる時は配慮して滑りなさい。あなただけのリンクじゃないのよ。これ以上、周りの人に迷惑をかけると、出禁になる」

「それは見解の相違ですね。迷惑をかけられているのは、こっちの方です。お遊戯がしたいならサブリンクで滑れば良い。こっちは命を賭《か》けているんだ」

何度、監視員に注意されても態度を改めなかった瑠璃は、結局、二週間もせずにリンクへの出入り禁止を通達されることになってしまった。

加茂瞳の人気に後押しされ、爆発的なブームが起こって以降、リンク不足は首都圏でも慢性的な問題となっている。

レジャー用の小規模リンクでは、満足な練習が出来ない。結果、どの施設にも多数の選手やプロコーチが拠点を構えることになり、皆が練習場の確保に頭を痛めるようになった。

出禁をくらい続けたら、あっという間に練習場所がなくなってしまう。懇切丁寧に説明したのに、次のスケートリンクでも瑠璃が大人しくしていたのは、わずか二日だった。

身体のキレを取り戻した瑠璃は、空いてきたと見るやいなや大技を繰り出し始め、リンクの雰囲気を一変させる。リンクの支配人から警告されても態度を変えず、結局、三週間とたたずに再び出入り禁止を言い渡されていた。

世界は広いようで狭い。噂はあっという間に広まり、要注意人物として各施設からマークされた瑠璃は、初めて訪れる施設でも一般滑走時の入場を拒否されるようになってしまった。

瑠璃が以前使用していたリンクにも連絡を取ってみたが、返ってきたのは「貸し切りであれば構わない」という事実上の拒絶と取れる回答だった。

成長による変化をカバーするため、瑠璃は筋力を増やし、演技のスピードを一段階上げた。筋肉は重たいから増強は諸刃《もろは》の剣である。肉体改造は賭けでもあったわけだが、この子は二ヵ月もせずに六種類の三回転ジャンプを、再び、ほぼ確実に着氷出来るようになった。

再会後、私は瑠璃が天賦の才を失ってしまったと考えた。

実際、今も四回転ジャンプを取り戻せる予感はない。それでも、わずかな期間での進化を見ていたら分からなくなる。

瑠璃は次の六月を迎えれば十七歳になる。そのタイミングでシニアへの転向届を連盟に提出するつもりでいるけれど、長く公式戦に出ていなかったため、シーズン前半の国際大会にアサインされるかは分からない。当面の目標は全日本選手権になるだろう。

今、この子に必要なのは、周りを気にせずに滑ることが出来るリンクだ。

散々奔走した挙げ句、最終的に辿《たど》り着いた手段は、私が頭を下げるというものだった。

空いているスペースで、指導している選手を練習させて欲しい。振り付けを担当していたプロのスケーターとシニアの選手に、そうお願いしてみたのである。

駄目元の懇願だったが、現役時代から懇意にしていたベテランプロスケーター、秋山初枝《あきやまはつえ》の練習に、週に二回、交ぜてもらえることになった。もう一人、二十一歳のシニア選手、山本《やまもと》柊子《しゅうこ》からも、スポンサーには内緒でという条件付きで、間借りの許可を得られた。

昨シーズン、柊子は全日本選手権で、自己最高となる六位入賞を果たしている。ただ、彼女が目標としている表彰台には、まだ遠い。

瑠璃がシニアに転向すれば、柊子にとっては直接のライバルになる。敵に塩を送ることにもなりかねないわけだけれど、ブレイクスルーを狙う彼女は、一緒に練習することで、自分にも得るものがあると考えたようだった。

フィギュアスケートの得点は、【技術点】と【演技構成点】に分かれている。

瑠璃は極めて高い技術点を期待出来る選手だが、決してジャンプだけの選手ではない。難度が高いビールマンスピンを筆頭に、多彩な技を習得しており、ステップも得意としている。小学生の頃は左右の足で得意不得意があったが、今はそれも改善されている。柔軟な身体で音符の一つ一つを丁寧に拾い、全身で楽曲を表現出来る希有《けう》な選手だ。

全日本選手権であれば、既に頂点を狙える位置まで戻ってきたと言って良い。しかし、現時点で世界と戦えるかと言われれば、それは否だ。

技術点では得点の七割前後がジャンプになる。ロシアの天才少女たちがいる限り、今や女子でも四回転ジャンプを習得せずして金メダリストにはなれない。

その日も、柊子が休憩に入ると同時に、瑠璃はリンクに飛び出していった。

「朋香さん。瑠璃と一緒に暮らしているんですよね」

「不本意ながら」

「あの子、全然、喋らないですけど、家ではどんな感じなんですか？」

スケート靴の紐《ひも》を緩め、ベンチに腰掛けた柊子にスポーツドリンクを渡す。

「家でもほとんど口を開かないよ。テレビも見ないし、読書をしていることが多いかな。近所の図書館から、よく本を借りてきている」

「へー。どんな本を読んでいるんですか？」

「私も驚いたんだけどさ。恋愛小説が好きみたい」

「意外です」

「だよね。でも、今はミステリにはまっているみたいで、最近はよく舞原詩季《まいばらしき》って作家の本を読んでいる」

山積みになっている本を一冊借りてみたが、私には難しくて、よく分からなかった。そもそも殺人事件を空想して人を楽しませようという倫理観が理解出来ない。

「社長令嬢でしたよね。お嬢様って面倒くさくないですか？　良い物を食べて育ってそうだし」

「料理の味に不満を言われたことはないかな。でも、栄養価が偏っていると、めちゃくちゃ文句を言ってくるのよね。カロリーをコントロール出来ないって言って外食も嫌がるし、油を使った料理には、ほとんど箸《はし》を伸ばさない」

居候の分際で偉そうにとも思うが、アスリートとして自己管理を徹底しているからだと分かっているので、反論出来ない。

「言いにくいことがあるなら、私が代わりに注意しましょうか？」

「やめた方が良いよ。絶対に倍になって返ってくる。あの子、目上の人間に対する敬意とか、生まれる前に捨ててきているから。十一歳から知っているけど、人に感謝する姿も、謝罪する姿も、一度も見たことがないもの」

瑠璃は傲慢で協調性の極めて低い女だ。ただ、今のところ柊子との合同練習は上手《うま》くいっているように見える。柊子は練習場を貸してやっている立場で年齢も上だ。それでも、彼我の実力差を理解していた柊子が頭を下げてアドバイスを頼むと、瑠璃は珍しく素直に応じていた。

さすがにこの状況をありがたいと感じているのか、それとも彼女なりに他人への関心を覚えるようになったのか。答えは知る由もないが、合同練習は二人を同時に成長させていく。

百パーセントの力で滑ることを許された瑠璃は、練習再開から一ヵ月後、ついに四回転トウループの着氷に成功した。

トウループは右足バックアウトに乗って構え、左足のつま先をついて跳び上がるジャンプだ。反時計回りのジャンプを跳ぶために、左足のつま先で氷を蹴り上げるのは、動きとしても自然である。そのため、最も難度が低いとされるが、四回転ともなれば話は別だ。

ノービス時代に瑠璃が最初に習得した四回転は、得意としているサルコウだった。体形が変わったことで、今はトウループの方が跳びやすくなったのかもしれない。

「ここまで才能の差を見せつけられると、逆に嫉妬も感じませんね」

瑠璃のジャンプを見つめる柊子の横顔に、諦めにも似た苦笑が浮かぶ。

男女の演技を比較した際、分かりやすく違いが出るのはスピードだ。ただ、瑠璃はノービス時代から男子よりも速いスピードで、ダイナミックに滑っていた。

「あの子、何であんなに高く跳べるんですか?」

「スピードをパワーに変えるのが上手いんでしょうね」

瑠璃は背が高く、小顔で手足が長いから、単純にビジュアル的な意味でも演技が映える。

「でも、あの子はまだ第二次性徴が終わっていない。身長は止まったみたいだけど、これからもう一度、体形の変化がくる。そうなったら今のようには……」

「だから朋香さんがいるんじゃないんですか。フィギュアスケートはジャンプだけの競技じゃない。それを最も体現していた選手が朋香さんですよね。朋香さんの振り付けがあれば、少しくらい技術点で後れを取っても戦えるはずです。世界でも。表彰台の頂点を争って」

7

瑠璃が居候を始めてから、早いものでもう四ヵ月が過ぎた。

２ＤＫの狭い家で、長い時間を共有していれば、本質だって見えてくる。

瑠璃は自分以外の人間に興味が無い。それは、振付師兼コーチである私も例外ではない。

それでも、いつの間にか、柊子とは練習の合間に何気ない会話を交わすようになっていた。上から目線のアドバイスを送っていることが多いが、柊子が大人の対応を続けたことで、瑠璃には初めて競技のことを話し合える仲間が出来たのだ。

自分以外の選手は全員、倒すべき敵。そんな攻撃的な信条を持つ瑠璃だけれど、誰だって一人では生きていけない。柊子という年上の友人が出来たことで、瑠璃は少しだけ人当たりが柔らかくなった。

ただし人間の性向というものは、そう簡単に変わるものではない。

「朋香先生。来シーズン、柊子さんに無料で振り付けをするって本当ですか？」

ある日。帰宅すると、着替えるより早く詰問された。

「誰に聞いたの？」

「本人以外が、そんな話をすると思いますか？」

私は今でも、自分がどうして瑠璃の面倒を見ているのか、よく分かっていない。

同情なのか、この可哀想な少女の人生に対する下世話な好奇心なのか、それとも。

「私の練習場所を確保するための交換条件だったということは分かります。でも、軽々しく才能を安売りされるのは不愉快です。誇りがあるなら、ちゃんとお金をもらって下さい」

「あなたが口出しをする問題じゃないわ」

「心配しているんです。先生のプライドの低さを」

私の貯金が尽きれば、面倒を見てもらえなくなる。それを不安に思うなら分かるが、瑠璃は私が対価を受け取らずに振り付けをすることに対して怒っていた。

「先生の年収なんて四百万もいかないくらいでしょ。選手時代に稼げていたとも思えないし、私の面倒まで見ていたら、お金なんてあっという間に……」

「少し前に三枝さんの弁護士から連絡がきて、あなたのための生活費をもらったよ」

「そんな話、聞いていない。ママは何処に居るんですか？　元気なんですか？」

「さあ。一方的な連絡だったから分からない」

「どうして私に黙っていたんですか？」

「出来ることがないから。瑠璃に会って欲しいと頼んだけど、取り次げないと断られたしね」

「何それ。そんな話で私が納得すると思うの？　誤魔化そうとしているでしょ？」

「敬語」

「ママが連絡を寄越さないなんておかしいと思っていたのよ。黙っていたのは、もらったお金を自分の懐に入れるためじゃないの？」

「だとしても責められる理由はない。食費、光熱費、練習代、あなたにかかる諸々のお金をすべて出しているんだから」

「ネコババを認めるってわけか。これだから貧乏人は」

今日まで必死に保ってきた猫被《ねこかぶ》りを脱ぎ捨て、瑠璃は私を睨み付けた。

「通帳を見せて。ママが送金してきたのなら、アイスリンクくらい貸し切れるよね。二流選手と一緒に練習させて、残りを懐に入れようなんて浅ましいにもほどがある。今なら訴えるまではしない。教えなさい」

「瑠璃。目上の人間には敬語を使いなさいと言ったよね」

「盗人《ぬすっと》が偉そうに。次に口答えをしたら警察を呼ぶから」

こっちの気も知らないで、生意気な口を。

一度、頭に血を上らせたら最後、瑠璃は話が通じなくなる。諦めて、三枝からの送金があった通帳を見せることにした。

「三枝さんの弁護士の名前は斉藤嗣治《さいとうつぐはる》。三ヵ月前に振り込まれているでしょ」

通帳を開いて見せると、瑠璃の表情が一瞬で陰った。

「これ、どういうこと?」

「どういうことも何も、それが、あなたを心配した三枝さんが弁護士に託したお金よ」

「一ヵ月分?」

「さあ。振り込まれたのは、その一回だけだから」

「でも、五万円って……」

戸惑いの眼差しで、瑠璃は通帳を閉じる。

「あなたが考えているより五万円というのは高価よ。私は三枝さんの状況を知らない。ただ、自業自得とはいえ大変なことになっているのは分かる。自分のことで手一杯だろうに、娘のことを気遣って、今出来る精一杯のことをやろうとした。そういうことじゃないかしら」

「五万円で何をしろって言うの？　私はもう半年以上、お世話になっているんだよ。ママは私が心配じゃないんですか？」

「心配だったから振り込んだんでしょ。三枝さんは出来ることをやったのよ」

「でも、逮捕されたって、ママにはお金が……」

「あなたに分からないことは、私にも分からない。ただ、この振り込みで、三枝さんがこれからも私にあなたを託すつもりだということは理解した」

うつむいたまま、瑠璃はもうそれ以上、何も言わなかった。現実に打ちのめされたのか、それとも消化することを放棄したのか。瑠璃の気持ちは、私には分からない。

理解するつもりも、同情してやるつもりもない。傷つくなら傷つけば良いとも思う。

ただ、それでも、私はこの子を見捨てることはしない。

その先に何が待っているのかも分からないけれど、この二人といない才能を、私はもう少しだけ信じてみようと思っていた。

8

競技大会に出場する選手は、何らかの団体に所属していなければならない。一家離散となって以降、瑠璃はクラブに未所属の状態である。

高校生や大学生であれば、学校という選択肢が使える。引退後の人生も考え、一年遅れの高校受験を勧めたのだが、瑠璃が選んだのは通信制高校への入学だった。

晴れて十七歳になり、瑠璃は新シーズンよりシニア選手として戦っていく。

過去の言動を思えば、すぐに支援者が現れるとは考えにくい。ただ、勝負の世界は結果がすべて。世界で戦えることを示せば、スポンサーを見つけられるかもしれない。

「来月、強化合宿に参加することになったから、そのつもりでいて。第一週から新潟に行く」

「新潟？　ナショナルチームの合宿って、毎年、愛知開催でしたよね」

「リンクが改修工事中で、今年は新潟でやるみたい」

「へー。まあ、行きませんけどね。レベルの低い選手と練習しても得るものがないもの」

全日本フィギュアシニア強化合宿は、招待を受けた選手だけが参加出来る代表合宿である。瑠璃に声がかかった理由は一つしか考えられない。数年の沈黙を経て、シニア転向届を提出し、復帰の意思を示した天才の現在地を、連盟は知りたいのだ。

「これまで合宿参加を断っていたのは、友達を作る自信がなかったからでしょ」

「はあ？　根拠もなく私の気持ちを断定しないでくれます？」

例年、連盟は七月に、主に小学生を対象にして新人発掘合宿を開催する。全国からエリートが集められる伝統的なセレクションで、トップスケーターたちは皆、この合宿を経験している。しかし、瑠璃は初招集時に応じたのみで、その後は毎年断っていた。

「過去のあなたには、優秀なコーチを個人で雇える環境があった。合宿を辞退していたことも理解出来ないわけじゃない。でも、四回転トウループを跳べるようになって、どれくらい経った？　未《いま》だにほかのジャンプは跳べていないじゃない。もちろん、体格の問題もある。でも、一番の原因はコーチの指導力不足でしょ。私はあなたの最高到達点を指導する自信がない」

現時点で日本には公式戦で四回転ジャンプを成功させた女子選手が五人いる。その内の三人は一種類のみだ。複数の四回転ジャンプを降りた選手は、瑠璃と雛森ひばりしかいない。

もちろん、一種類、着氷出来るだけで、十分に偉業である。だが、現在の競技レベルを考えれば、世界の頂点には手が届かない。

「柊子は怪我で代表合宿を辞退したけど、私もスタッフとして呼ばれているの。だから、友達がいないことは心配しなくて大丈夫」

「そんなこと別に心配していません」

「男子のトップ選手を教えているコーチの指導を受けたら、突破口が見つかるかもしれない。指導法さえ学べば、今まで通り私が見ていくことも出来る」

「別に。今の練習で大丈夫ですよ。前はそれで三種類、跳べるようになったんですから」

「あのさ。三種類だけで良いと本気で思っているなら、甘いんじゃないの？」

「だとしても、まずは跳べていたジャンプを取り戻すことからでしょ」

「今回の合宿には、あの子もエントリーしているよ。あなたが二度、土をつけられた因縁の相手。雛森ひばり」

彼女の名前を告げると、一瞬で瑠璃の目つきが変わった。

雛森ひばりの父親は、日本アイス競技連盟副会長、雛森翔琉だ。そして、兄は現在、世界ランキング六位の雛森國雪《ひなもりくにゆき》である。

誰もがそうと知る文字通りのエリートだが、ここまでは奇妙な経歴を辿っており、公式戦に姿を現さない年も多い。

「どう？　興味あるでしょ？」

同い年の天才を意識しないわけがない。少女の身体と心は正直だ。

雛森ひばりは去年、何故か大会に姿を現さなかったが、二年前と三年前の公式戦で、アクセル以外の五種類の四回転ジャンプを着氷している。一つの揺るぎない事実として、全盛期の瑠璃でも、構成プログラムの基礎点では遠く及ばない。

「合宿参加は提案じゃなくて命令だから。二人で成長しましょう」


少女の一夏が持つ重みは、大人とは比べものにならない。

七月十二日。新潟県新潟市のアイスアリーナで、四日間のシニア強化合宿が始まった。

フィギュアスケートに人生を賭ける若者は、全国津々浦々、様々な地で日々のトレーニングに励んでいる。とはいえ大会で顔を合わせる機会も多いため、トップレベルの選手たちは必然的に毎年、何度も会うことになる。

瑠璃以外の選手たちは初日から親しそうにしていた。孤高の存在に思えた雛森ひばりでさえ、滝川泉美《たきがわいずみ》という二つ年上の選手と、ずっと一緒に過ごしていた。

周囲を見下す心根は立ち居振る舞いでも伝わる。

休憩時間も選手たちの談笑の輪に入れず、瑠璃だけがずっと一人きりだった。

この子は東京の私立中学に在籍していた時、どんな生徒だったのだろう。学校には友達がいたのだろうか。

瑠璃は中学二年生の冬から学校に通っていない。久しぶりに近しい年頃の少女たちと過ごすこの合宿で、一人でも良いから友達を作って欲しい。誰かと心の繋がりを持つことで、表現者として一皮剝《む》けて欲しい。私はそう願っていたが、現実的には厳しいかもしれない。


この合宿には国内で活動しているトップ選手が、ほぼ全員、集まっている。

しかし、わずか一時間の氷上練習で、瑠璃と雛森は自分たちだけがステージの異なる怪物であることを示していた。

人は次元の違う存在に恐怖する。女子選手のみならず男子選手までが、シーズン開幕前のこの時期から四回転ジャンプを連発する二人に、畏怖《いふ》の眼差しを送っていた。

ただ、ライバルに驚愕《きょうがく》させられたという点で言えば、私たちも似たようなものだった。

瑠璃は現在、四回転ジャンプはトウループしか着氷出来ない。一方、雛森は十七歳になった今も、アクセルを除く五種類の四回転ジャンプをものにしていた。

雛森には底無しの体力があり、激しい演技の直後でも、エッジエラーとは無縁の美しいジャンプを跳んでみせる。参加者の度肝を抜くにはそれだけで十分だったわけだが、私たちにとってはもう一つ、大きな驚きがあった。彼女は瑠璃より五センチも背が高かったのである。

男子ですら高難度ジャンプを跳べる選手は、ほとんどが百六十センチ台だ。背が高くなればなるほど難しくなるのに、彼女は百七十一センチの長身で四回転を回り切っていた。

雛森ひばりはおよそアジア人とは思えないほど、筋力に恵まれている。

脂肪と異なり筋肉は重さの調整が難しい。そのため、単純に増やせば良いとはならない。雛森は参加女性の中で最も身長が高いが、体格は華奢《きゃしゃ》だ。あの細い身体の何処に、あれほどまでのパワーが潜んでいるのか、本当に不思議だった。

一日の締めの練習で、音楽と共に滑った雛森の演技を見て、瑠璃は「化物かよ」と、憎々しげに吐き捨てていた。単純な運動神経でも、瑠璃は代表選手の中で頭一つ抜けている。しかし、その瑠璃をして化物と言わしめる肉体を、雛森ひばりは有していた。


合宿二日目の夜。宿舎に戻ってから、瑠璃に気になっていた話題を向けてみた。

「表現トレーニングでグループが一緒だったみたいじゃない。雛森さんと喋った？」

「別に。話すことなんてありませんから」

「じゃあ、氷上練習では何か思うところがあった？　自分より優れている選手と一緒に練習するなんて初めてでしょ」

「先生って時々、愚かなことを言いますよね。そんなだから二流だったんだと思いますよ」

普通に捉えれば、喧嘩を売られた発言だ。ただ、私は気付いていた。元選手として、この子に『三流』ではなく『二流』と評されたのは初めてである。

「ジャンプだけを比べれば、今は向こうの方が上でしょうね。でも、表現力では負ける気がしません。子どもでもあんなに雑なスケーターは珍しい」

言わんとしていることは分かる。彼女はスポーツ選手であってアーティストではないのだ。

演技構成点は三つの項目で決まるが、あの子の演技では「スケーティング技術」以外の二項目、「コンポジション」と「プレゼンテーション」が伸びにくい。滑る度に演技のタイミングが変わるのも、ろくに音楽を聴いていないことの証左だ。

「あと二つ、四回転ジャンプを降りられるようになれば、あんなガキみたいなスケーターに負けることはありません」

「そうかな。ジャンプは努力だけじゃどうにもならないでしょ。逆に、あの子の課題は意識を変えるだけで、どうとでもなる」

「それが出来ないから、十七歳になっても、あんな適当な滑りなんだと思いますよ。多分、やらないんじゃなくて、出来ないんです。スケート靴を脱いでいる時は、ずっと、挙動不審だし」

休憩時間、彼女は常に滝川泉美という選手と一緒にいた。ほかの女の子たちと喋っている姿は一度も見ていない。

「雛森さんと一緒にいる滝川さんというのは、どんな選手？」

「さあ。レベルが低過ぎて覚えていません。あんなのまで呼ばなきゃいけないんだから、代表のレベルも高が知れていますよ。ま、それを言ったら、私とあいつ以外、全員、雑魚ですけど」


翌日、胸の冷えるようなトラブルが発生した。

昨晩、発破をかけてしまったからか、いつも以上に高さを意識してジャンプを繰り返した瑠璃が、ほとんど失敗したことのないコンビネーションで足首をひねってしまったのだ。

松葉杖《まつばづえ》が必要になるレベルの怪我である。残念だが今回の合宿はここまでだ。

怪我はメンタルにまでダメージを与えることがある。

落ち込んでいる時に一人でいるのはつらい。傍にいてやりたいが、スタッフとしての仕事もあり、自分の選手にばかり構ってもいられなかった。

ようやく自由な時間を与えられ、救護室に向かうと、瑠璃はベッドの上に座って、壮年の男性と喋っていた。

誰だろう。見覚えはあるのに、名前を思い出せない。

新潟の地で、偶然、知り合いにでも会ったんだろうか。

「はじめまして。この子の保護者で、江藤朋香と言います」

「知っているよ。あんたは全日本の常連だったじゃないか」

「私のことを覚えているんですか?」

「もちろん。現役時代のあんたには瞳も注目していたしね。お手本にしたいくらい演技の質と密度が高いって」

加茂瞳は海外を拠点にしているが、十代まで新潟のリンクに所属していたと記憶している。

「俺は野口達明《のぐちたつあき》。ここの経営者だ」

「この人が署名を集めて、リンクが消滅していた新潟市に、復活させたらしいですよ」

横から瑠璃が口を挟んできた。

「すみません。何処かでお会いしたことがありますか? お名前に聞き覚えがあって」

「リンク建設の記事で知ったんでなければ、選手時代かな。俺もフィギュアスケーターだったんだよ。でも、三十年近く前の話だから、あんたが見ているとしたら昔の映像かもな」

「昨日、話していた滝川泉美の父親も元選手で、野口さんのライバルだったらしいです」

「ということは、彼女のお父さんは、連盟理事の滝川六郎太《たきがわろくろうた》さんですか?」

「よく知っているじゃないか。俺は現役時代から翔琉や六郎太と反りが合わなくてな。この合宿が始まった時から、あいつらの娘とライバルのお嬢ちゃんを、密《ひそ》かに応援していたわけよ。ところが午前の練習で捻挫したって言うじゃないか。心配でな」

「話し相手になってくれていたんです。連盟の悪口をいっぱい聞いちゃった」

そんなしょうもない話で盛り上がっていたのか。

「連盟は魔窟《まくつ》だ。素直に認めるのも癪《しゃく》だが、翔琉と六郎太はよくやっているよ。男子が世界のトップで戦えるようになったのは、あいつらが選手のための環境を勝ち取ったからだ」

珍しく瑠璃が人の話を真剣な眼差しで聞いている。この子が誰かの話に夢中になっている姿なんて初めて見た。性格のよろしくない人間は、自然と惹《ひ》かれ合うのかもしれない。

「東京での噂も聞いているよ。幾つかのリンクで出禁になっているらしいじゃないか」

「そんな話まで。人の口に戸は立てられませんね」

「ここは県民の力で建てたリンクだ。連盟にもスポンサーにも媚《こ》びる必要がない。加えて、俺は無益なコーチの縄張り争いも絶対に許さない。どんな選手でも応援するし、力になる。もしも行く当てがなくなったら、いつでもおいで。お嬢ちゃんみたいな天才は、大歓迎だ」

9

四日間の合宿最終日には、練習の成果を確かめるための競技会が予定されている。

だが、昨日、足首をひねってしまった瑠璃は出場出来ない。

治療を理由に合宿から抜けることも考えたが、意外にも瑠璃の方から残って試合を見たいと言ってきた。雛森ひばりの現在の実力を正確に把握したいのかもしれない。

強化合宿への参加を強制したのは、人間的に成長して欲しかったからだ。自己本位な瑠璃が他人に興味を持った。それだけでも参加した意味はあったと言える。

雛森の演技を間近に見ることで、また一つ大きなモチベーションを得られるに違いない。そう期待していたのに、規定の練習時間になっても彼女はリンクに現れなかった。

「あいつも怪我をしていましたっけ？」

休憩室からは雛森の姿が見えない。

「今朝のミーティングでも、そういう話は聞いてないね」

「あいつが滑らないなら帰ろうかな」

瑠璃が荷物をまとめ始めたその時、休憩室のドアが勢いよく開いた。

「すみません！　ひばりを見ませんでしたか？」

息を切らして駆け込んできたのは、大学生の滝川泉美だった。昨日、野口さんに言われるまで気付かなかったけれど、童顔な彼女は、現役時代、マスコット的な人気を誇っていた滝川六郎太にそっくりだった。

彼女は瑠璃たちより二歳上、十九歳の選手である。全日本選手権の出場経験もあるようだが、近年は目立った成績を残していない。正直、合宿メンバーに選ばれたことが不思議なほど、実際の演技も凡庸だった。

「休憩室には来ていないよ」

「あ。江藤先生。現役時代、ファンでした」

瑠璃から私に視線を移し、彼女は嬉しそうにそう告げた。

「珍しい。あなたくらいの年齢の子は、皆、加茂瞳のファンだと思っていたわ」

「瞳選手も好きですけど、江藤先生の魅力は、まったく別の場所にあると感じています」

「先生。お世辞を真に受けて頬が緩むのは格好悪いですよ」

せっかく良い気分になっていたのに、横から辛辣《しんらつ》な突っ込みが入った。

「あの子、行方不明なの？」

「朝から姿が見えないんです。今回の合宿、グラニトコーチの練習メニューが、とにかくハードだったじゃないですか。ひばり、きついのは問題ないんですけど、三日間の練習が濃密だったせいで飽きてしまったみたいで」

「飽きた？　あいつ、本気でそんなことを言ってるの？」

「京本さんは昨日、足首を痛めましたよね。それも関係しているんです。あの子、最終日に勝負が出来ることを楽しみにしていたので。それが叶わないと気付いて、多分」

「そんな理由で辞退出来ると思っているの？」

「常識が通用しない子なんです。京本さんはこの三日間、ひばりと何か喋りましたか？」

「まさか。挨拶もしていない」

「ひばり、あなたのことをノービス時代から気にしていたんです。だから、この合宿で見つけた時も、嬉しそうだったんですけど」

「あのさ、さっきから人のことを馴《な》れ馴《な》れしく呼んでくれているけど、あんたの名前をまだ聞いていない」

「ごめんなさい。滝川泉美です。ＫＳアカデミー所属の大学生で、ひばりとは幼馴染みです」

「ま、知っているけどね。あんたも親と一緒で雛森の腰巾着《こしぎんちゃく》なんでしょ」

「瑠璃。誰彼構わず喧嘩を売るのはやめなさい」

本当に、どうしてこの子はすぐに他人に石を投げ始めるのだろう。

「気にしないで下さい。父が翔琉さんの顔色を窺《うかが》ってばかりなのは、事実その通りですから」

「あんたも同じじゃない。雛森の後ろをついてまわって」

「どうでしょう。私とお父さんでは事情が違う気がします。あの、せっかくお会い出来たので、一つ、質問しても良いでしょうか。四回転ジャンプを跳ぶのって怖くありませんか？」

真剣な眼差しで問われた瑠璃は、すぐさま小馬鹿にしたような笑みを浮かべた。

「あんた、怖いから跳ばないんだ。ダサいね。恐怖心なんて関係ないのよ。最高の演技を求めて舞う。それだけでしょ」

瑠璃は勝ち誇った顔で告げたが、

「そうですか。やはり怖いことは怖いんですね。安心しました。あなたが普通の人で」

滝川泉美の顔に、先程までとは質の異なる微笑が浮かんだ。

「私はひばりが恐怖を感じている姿を見たことがありません。何度、転倒しても、まったく怖がらずに全力で跳びにいきます。それって普通の人間に出来ることではないじゃないですか。

私は怖いです。怖くて、四回転ジャンプなんて挑戦出来る気もしません」

「じゃあ、勝てもしないのに、何で競技を続けているの？」

「フィギュアスケートが好きだからです」

「才能もないのに？」

「情熱と才能は別ではないでしょうか。普通の人であれば分かると思います」

彼女は今、どういう意味で「普通」という言葉を使ったのだろう。穏やかな眼差しで目の前に立つ彼女は、その人当たりの良さとは裏腹に、本音が見えなかった。

「金メダルを取るのが先か、氷の上で再起不能になるのが先か、ひばりはそういう選手です。ただ、今は怪我よりも心配なことがあります。複数の競技団体に声をかけられているので、このままフィギュアスケートを続けるかも分かりません」

「そんな話を私にして、どうしようって言うの？」

「覚えておいて欲しいんです。あなたはオリンピックで金メダルを取るかもしれません。でも、京本さんが栄冠を掴むとしたら、それは、ひばりがフィギュアスケートをやめたからです」

挑発とも取れる言葉に、瑠璃の纏う空気がはっきりと変わった。そろそろ割って入らないと大変なことになる。仲裁に入ろうと立ち上がったその時、再び休憩室の扉が開いた。

「泉美ちゃん。捜したよー」

ガラス扉の向こうから現れたのは、噂の雛森ひばりだった。私服姿でスニーカーを履いているということは、やはり直前練習に参加していなかったのだ。

休憩室に入って来た彼女は、私たちを見つけて固まった。いや、彼女が見つめているのは、

「瑠璃ちゃん。足首、大丈夫？」

ノービス時代も含め、瑠璃は挨拶もしたことがないと言っていた。男子選手に交ざり、一緒に四回転ジャンプの指導をされていた昨日までの三日間も同様らしい。

しかし、彼女はまるで友達にでもするように、馴れ馴れしく話しかけてきた。

「ひばり。もう練習時間は終わりましたよ。何処に隠れていたんですか？」

「ラーメン屋さんに行ってた。チャーハンも食べちゃったから、体重増えたかも」

「これから競技会ですよ。どうして今」

「え、出ないよ。瑠璃ちゃんが出ないのに滑ってもつまらないもん」

「自分の立場をもう少し考えて下さい。ここは代表合宿です。ひばりが私と一緒に参加出来るようにするために、翔琉さんがどれだけ頭を下げたか分かりますか？」

それまでへらへらと笑っていたのに、一瞬で少女の顔から笑みが消えた。

「お父さんの話はしないで。ちゃんとコーチには滑らないって言ったもん。ねえ、瑠璃ちゃんはグランプリシリーズに出る？」

「私には過去二年間の成績がない。アサインされないでしょ」

「そうなんだ。じゃあ、世界選手権は出る？」

全選手の目標となる大会だ。出場したいなら、まずはその枠を勝ち取らねばならないのに、この子は挑戦するのかではなく、出るか出ないのかと聞いてきた。

「怪我が治れば出るよ。試合に出ないと調子も上がらない。あんたは？」

「泉美ちゃん。今年は開催地ってどこ？」

「アメリカのアナハイムです」

「あー。外国かー。どうしよう」

海外だと何か問題があるのだろうか。

「この子、飛行機が嫌いなんです。何時間もじっとしていなきゃいけないから」

「一時間くらいなら我慢するよー」

それじゃ、国内移動で精一杯だ。

「でも、瑠璃ちゃんが出るなら面白そうだし我慢しようかな」

あっけらかんと告げた彼女の言葉には、きっと嘘も虚勢もない。そう分かっているだろうに、とうとう瑠璃の堪忍袋の緒が切れた。話を遮るように手にしていた空き缶を床に叩き付ける。

「あんたさ、世界選手権を何だと思っているの？」

「ごめんなさい！　怒らないで下さい！」

立ち上がろうとした瑠璃の前に、滝川泉美が割って入る。

「ひばりは思いつきで喋っているだけなんです。真に受けないで下さい。ほら、ひばり。京本さんに謝って下さい。本気で滑っている人に失礼です」

「でも、フィギュアスケートは遊びじゃん。楽しいか楽しくないかでしょ」

「勝つか負けるかだよ」

反論したのは瑠璃。

「ねえ、雛森ひばり。あんたさ、ほかの競技からも声がかかっているらしいね。続けるかどうか迷っているって聞いたよ。私はあんたになんて興味ないし、引き留める気もないけど、せめて三月までは選手を続けて」

射殺すような峻烈《しゅんれつ》な瞳で、瑠璃は雛森を睨み付ける。

「三月ってことは世界選手権？」

「そう。やめたいならそこで引導を渡してやるから、負け犬はそれから消えろ」

10

あの日、瑠璃が世界選手権を決着の場として選んだのは、十二月の全日本選手権ではまだ勝てないと分析していたからだ。

代表合宿の時点で、雛森は五種類の四回転ジャンプを着氷していた。しかも、そのどれもが高い出来栄え点《GOE》を期待出来るジャンプだった。四回転トウループしか着氷出来ない瑠璃では、演技構成点で満点を取っても、彼女が大きなミスを連発しない限り勝てる可能性は低い。

十二月ではなく三月にお前を倒すという宣言は、つまり、それまでに跳べるジャンプの数を増やすという覚悟の表れだった。

訪れた十二月の決戦の舞台。

四年振りの登場となった全日本選手権で、瑠璃はトウループとサルコウ、二つの四回転ジャンプを披露し、四年前とほぼ変わらない得点を叩き出した。完全復活した姿を世の中に見せつけ、雛森ひばりに次ぐ二位で表彰台に立つことになった。

夢があっても、情熱があっても、才能があっても、努力を継続するというのは簡単なことではない。ただ、瑠璃には常人ならざる根性と精神力がある。

全日本選手権からの三ヵ月で、瑠璃はとうとう四回転フリップの着氷にも成功した。

フリップは回転方向と逆の足をついてから跳ぶジャンプのため、ルッツほど極端ではないが、軸を作ることが難しい。サルコウ以上に確実性は低いものの、過去に跳べた三種類のジャンプを、十七歳にしてようやくすべて取り戻したのである。

伸びているのは技術だけじゃない。表現力も日を追うごとに凄みを増している。

瑠璃は鋭さと柔らかさを兼ね備えた選手だ。抜群の体幹と柔軟な肢体を生かし、成熟したプロスケーターのように、演技に緩急と彩りを与えることが出来る。

今の瑠璃なら三種類のコンポーネンツでも、相当高い得点を狙えるだろう。


三十四歳になって迎えた、その年の三月。

瑠璃の振付師兼コーチとして、九年振りに海外の地に降り立った。

この三ヵ月間、瑠璃はここアナハイムで開催される世界選手権のためだけに生きてきた。甘えを一切見せずに特訓に励み、身体と心を調整してきた。

瑠璃は十三歳の時に世界ジュニア選手権で二位になっている。翌シーズン、家族が逮捕される直前に出場した二つのジュニアグランプリシリーズでも優勝を果たしている。ただ、一連の大会はあくまでもジュニアだ。シニアとしては、これが本格的な世界大会のデビュー戦となる。

三月五日と六日の公式練習を経て、女子は八日にショートプログラム、翌九日にフリースケーティングが予定されている。

「リンクの感触はどう?」

土地が変われば氷も変わる。

国内でもそうだが、海外ではそれがより顕著になる。

ここ、アメリカ、アナハイムは地中海性気候に属し、年間を通して温暖な気候に恵まれる。三月でも東京よりかなり暖かいが、アイスリンクの空気は別物だ。

「質が低いです。氷がざらついているからかな。感覚がズレます」

公式練習でリンクに立った瑠璃は、即座に不満を漏らした。

「だとするとフリップは諦めた方が良いかもね。降りられるジャンプを確実に決めていけば、勝負は分からない。こんなことを言ったらアレだけど、今大会のあの子はメンタルが……」

「朋香先生。それ以上は言わないで。私は誰が相手でも最高の自分で勝ちます」

夏の強化合宿で雛森ひばりの演技を見た時、何て自由に滑る子なのだろうと思った。あんなに思い切りよく踊る少女は、後にも先にも見たことがなかった。

しかし、恐らくはあの事件のせいで、彼女の精神状態は今、どん底まで落ちている。

正直、「楽しく滑る」を信条としている彼女は、この大会を辞退すると思っていた。


三月八日、水曜日。本日から女子シングルの戦いが始まる。

瑠璃は初日の公式練習でリンクの違和感を訴えていたが、持ち前の対応力で、しっかりと現地の氷に適応してきた。

「アジャスト出来たみたいね」

「三日も滑ればリンクの個性も覚えますよ。それより、この私を差し置いて、別の選手がブーイングをくらっている姿を見るのは新鮮です」

瑠璃はショートを第二滑走グループで、雛森ひばりは第三滑走グループで滑る。

第三グループの練習が始まり、雛森の曲目がかかると、観客席から容赦のないブーイングが始まった。

周囲の声に左右されるタイプには見えないが、物には限度がある。彼女は昨日までの練習でも明らかに精彩を欠いていた。

「自分の演技に集中しなさい。同情するのは大会が終わってからで良い」

「別に同情なんてしていません。馬鹿どもに呆れているだけです」

「記録に残るのは勝者の名前だけ。雛森ひばりが調子を崩している大会なんて、もう二度とないかもしれないんだから、タイトルは取れる時に取っておきなさい」

「ライバルはあいつ以外にもいますよ」

この大会には三人のロシア選手が参加している。その内、二人のプログラム構成は、瑠璃よりも基礎点が上だ。一人はグランプリファイナルの覇者で、もう一人は前年度の世界王者である。今はまだ格上の選手だけれど、全員がミスなく滑り切るなんてことは、まずあり得ない。有識者たちはロシアの牙城《がじょう》を崩せる選手として雛森ひばりに注目しているが、瑠璃だってそこに割って入れるポテンシャルは十分にある。

控室に戻り、瑠璃にマッサージを施していたら、雛森が戻って来た。コーチに先導されて帰って来た彼女は、こちらが心配になるほど真っ青な顔をしている。それでも、

「あ。瑠璃ちゃんだ」

私たちを見つけた彼女は、コーチの声を無視して、こちらにやって来た。

「久しぶり。元気そうじゃない」

瑠璃の低次元な皮肉に気付かず、彼女は緊張感のない顔のまま地面に腰を下ろした。

「練習でフリップを試していたよね。ループとルッツは跳ばないの？」

「跳ばないんじゃなくて跳べないの」

「瑠璃ちゃんならすぐに跳べるようになると思うけどなー。一緒に練習出来たら良いのに」

「気持ち悪いことを言わないで。大体、あんた、この大会で引退するんじゃなかったの？」

「うーん。分かんない。お父さんに怒られたくないし」

「相変わらず、ふざけたことを。まあ、良いわ。あんたが引退しようがしまいが関係ない。ループは近いうちに練習を始めるつもりだった。いずれはルッツも」

「そっか。四回転《クワッド》アクセルは跳ばないの？」

不意打ちで無邪気な問いを受け、滑らかだった瑠璃の口の動きが止まった。

六種類のジャンプのうち、唯一、前向きに踏み切るアクセルは半回転多いこともあり、難度も桁違いである。四回転アクセルは男子でも公式戦で着氷した選手が一人しかいない。

「あんた、四回転アクセルにも挑戦しているの？」

「そりゃ、しているよー。でも、回り切れても転んじゃうんだよね」

瑠璃の顔から血の気が引いていた。現時点で考えたことがなく、これから先も検討すらしないだろう技に、ライバルが挑戦していたことに衝撃を受けたのだ。

青ざめた唇を噛み締め、瑠璃は感情を隠しもせずに、雛森を睨み付けていた。

次回のオリンピック開幕まで、もう二年を切っている。

女子選手の全盛期は短いから、今大会で表彰台に立った三人が、二年後に全員消えていても不思議ではない。それでも、世界選手権は間違いなく未来を占う試金石になる。

五種類の四回転ジャンプをマスターしている雛森ひばり。

三種類の四回転ジャンプを跳び、極めて高い演技構成点を期待出来る京本瑠璃。

二人がシニアに転向したことで、女子の世界大会は、今大会以前と以後に区分出来るほど、競技レベルが変わるかもしれない。

シニアデビューとなる今シーズン。

私が瑠璃のショートプログラムに用意した楽曲はフランツ・リストの『ラ・カンパネラ』である。躍動感に溢《あふ》れた獰猛《どうもう》な演技を、あえて優しい音色の楽曲で際立たせるためだ。

瑠璃は大舞台に強い。本人は人並みに緊張すると言うけれど、コーチの私でも、その差異はほとんど分からない。試合中に硬くなっていると感じたこともない。

初めての世界選手権。過去最大の挑戦と言って差し支えない大舞台で、瑠璃は人生最高の演技を披露した。三回転アクセルや難易度の高いコンビネーションジャンプまで含めて、最後まで完璧に踊り切って見せた。

キス・アンド・クライで得点を待つ間も、胸の高鳴りが静まらない。

『The scores please for Ruri Kyomoto from Japan.』

場内アナウンスが始まる。

我が選手ながら圧倒的な演技だった。

完成度も、芸術性も、既にほとんど完璧だった全日本選手権のショートから、さらに上積みされている。

『Her short program score 89.12. Ruri is currently in first place.』

得点が発表されると、間髪を容《い》れずに爆発的な歓声が上がった。

89点台！　自己ベスト更新だ！

世界最高得点には惜しくも及ばなかったものの、肉薄するスコアである。

瑠璃はカメラの前ではポーカーフェイスを気取ろうとする。その横顔は厳しいままだが、

「問題はフリーです。でも、ひとまずは」

唇から零《こぼ》れ落ちた声が柔らかかった。

「これなら明日は最終滑走グループで滑れるね」

「はい。やっぱり私の考えは間違っていませんでした。演技構成点は努力だけではどうにもならない。少なくとも私に、そのセンスはありません。でも、先生のプログラムがあれば勝てる」

この子は昔から、人に触れること、喜びを分かち合うことを嫌う。

それでも、もしかしたら今なら。

右の拳《こぶし》を軽く突き出すと、瑠璃は一瞬、嫌そうな顔をした後で、遠慮がちに左の拳の先を当ててきた。

私たちは今日、まさにこの瞬間、真実、パートナーとなったのかもしれない。

戦える。瑠璃と私なら、二人なら、世界の頂点を目指せる。そんな確信が胸に灯《とも》った。

初めて曇りない心で、そう信じることが出来た。

二〇二九年　十二月二十一日　午後八時三十六分

瑠璃が二位になったあの世界選手権から、早いもので一年と九ヵ月が経った。

今日、十九歳でこの全日本選手権を迎えるまで、京本瑠璃と雛森ひばりは一度も同じ大会で滑っていない。しかし、必然のように、運命のように、オリンピック出場権をかけて再び相見《あいまみ》えることになった。

既に二十九人の選手が演技を終えている。首位は81・01点でシーズンベストを叩き出した加茂瞳だ。彼女の演技が終わり、会場のボルテージは最高潮に達している。

フィギュアスケートの世界では、国際スケート連盟から派遣されたジャッジが採点する大会の得点のみ、公式記録として認定される。各国主催の大会で算出されたスコアは、それがどれだけ高得点でも、非公認の参考記録となる。

国内選手権のジャッジは甘くなりやすい。それでも、女子ショートの80点台は驚異的な得点だ。現時点で二位の選手とは8点以上の開きがあった。

瞳は自らが生ける伝説であることを実力で証明してみせた。

だが、瑠璃や雛森には敵わないだろう。

三十一歳になってもなお、瞳がトップレベルで戦えているのは、代名詞とまで言われた三回転アクセルが、今も錆び付いていないからだ。しかし、三回転であればすべてのジャンプで満点に近い出来栄え点が期待出来る二人には敵わない。

『愛の挨拶』の旋律に乗せ、美しい舞が披露されていく。

午前の公式練習で心配になるくらい息を切らしていた瑠璃だけれど、合間の九時間でしっかりと心と身体を調整してきた。

甘美なメロディに乗せ、次々と洗練された技を繰り出していく。

すべてのエレメンツを極めて高い精度で成功させ、完璧なエンディングを迎えると、会場が一瞬、無音になった。

それから、降り注いだのは、瞳に匹敵する音量の拍手だった。

瑠璃はこれ以上ないくらい嫌われているが、こんな演技を見せられたら認めるしかない。

たった今、披露されたプログラムは、ショートでは間違いなく世界最高の演技だ。

万雷の拍手を受けているというのに、瑠璃は表情一つ変えていない。このくらい出来て当然とでも言わんばかりの顔で、リンクサイドに戻って来た。

「素晴らしかった。完璧だったよ」

「練習通り滑っただけです。勝負は明後日ですから」

油断はない。慢心もない。瑠璃はよく分かっている。戦いはまだ始まったばかりだ。

それでも、もしも今日、大きな減点をくらっていたら、勝負の土俵にすら上がれなかったかもしれない。ライバルからリードを奪える可能性が高いのは、このショートだからだ。

ジャージを手渡し、二人でキス・アンド・クライに着席する。

「体力的にはどう？」

「問題ありません。むしろ身体が軽過ぎて怖いくらいです」

女子シングルではフリーから次元の異なる戦いが始まる。時間が長くなり、エレメンツの数が増えるのはもちろんのこと、四回転ジャンプを組み込めるようになるからだ。

『京本さんの得点』

アナウンスが始まり、会場が一瞬で水を打ったように静かになる。

『９４・１４。現在の順位は第一位です』

嘘でしょ？　94点台？

演技を終えた瞬間も、リンクサイドで私に迎えられた時も、キス・アンド・クライで得点を待つ間も、瑠璃は無表情を貫いていた。すまし顔で平静を装っていた。

しかし、得点を聞いた瞬間、その右の拳が、小さく握り締められた。

プライドの高いこの子が、思わずガッツポーズを作ってしまっていた。

会場も冗談みたいに騒然としている。それもそのはず。

「おめでとう。ワールドレコードだね」

「所詮《しよせん》、非公認記録ですよ」

天邪鬼《あまのじやく》だからカメラの前で喜びたくないのだろう。瑠璃は仏頂面のまま呟《つぶや》いたけれど、その声は微《かす》かに震えていた。

嬉しくないはずがない。達成感を覚えないはずがない。己の限界に気付きながら、何度も壁にぶつかりながら、それでも歯を食いしばって、自分を信じて、今日まで戦ってきたのだ。

「行きましょう」

「その前に一度、抱き締めさせて」

「まだ何も勝ち取っていません。そういうのはフリーが終わってからにして下さい」

「でも、今この瞬間、少なくともショートプログラムでは、あなたが世界一よ」

「それは、まあ、悪くない事実です」

キス・アンド・クライには選手たちのメッセージカードが貼られたボードが立っている。

間違いなく主役の一人なのに、瑠璃のメッセージは右下の隅に隠れるように貼られていた。

朝、予備のカードを渡された瑠璃は、私に諭され、渋々こうメッセージを書いた。

『全員、黙って見てろ』

本当に、この子はいつまでこんな生き方を貫くのだろう。その頑《かたく》なさに呆れもしたが、こんな得点を見た後では、もう何も言えない。いっそ清々しいほどだ。

最終滑走グループ、五番目の選手の演技が始まると、リンクサイドに最後の選手が現れた。

最大にして唯一のライバル、雛森ひばりである。

「瑠璃ちゃん、凄いね！　94点なんて初めて見たよー」

この期に及んでもなお、この戦いが持つ意味を理解していないのか、彼女は無邪気な笑顔で話しかけてきた。

相変わらずの緊張感のなさに、瑠璃の頬が引きつる。

「今度は逃げるなよ」

「逃げる？」

「あの世界選手権を忘れたの？」

一年と九ヵ月前、アナハイムで開催されたその大会に、二人は十七歳という年齢で挑んだ。

そして、それぞれに対照的な結末を迎えている。

「今日は真面目にやるよ」

「いつでも真面目にやれよ」

「これからはそうする。オリンピックに行きたいもん」

「そう。良かった。本気じゃない奴を叩きのめすのは、気が引けるから」

「うん。私も負けないよ！」


バックヤードへと続く薄暗い通路の入口に二人で並んで立ち、最終滑走者である雛森の演技開始を待っていた。

選手の感情に配慮してか、関係者も報道陣も私たちから距離を取っている。

「そう言えば、大事な話って何？　ショートプログラムが終わったら聞いて欲しい話があるって言っていたよね」

気になっていた質問の答えを促すと、感情が消えた二つの瞳に捉えられた。

その目は何？

私が問うより早く、瑠璃の唇が動く。

「オリンピックが終わったら、朋香先生との契約を解消したいです」

第二話

雪の妖精

二〇二九年　十二月二十一日　午後八時四十二分

　全日本選手権に辿《たど》り着いた選手たちの中でも、選ばれし者だけが集う最終滑走グループ。憧《あこが》れ続けた夢の舞台に、私、滝川泉美《たきがわいずみ》は、二十一歳で再び辿り着きました。

　会場に充満する刺すような空気さえ心地良く感じるのは、フラットな精神状態で今日を迎えられたからでしょう。

　私は幼い頃からグループの六番滑走を苦手としていました。

　六分間練習の後、ショートでも三十分以上、出番を待たなければならないからです。長い時間、陸の上にいたら、足裏の感覚が変わってしまいます。控え室で靴を脱ぎ、交感神経と副交感神経のバランスを意識しながら、下半身を休める。それから、もう一度、身体を作り直していく。やるべきことは分かっているのに、演技までの時間が長くなればなるほど力んでしまい、本番でミスを犯すことが多かったように記憶しています。

　対照的に、隣で準備を続ける親友、雛森《ひなもり》ひばりは、滑走順なんて一切気にしていません。

　この競技の本質は、自分との対話にあります。ライバルの得点は操作出来ませんので、演技直前に他人の演技を見てもノイズになるだけです。それなのに、

「あ、瑠璃《るり》ちゃんのショートが始まるよ！」

ひばりはストレッチもそこそこに、通路の選手用モニターに見入ってしまいました。自身は最終滑走者だというのに、いつも以上にリラックスしているように見えます。

『京本《きょうもと》さんの得点。９４・１４。現在の順位は第一位です』

「凄《すご》い！　凄いよ！　94点だって！」

京本瑠璃《きょうもとるり》選手の得点が発表されると、ひばりは興奮を隠せない顔で大きな声を出しました。

「ひばり。泉美。そろそろリンクに向かおう」

阿久津清子《あくつきよこ》先生に促され、大きく伸びをしたひばりの横顔には、緊張の色が微塵《みじん》も浮かんでいません。経験豊富な阿久津先生も堂々としたものです。

結局、今日も一番硬くなっているのは私なのかもしれません。

スケート靴を手に、ひばりと並んで会場に入ると、冷えた空気に何処か熱を感じました。

「瑠璃ちゃん、凄いね！　94点なんて初めて見たよー」

キス・アンド・クライから引きあげてきた京本さんに無邪気に話しかけたひばりは、一秒後には嫌そうな顔で睨《にら》まれていました。

二人はライバルですから、当然と言えば当然の反応です。

ただ、ひばりの言葉には一切の他意がありません。

どんな時でも、好きなものは好きと、素直に認められる。そんな人間だからこそ、あらゆるエネルギーを吸収して、ここまでの選手に成長したのです。

「滝川泉美だったっけ」

ひばりに呆《あき》れ顔を向けてから、京本さんは私に話しかけてきました。

「こいつはともかく、あんたと全日本選手権で再会することになるとは思わなかった」

「私も世界一になることを、まだ諦《あきら》めていないので。そう言ったら、笑いますか？」

「まさか。私は、私を笑った奴らを、全員、結果で黙らせてきた。あんたもそういうタイプでしょ。そうじゃなきゃ、今、この場には立っていない」

「ありがとうございます」

「感謝されるようなことを言った覚えもないけどね」

最終滑走グループにはトップ選手ばかりが集まっています。ただ、現実的に考えるなら、この大会で頂点を狙える選手は、ひばりと京本選手だけでしょう。

ひばりが最高の演技を披露したとしても、ジャンプに制約がかかるショートでは、京本さんの後塵を拝するかもしれません。演技構成点では明らかに彼女に分があるからです。

しかし、ひばりの真価が発揮されるのはフリースケーティングです。

練習通りの演技が出来れば、誰が相手でも総合得点で逆転出来ると私は確信しています。


氷上で一番輝く選手になりたい。誰よりも速く、高く、美しく舞いたい。

齢一桁《よわいひとけた》の頃から一心に願い続けてきましたが、才能というのはとても残酷な形をしていて。

どれだけ努力しても、どれほどの強さで祈っても、手に入るものではありませんでした。

大怪我をする度に、永遠にも似た長さを苦しんできました。

だから、子どもの頃は、天才、雛森ひばりに対して、大いなる戸惑いを感じていました。

天に唯一無二の才能を与えられた友人に、嫉妬《しっと》もしていました。

ですが、いつだって、それ以上の強さで、ひばりの演技に魅了されてきたように思います。

私はずっと。

もう本当にずっと。

壊したいほど、ひばりが愛《いと》しいのです。

1

あなたが一番輝いていたのは、いつですか？

そう問われた時、情けない話になりますが、私は十歳までと答える気がします。

今思えば、少女時代の毎日は、その眩《まぶ》しさに目が眩《くら》むほど、光り輝いていました。

滝川泉美の人生を語るには、まず父、滝川六郎太《たきがわろくろうた》の話から始めなければなりません。

父は競技の黎明期《れいめいき》、まだ男子選手が極めて少なかった時代のフィギュアスケーターでした。

父は国内大会で表彰台の常連でしたが、コアなスケートファンでも顔と名前をパッと思い出せる人間は少ないでしょう。

当時の男子シングルを代表する選手と言えば、父と同い年の雛森翔琉《ひなもりかける》選手でした。

フィギュアスケートが女だけの競技ではないということを世間に知らしめたのも、初めて世界選手権の表彰台に立ったのも、翔琉さんです。ただ、そんな彼でも男子シングルを人気競技に押し上げる存在にまではなれませんでした。

日本の男子選手がオリンピックでメダルを獲得するのは、二人の引退から実に二十年以上の時が経ってからです。男女の人気が逆転して久しい今では嘘のような話ですが、それだけの長い期間、男子選手たちは不遇の時代を過ごしていました。

現役時代の雛森翔琉は、王様気質で、華と実力を兼ね備えたスターだったと聞きます。父はそんな彼の腰巾着《こしぎんちゃく》のような存在であり、二人の関係性は引退後も変わりませんでした。

二人はプロスケーターとしての活動を経て、三十代も半ばで第三の人生に舵《かじ》を切りましたが、その時もスケール感には大きな違いがありました。

翔琉さんの就職先は、渋谷《しぶや》区に本部を置く総本山「日本アイス競技連盟」です。一方、父の就職先は故郷のスケートクラブでした。帰郷を機に「北海道アイス競技連盟」の理事になりましたが、そちらは、あくまでも地方のスケート競技を管理する団体に過ぎません。

就職を機に関東から離れても、父と雛森家の交流は続いていました。

時々、翔琉さんが家族を連れて北海道に遊びに来ていたからです。

会う度に、二人はお酒を飲みながら、子どもたちの練習環境、育て方について、激論を交わしていました。時代が進めば理論も正解も変わります。自分では達成出来なかった夢を、翔琉さんもまた息子と娘に託していたのでしょう。

四歳上の國雪《くにゆき》君と二歳下のひばりのことを、私は幼い頃から知っていました。

とはいえ、数年に一度、数日会うだけの知人です。面倒見の良い國雪君のことはともかく、幼少期のひばりのことはほとんど覚えていません。理知的な兄とは似ても似つかぬ妹、せいぜいその程度の印象が残っているだけでした。

「泉美ちゃんは氷の感触を捕まえるのが抜群に上手《うま》いね」

小学校入学と同時に新しく師事することになったコーチは、初日の練習を見て、そんな言葉をかけてくれました。

私は三歳でスケートを始め、運動重視を教育方針とする幼稚園に通っていました。

平日は毎日五時間、休日も望んで、朝からリンクで滑っていました。

都会のアイスリンクには強豪選手が数多く所属しているため、練習時間の確保が難しいという難点があります。一方、田舎の場合は、一般滑走の時間でもあまり人がいません。ほかにお客さんがいない時は、曲をかけて練習して良いよなんて言われることすらありました。

小学生時代、努力すればしただけ上達していくことに、日々、得も言われぬ幸福を感じていました。道民の希望の星として、常に話題の中心にいたように記憶しています。

しかし、夢見る幼年期の終わりは、予期せぬ形で、不意にやってきました。

十一歳の夏の終わり。

連盟の評議員会で役員改選がおこなわれ、翔琉さんが新副会長に任命されました。

その後、我が家にも大きな変化が発生しました。翔琉さんに請われる形で、父が北海道での職を辞し、日本アイス競技連盟の職員となったからです。

生まれ育った北海道から出て行くことに、寂しさを覚えなかったと言えば嘘になります。

それでも、競技への想いが上回りました。

首都圏のスケート人口は、北海道の比ではありません。道内では敵なしでも、私は全国大会で表彰台に立ったことがありませんでした。レベルの高い環境に身を置くことで、ブレイクスルーのきっかけを得られるかもしれません。

友人との別れに寂しさを覚える傍ら、私は密《ひそ》かな期待に胸を膨らませていました。


神奈川への引っ越しを終えた翌日。

早速、雛森家の兄妹《きょうだい》が所属しているクラブを、父と一緒に見に行くことになりました。

今日は見学だけと言われていましたが、逸《はや》る気持ちは制御出来ません。

立派な施設を目にしただけで、滑り出したい衝動に駆られました。

「逆回転を入れるのはやめろ！　何度言ったら分かるんだ！」

重たい扉を押して施設に足を踏み入れたその時、観客席から怒声が響きました。

サブリンクの中央で、二人の少女が重なるように転倒しています。

鬼の形相で叫んでいたのは、國雪君の父、翔琉さんでした。

「お前一人のリンクじゃないんだ。ほかの選手を怪我させてからじゃ遅いんだぞ！　コーチの言うことが聞けないなら、今すぐ出て行け！」

罵声《ばせい》を浴びていたのは翔琉さんの娘、ひばりでした。周囲の子どもたちより一回り身体が大きい彼女は、スタイルも抜群なため、シルエットだけなら外国人にも見えます。

九歳になったひばりは、相変わらず男の子みたいに髪を短くしており、反抗的な眼差《まなざ》しで父親を睨み付けていました。

そして、手袋を叩《たた》き付けると、そのままリンクの反対側から出て行ってしまいました。

「変わらんなぁ。翔琉も、ひばりちゃんも」

「逆回転って何のことですか？」

「軸足を右にして、左足で着氷したんじゃないかな。日本では、ほとんどの選手が反時計回りの正回転だろ。逆回転の選手は軌道の膨らみが変わるから、ぶつかりやすいんだよ。常に逆回転なら軌道の予測もつくけど、気分に応じて変えられたらお手上げだ」

スピンの場合、順回転の直後に逆回転で回ると、難度が高い技として認定されます。

「ジャンプって逆回転を入れると点数が高くなるんでしたっけ？」

「いや、そんなルールはないな。理論上、成立するコンビネーションで最も難しいのは、順回転のルッツから逆回転のルッツに繋《つな》ぐことだろうけど、そんな超絶技巧を完成させても、規定がないから得点は加算されない」

「では、あの子は何のために怒られてまで逆回転を跳んだんですか？」

「それは本人に聞いてみないと分からんよ。最近、手が付けられないとは聞いていたが、色んな意味で規格外の選手に育っているのかもな」

クラブの関係者に挨拶《あいさつ》を済ませた後、食事会が開かれる雛森家へと向かいました。

彼らが北海道に遊びに来たことはありますが、こちらからお邪魔するのは初めてです。

「泉美。ひばりちゃんと仲良くしてくれよ。雛森家に気に入られて損することはない」

鼻歌交じりに運転していた父が、赤信号で止まると、そんなことを言ってきました。

「お父さんと翔琉さんは同い年の友人ですよね。どうしてそんなに卑屈なんですか？」

「長いものには巻かれろだ。俺は実利を優先する。家族のためにも賢く生きるさ」

なるほど。それが大人の処世術というものなのかもしれません。

「叶《かな》うなら、國雪君とも仲良くなりたいです」

「良いね。國雪君と結婚するなら反対しないぞ。お前らが結ばれれば雛森家との絆《きずな》も固くなる」

「そういう恥ずかしいことは、絶対にあちらのお宅で口にしないで下さいね」

東京と神奈川の境、閑静な住宅街に居を構えた雛森家は、圧倒されるほどの豪邸でした。

地元の名士であると聞いていましたが、庭の敷地だけでも相当あるはずです。

翔琉さんの妻、雛森紫帆《ひなもりしほ》さんは、色白で線が細く、見惚《みと》れるほどに美しい女性です。今日も私は会えることを楽しみにしていました。しかし、紫帆さんは体調を崩していたらしく、翔琉さんと國雪君、私たち親子の四人だけで、食卓を囲むことになりました。

父親の叱責《しっせき》を受け、ひばりがアイスリンクから出て行ったのは、一時間前のことです。

あの子はまだ自宅に戻っていないのでしょうか。彼女が何処にいるのか気になりましたが、何となく憚《はばか》られて尋ねることが出来ませんでした。

「六郎太。お前が来てくれて心強いよ。ひとまず人数を増やさないと埒《らち》があかないからな」

帰りは代行を使うと言って、父は迷いなくお酒を飲み始め、酔いが回った翔琉さんと饒舌《じょうぜつ》に語り合っていました。

「今もスピードスケートの派閥が強いのか？」

「ああ。理事になってすぐに多数決の本質を理解したよ。あれは話し合いを体よく封じるための暴力さ。これ以上、連盟を私物化させてたまるか。フィギュアスケートで稼いだ金は、フィギュアスケーターに還元されるべきだ」

「気持ちは分かるが、現実的には無理だろ。スピードスケートもショートトラックも集客力がないから、興行が成り立たない。注目されるのが四年に一度じゃ、スポンサーは増えないさ」

酒の勢いに任せて語り合う大人たちの横で、私もまた楽しい時間を過ごしていました。

國雪君と会うのは二年振りです。十五歳になった彼は、すっかり大人びた眼差しに変わっていました。自分でも不思議なほど心が華やいでいるのは、淹《い》れてもらったアップルティーの香りだけが理由ではないはずです。

國雪君よりも気品があり、洗練という言葉が似合う男子を、私は知りません。

「去年の選手権の演技を何度も見返しました。シニアへの転向は考えなかったんですか？」

十五歳から十八歳の選手は、バッジテストで七級に合格していれば、シニアとジュニア、いずれかのカテゴリーを選択出来ます。シニアは求められるエレメンツの数が多いため、体力的なハードルが上がりますが、國雪君の実力であれば問題なく対応出来るはずです。

「考えなかったわけでもないんだけどね。世界ジュニア選手権を取りたいんだ。去年、二位だったことが忘れられなくてさ。だから、今季は世界の舞台でのリベンジが目標かな」

「そうだったんですね。楽しみです」

「泉美ちゃんはノービスAだっけ？」

「はい。表彰台に立って、全日本ジュニアに出場することが今の目標です」

「おー。推薦選手に選ばれたら一緒に大会に出られるね。頑張って。応援している」

「ありがとうございます。そうなれたら嬉《うれ》しいです」

父は車中で、國雪君と結婚するなら反対しないと、突拍子もないことを言っていました。

私はまだ十一歳です。結婚どころか男の子との交際など意識したこともありません。

それでも、こんな距離で、こんな笑顔を見せられたら、心が跳ねます。本当はもう何年も前から恋に落ちていたのかもしれませんが、はっきり好きだなと感じてしまいます。

「泉美ちゃん、お父さんにも敬語を使っていたよね」

「はい。北海道のクラブでは、すべての練習が年上の選手と一緒だったんです。きちんと敬語で話せるようになりたかったので、家でも学校でも意識的に習慣付けをしていたら、染みついてしまいました」

「へー。そんなことあるんだ。面白いね」

彼の笑い声に反応して、父がこちらに顔を向けてきました。

「國雪君、泉美と仲良くしてやってくれ。家も近くなったしな。ひばりちゃんとも友達になって欲しいんだが、あの子は……」

「帰って来てすぐに部屋に閉じこもっちゃいました。リビングには下りて来ないと思うので、良かったら案内しますよ。僕も泉美ちゃんに妹と仲良くして欲しいです」

お酒を飲んでいる父たちを残し、リビングを出ると、國雪君は宮殿を思わせるような開放的な造りの階段を登り、豪邸の中を案内してくれました。

「あれ。いないね」

彼女の部屋だという二階の角部屋には、誰の姿も見当たりませんでした。殺風景な部屋に、ジャンパーやズボンが脱ぎ散らかされています。

もう日暮れ時です。子どもが一人で外出するような時刻ではありません。

トレーニングルームや書庫など、幾つかの部屋を覗《のぞ》いた後、一階にある紫帆さんの自室を訪ねると、ようやくひばりの姿を発見しました。

「あ、お兄ちゃん」

個室には似つかわしくない大画面テレビがついており、彼女は絨毯《じゅうたん》の上であぐらをかいてそれを見ていました。

「ひばり。母さんは具合が悪いんだから、休ませてあげないと」

「お母さんが来て良いって言ったんだもん」

来訪者に気付き、ベッドの上で上半身を起こした紫帆さんは、見たいと願っていた、あの素敵な笑顔を向けてくれました。

「あら、泉美ちゃん。ひばりを捜しに来てくれたの?」

「はい。挨拶をしたかったので。あの、これって昔の世界選手権ですよね?」

二人は大画面テレビで、フィギュアスケートの試合映像を見ていました。

画質が粗く、縦横比も違います。私の記憶が確かなら、確かこの大会は、

「ドルトムントですか?」

「よく分かったね。泉美ちゃんが生まれる前の大会なのに」

「各時代の流行《はや》りを分析したくて、世界選手権は九〇年代まで一通り見たんです。この大会はフリーで大逆転がありましたし、特に印象に残っています」

「勉強熱心で偉いね。ひばり。泉美ちゃんはこれから同じクラブで滑るんだって」

「うん。知ってる。楽しみ」

紫帆さんの言葉を受け、彼女が満足そうに頷《うなず》きました。北海道で何度か遊んだことはありますが、正直、友達だと胸を張って言えるほどに打ち解けていたわけではありません。

「泉美ちゃんの演技、可愛いから好き」

「どうして知っているんですか？」

「お母さんと一緒にノービス選手権を見たよ」

「去年の大会を観戦に来ていたんですか？」

「ううん。ここで見た」

「映像配信でね」

今やどのカテゴリーでも主要な大会はライブ配信されています。会ったこともない海外の選手まで、早い段階から意識出来ることも、この時代ならではと言えるかもしれません。

全日本ノービス選手権は、私が表彰台に立てなかった全国大会です。納得のいく演技が出来たとは思っていませんが、好きと褒められれば自信になります。

「泉美ちゃん。これから國雪とひばりをよろしくね」

「はい。こちらこそ、仲良くしてもらえたら嬉しいです」

神奈川での新生活が始まった頃、私の小さな胸には希望ばかりが溢《あふ》れていました。

それが、子どもの浅はかな夢想であったことを思い知るのは、まだ、もう少しだけ先の話になります。

2

雄大な自然に囲まれた北海道から、首都圏である神奈川への引っ越しです。

学校を始めとする生活環境の変化にも戸惑いを覚えましたが、リンクやクラブの規模の違い、子どもたちの実力にはそれ以上に驚かされました。

現時点で、自分が同世代のトップ選手でないことは知っています。ただ、地方大会では優勝を何度も経験していましたし、周囲からも「将来の金メダリストだね」と期待されていました。正直、私自身、励ましの言葉を真に受けてしまう程度には、強い自信を持っていました。

しかし、KSアカデミーで練習する選手たちは、気持ちも、実力も、私が知る選手たちとは質が違いました。遊びの延長という意識で滑っている選手がいないわけではありません。ですが、どの世代にも本気で頂点を目指している選手がいます。

新しいクラブで私の指導者となって下さったのは、二年前に現役を引退したばかりの阿久津清子先生でした。グランプリシリーズでの優勝経験もある気鋭のコーチです。

阿久津先生はその芸術的なセンスを高く評価された選手でしたが、もちろん技術も一流です。なかなか習得出来ずにいた三回転ループも、実技を見せながら教えて下さる先生のお陰で、ついにものに出来ました。

移籍から一ヵ月後、両親を交えての面談がおこなわれ、その席で、先生は私のことをこのように評価してくれました。

「泉美ちゃんは、とても賢い選手です。知性が長所になるタイプだと思います。逆に、短所は、人一倍、努力が出来てしまうことかもしれません」

当時、小学生だった私は、先生の言葉をすぐには理解出来ませんでした。

「大人でも、二十四時間、三百六十五日、集中力を維持することは出来ません。ただ、彼女は限りなくそれに近いことが出来ます。素晴らしいことですが、アスリートの資本は身体です。休むべき時には休み、心と身体をフレッシュな状態に保つことも、成長には必要です」

阿久津先生は野望に燃える私の心を、寄り添うように理解して下さいました。そして、彼女は生徒の性格、個性まで見極めて、練習メニューを選ぶコーチでもありました。

この先生の指導を受けていけば、きっと、これまで以上に成長出来る。そう思いました。

将来有望な選手が集まる都会のクラブにあっても、雛森兄妹は一際輝いており、シニアで活躍している選手もいるのに、國雪君は練習で誰よりも目立っていました。

真新しい環境に私が戸惑っていることに気付いた彼は、クラブで会うと必ず話しかけてくれます。仲間の選手たちにも積極的に紹介してくれました。

誰一人友達がいない土地に引っ越して来たのに、ほとんど寂しさを感じずに済んだのは、國雪君がいてくれたからです。彼のお陰で孤独も疎外感も覚えることがありませんでした。それどころか、あっという間に新しいクラブに馴染《なじ》むことが出来ました。

両親譲りの中性的な顔立ちをした國雪君は、立ち居振る舞いも絵になります。実力があって、社交的で、人格者なのですから、人気が出ないはずがありません。

私の観察が正しければ、近しい年頃の女の子たちは、軒並み彼に恋をしているようでした。

ただ、どれだけ熱視線を浴びても、当の國雪君は色恋沙汰《ざた》に対して、はっきりと線を引いていました。異性を気にする時間があるなら、一秒でも長くリンクで自分と向き合う。それが彼の確固たるスタンスでした。女の子からのアプローチを飽きるほどに経験してきたからか、國雪君は近しい年頃の女子に対し、常に一定の距離を保とうとします。しかし、私だけは最初から彼の警戒心の外にいました。家族ぐるみの付き合いを通して、もう一人の妹のような存在になっていたからかもしれません。

一方、彼の妹、ひばりとの距離感は、私にとって常に難しいものでした。

國雪君の演技に対しては、曇りのない心で拍手を送ることが出来ます。何なら、ほとんどファンと変わらない感覚で応援していました。

ただ、ひばりはそう遠くない未来に、ライバルとなる選手です。

いつ見ても彼女の演技は動物のようにダイナミックです。ストロークの幅が大きく、エッジが深い。何より、シニアの男子選手かと思うほどに、スケーティングが速い。

今しばらくはカテゴリーが違いますが、中学生になれば同じ大会でメダルを競うことになるでしょう。しかも、彼女は既に私より優れた選手でした。

そんな当代随一の天才、雛森ひばりは、超がつくほどの人見知りなのに、何故か私にだけは完璧《かんぺき》に懐《なつ》いていていました。

ＫＳアカデミーのクラスはバッジテストの級によって分かれているため、私たちは練習でいつも一緒になります。

ひばりは人に頼ることを当たり前と考えている節があり、気付けば、練習以外の時間も、常に私の後ろにいるようになりました。

年下の子に慕われるのは新鮮でしたし、懐かれることは単純に嬉しいです。

ただ、保護者のような立場になってしまったことで、自然と彼女が引き起こすトラブルに巻き込まれるようになってしまいました。

ひばりは繰り返しの練習が大嫌いで、メニューに飽きると、すぐにリンクから脱走します。忘れ物も多く、昨日言われたことですら覚えている方が珍しい子でした。

そのせいで、いつしか「あなたが注意していたら、こうはならなかったのに」みたいな理不尽な理由で、私も一緒に怒られるようになりました。

気分屋で、我慢が苦手で、一事が万事そんな調子のひばりは、毎日のようにコーチから雷を落とされています。練習中に怒られるのは、ひばりだけではありません。私やほかの選手も注意を受けることはあります。とはいえ、あくまでも指導はスケートに関してです。

しかし、ひばりはいつも演技の質以外の問題で、コーチの逆鱗《げきりん》に触れていました。そして、悲しいけれど、そんな娘に対し、誰よりも腹を立てているのが、父親の翔琉さんでした。

幾ら何でも、あそこまで怒らなくても良いんじゃないだろうか。あまりの剣幕に最初の頃は同情もしていましたが、ひばりを知れば知るほど、大人たちの気持ちが理解出来てしまいます。

天才なのに。やれば出来るのに。ひばりはコーチの指示に従いません。

翔琉さんは赤の他人が見ても分かるレベルで、息子と娘を差別して育てています。

褒められたことではありませんが、実の父親がそんな選別をしてしまうほどに、國雪君とひばりは気質が違っていました。


神奈川県に引っ越したその年、年末の全国大会で、私たちは三者三様の結果を残しました。ノービスはAとBのカテゴリーに分かれており、十一歳からAの選手になります。そして、全国大会で結果を残せば、飛び級で全日本ジュニア選手権への推薦出場が叶います。

國雪君と同じ大会で滑りたい。明確な目標を胸に、私は新しいカテゴリーに挑戦しましたが、七位で表彰台には立てず、特別出場資格は得られませんでした。

一方、全日本ジュニア選手権を連覇した國雪君は、三月の世界ジュニア選手権で有言実行のリベンジを果たしました。表彰台の一番高い場所で彼が見せてくれた笑顔を、私は一生、忘れないと思います。大好きな選手の活躍が、自分のことのように誇らしかったからです。

私と國雪君がそれぞれの目標に胸を熱くしていたその年、ひばりはノービスBの大会に出場しませんでした。より正確に言えば、地方予選である関東選手権大会では優勝したのに、北海道で開催された本大会を、無断で欠席していました。飛行機に乗りたくないという理由で、移動当日に家から逃げ出していたらしく、その後、激怒した翔琉さんに、冬休みが終わるまで外出禁止を命じられていました。


十二歳、小学六年生になって迎えた翌シーズン。

私はノービスAの大会で準優勝を果たし、全日本ジュニア選手権への出場切符をついに獲得しました。満足のいく滑りが出来ましたし、結果にも胸を張って納得出来ました。プログラムを作ってくれた阿久津先生も、自分のことのように喜んで下さいました。

ノービス参戦から四年。全国大会では初めての表彰台です。

金メダリストになった名古屋《なごや》の女の子とも、去年ほどの差はありません。

神奈川県への引っ越しから一年余り。ついに殻を破れたのだと思いましたが、すぐに現実に引き戻されることになりました。ノービスBの大会に出場したひばりが、上のカテゴリーを凌《りよう》駕《が》する得点で優勝していたからです。

ひばりの世代にはもう一人、京本瑠璃という注目度抜群の選手がいます。十歳にして三回転《トリプル》アクセルを跳ぶ天才ですが、彼女ですら真剣になったひばりには敵《かな》いませんでした。

フィギュアスケートは自己と向き合う競技です。それでも、明確に得点が出る世界で生きているからこそ、差を意識せずにはいられません。

ひばりはとにかく怪我をしません。加えて、恐怖心に乏しく、ジャンプでもスピンでも難しい技にこそ挑戦したがります。一方、ステップや振り付けには関心がなく、試合でも音楽を無視して滑ることがしばしばありました。私はこのスポーツを芸術競技として愛しています。あらゆる技を、出来る、出来ないでしか捉《とら》えない彼女の思考に、日々、心を痛めていました。もっと、この競技の本質を理解して欲しいと、常々考えていました。

学校に私より足の速い女子はいません。マラソンでも、高跳びでも、幅跳びでも、女子では常に校内一の成績です。あらゆる運動部の顧問、先輩、同級生から勧誘されてきました。それでも、単純なフィジカル測定ですら、二歳下のひばりに敵《かな》いません。

アスリートとしては文字通り「もの」が違いました。

しかし、フィギュアスケートは、努力と意識が「もの」をいう芸術競技です。

アメリカのジャーナリスト、マルコム・グラッドウェルは、心理学をもとに「一万時間の法則」という理論を提唱しました。成功者になるには一万時間の練習が必要という理論です。

真偽は分かりません。ただ、一万時間が必要だというなら、私はそうしようと思います。

二倍の才能を与えられた者に、五倍の努力で勝つ。

まだノービスで滑っていたあの頃、私は本気でそう考えていました。

身体能力が決定的な違いを生むアスリートの世界では、所詮《しょせん》、努力で埋められる差など、わずかなものでしかないと、子どもだった私はまだ気付いていなかったのです。

3

桜の花が散れば、また一つ年を取ります。早いもので、私は十四歳になりました。

神奈川県に引っ越してからの三年間で、人生というものが、いかにままならないものなのか、何度も痛みと共に思い知ってきたように思います。

戦いの舞台をジュニアに移してからは、努力を重ねれば重ねただけ、失望が積み上がっていきました。成長しているはずなのに、目標と現実のギャップに目眩《めまい》を覚える時間が、日に日に長くなっていきました。

十三歳でこれだけ滑ることが出来るなら立派だよと、父も阿久津先生も慰めてくれます。

だけど、十年間、この競技に打ち込んできたからこそ、現実が見えてきました。

私は天才ではありません。努力で天才に並び立てる秀才ですらない可能性が高いです。

一日たりとも手を抜かずに頑張ってきたと、胸を張って断言出来るからこそ、認めたくない現実を、思い知らされてしまいました。


梅雨の季節が始まった頃から、右足に違和感を覚えるようになりました。

同じ部位を過度に使い続けることで引き起こされるオーバーユース症候群、シンスプリントと診断され、練習を二週間休んだものの、痛みがなかなか引きません。

復帰予定日だったその日、阿久津先生が話し合いの時間を作ってくれました。

新シーズンの開幕まで、まだ時間があります。無理をして大怪我に繋がる方が怖いのは、私だって分かります。ジュニア強化合宿を辞退し、完全に違和感が消えるまで身体を休めることになりました。スケートを習い始めて以来、初めてとなる長期の休息でした。

既に、私はトップ選手たちから後れを取っています。ライバルより長い時間練習しなければならないのに、逸る気持ちに身体がついてきません。努力さえ許されない日がくるなんて、考えたこともありませんでした。

父が迎えに来るまで、まだ時間があります。観覧席に座り、シニアに交ざって練習をする年下の友人を眺めていたら、悔しくて涙が溢れてきました。

ひばりは去年、例の気まぐれを発揮し、ノービス選手権を欠場しています。それを翔琉さんに怒られると、意趣返しのつもりか、しばらくクラブに姿を見せなくなりました。

ところが、新年度が始まると、何事もなかったかのような顔で復帰し、ジュニアカテゴリーを飛ばして、シニアの選手たちと一緒に練習を始めるようになりました。

気分次第で練習も大会もサボる。コーチの指導も振付師の指示も無視して、自由に滑る。

真剣にスケートと向き合っているすべての関係者が、ひばりの奔放な生き様に振り回されています。ですが、肝心のひばりが周囲の顔色を気にしていません。より正確に言うなら、ナチュラルに彼女は周囲の人々の気持ちが分かっていません。

「泉美ちゃん。久しぶり。これ、あげる」

背後から声をかけられ、振り返ると、國雪君がホットティーを持って立っていました。

コートを羽織っていてもリンクサイドは冷えます。受け取った缶を両手で摑《つか》むと、温《ぬく》もりが優しさみたいな何かと一緒に伝わってきました。

「しばらく練習を休んでいたよね。具合でも悪い？」

「右足のすねに違和感があって、夏休みまで休むことになりました」

「そっか。泉美ちゃんは根を詰めて練習するタイプだから、時には休む時間も必要かもしれないね。無理は禁物だよ」

昨今、国内の有力選手は、高校卒業後、強豪大学のアイススケート部に所属して活動を続けるのが一般的です。しかし、國雪君は来季、都内の大学に進学し、クラブ所属のまま選手生活を続けると決めていました。個人でコーチを雇えるのは、ひとえに彼が自力でスポンサーを集められる人気選手だからでしょう。

男子フィギュアスケート界の盛り上がりは、その勢いを増す一方です。

オリンピックでのメダル獲得が目標だった時代は、今や遠い昔の話になりました。金メダルを取れるのか、いや、誰が取るのか、そんなレベルに到達しています。

久しぶりに國雪君と長い時間、お喋《しゃべ》り出来たその日。

私はリンクに姿を見せなかった数ヵ月間に、ひばりが何をしていたかを知りました。

彼女は都内の陸上クラブに誘われ、そちらの練習に参加していたのだそうです。

スピード、パワー、バネ、持久力、すべてを圧倒的な強度で兼ね備えた選手です。名だたる指導者たちが夢を見たくなる気持ちは分かります。

口説き落とすのが目的であれば、スカウトたちは甘い言葉をかけていることでしょう。

翔琉さんやコーチに叱られてばかりの日常を送っているひばりの心が、他の競技に向くのも理解出来ない話ではありませんでした。


どうやら右足の摩耗は、想像以上に深刻だったようです。

夏休みが始まっても練習再開の目処《めど》が立たず、新シーズンを開幕から棒に振ることになってしまいました。

焦らず、来シーズンの復活を目指すべきだと、理性では分かっています。しかし、私が戦っているのは、若さと少女の身体が最大の武器となる、極めて選手生活の短い競技です。

十四歳という最高の一年間を怪我で失うことに、怒りと、それに勝る失望を覚えました。

どうして私がこんな目に遭わなければならないのでしょうか。

人一倍頑張ってきたから苦しまなければならないなんて、あまりにも理不尽です。

八月の蒸し暑さも峠を越した頃。

阿久津先生の発案で、若い選手たちを中心としたバーベキュー大会が開催されました。

河川敷でご飯を食べるなんて、初めての経験です。

集団行動が苦手なひばりはもちろん、普段、國雪君もこういったレクリエーションの場に姿を現すことはほとんどありません。しかし、その日は珍しく雛森兄妹も参加していて、國雪君に気付いた何人かの女の子たちが、朝からそわそわしていました。

行動が読めない妹が心配なのか、國雪君はひばりの傍を離れようとしません。ひばりもひばりで私の隣から動かないので、必然、ずっと三人で一緒にいることになりました。

國雪君に憧れる女の子たちからすれば、このようなイベントは、またとないチャンスです。

高校生たちが彼に近付こうと右往左往しているのは見えていました。ひばりを連れて消えて欲しいと、目で訴えられていることにも気付いています。

ただ、残念ながら今の私には、それを実行出来るほどの心の余裕がありませんでした。

練習を休んでいるのに、レクリエーションに交じって良いんだろうか。迷っていた私を誘ってくれたのは阿久津先生です。チャンスがあれば、今後の相談をしたいと思っていましたが、主催者でもある先生は、小学生たちの世話で手一杯になっていました。

炭火はホットプレートよりも高温で、強い遠赤外線を放射しているのだそうです。屋外の食事では五感が活発に働くらしく、実際、炭で焼いたお肉も、國雪君と並んで飲むオレンジジュースも、普段より美味《おい》しく感じました。

ただ、好きな男の子と楽しい時間を過ごしていても、ふとした瞬間に考えてしまいます。私がすべきことは、今いるべき場所は、本当にこれで正しいのでしょうか。

美味しい食べ物も、心躍る瞬間もいらないから、スケートを滑りたい。一日でも早くリンクに復帰して、後れを取り戻したい。それが偽らざる本音です。

私の葛藤《かっとう》になんて気付きもせずに、ひばりはリスみたいに口の中をいっぱいにしていました。

「お肉も食べた方が良いですよ。炭水化物ばかりでは体重が増えてしまいます」

「そうなの？　太ったことないから分かんないや」

「泉美ちゃんの言う通りだよ。ちゃんとバランス良く食べな。ほら、サラダも」

「えー。美味しくないからやだ」

兄に促されても、ひばりは聞く耳を持ちません。コカ・コーラを片手に、チョコレートをたっぷりかけたマシュマロばかり口に運んでいます。

これ以上言っても無駄だと悟ったのか、國雪君は焼けたお肉を私の皿に載せてくれました。

「ありがとうございます。こういうイベントに二人が参加するのって珍しいですよね」

「そうだね。父さんがあまり良い顔をしないから。でも、たまには」

「もしかして阿久津先生に何か頼まれました？」

朝から考えていたことを尋ねると、國雪君は困ったような笑みを浮かべ、言葉に詰まってしまいました。

「図星でしたか。落ち込んでいる私を励まして欲しいと頼まれたんですよね」

「僕も長期の離脱を経験したことがあるから、泉美ちゃんの気持ちが分かるのは本当だよ。ひばりも心配していたもんな」

「うん。早く戻って来て欲しい。泉美ちゃんがいないとつまらない」

「……誰がいても、いなくても、ひばりの練習メニューは変わらないですよね。四回転ジャンプを跳べる女子は一人だけじゃないですか」

ひばりが私に帰って来て欲しいのは、私だけはひばりの我儘《わがまま》に付き合うからです。

「泉美ちゃん。落ち込んでいる？」

「もう二ヵ月も練習出来ていないんです。落ち込まない方が難しいですよ」

「じゃあ、これ、あげる。食べると元気が出るかも」

コカ・コーラとマシュマロを差し出されましたが、手を伸ばす気になれませんでした。

「焼けたチョコレート、美味しいよ。食べてみて。お代わりも持ってきてあげる」

この子が善意で喋っていることは分かっています。その笑顔に、何の打算も、計算もないことも知っています。だけど、私は。

「……食べるわけないでしょ」

自分でも驚いてしまうほど低い声が口から飛び出していました。

「何で？　美味しいのに」

「炭酸飲料なんて飲みません。そんなカロリーの高いお菓子、食べたくありません。いい加減にして下さい！　私は早く怪我を治したいんです！」

全部言ってしまってから、我に返りました。この子に怒っても仕方ないのに。私の怪我は誰のせいでもないのに。どうして八つ当たりするみたいな言葉を……。

マシュマロを差し出したまま、ひばりは今にも泣きそうな顔で固まってしまいました。

「食事を選ぶのは大切なことだよ。泉美ちゃんに謝ろうか」

國雪君に促され、うつむいたひばりは、消えそうな声で「ごめんなさい」と呟《つぶや》きました。

どれだけ翔琉さんやコーチに叱られても、普段のひばりは頑《かたく》なに謝ろうとしません。注意されてしかるべきことを注意されているのに、なかなか認めようとしません。

それなのに、あっさりと謝った彼女の目から、一粒、二粒と、涙が零《こぼ》れ落ちました。

「ごめんなさい。嫌いにならないで」

「……すみません。気が動転していました。ひばりは良かれと思って分けてくれたのに。謝るのは私の方です」

こちらの言葉をかき消すように、その首が激しく横に振られました。

それから、私の右手を握ってきたひばりは、そのまま帰り支度が始まるまで、離そうとしませんでした。

私には誰かと喧嘩《けんか》をした記憶がありません。

誰かのことを心から嫌ったこともありません。

中学生になってから、学校で時々、嫌がらせを受けるようになりました。定期的に大会や合宿で休むからか、調子に乗っていると言われ、仲間外れにされたこともありました。

でも、いつも、ほとんど気にせずに受け流してきました。

私と同級生では生きている世界も見ている場所も違います。傷つくのは、落ち込むのは、怒りを覚えるのは、いつだってフィギュアスケートで失望した時でした。

だから、その日の帰り際、正直に伝えることにしました。

「私はひばりの演技が好きです。あなたみたいに滑れるようになりたいって、神奈川に引っ越して来た時から、ずっと、願っています。だから、ひばりが適当なことをやっていると許せないんです。本気でやって欲しい。妥協しているあなたは見たくありません」


少しくらいは私の想いが通じたのでしょうか。

ひばりはその年、フィギュアスケート史に永遠に刻まれるかもしれない伝説を残しました。

理屈の通じる選手ではありません。ひばりは誰に何を言われても、やりたくないことは絶対にやりませんし、逆に、どれだけ注意されても、衝動に駆られたら、やってしまいます。

配信でその演技を見た時、目を疑いました。

翔琉さんに監視され、二年振りに出場したノービスAの選手権大会。

提出した予定要素を無視して、ひばりは四回転ジャンプを三種類、四回も跳んでいました。

予定要素はあくまでも予定です。他の選手を牽制《けんせい》するため、あえて本番では跳ばないプログラムを提出する人間もいます。予定要素には二種類の四回転がソロジャンプとして組み込まれていましたが、あろうことかひばりは本番で三種類の四回転を跳び、しかもトウループはコンビネーションに組み込んで二回跳んでいました。

あの子はノービスの中でさえ粗が目立つほどに、スケーティングの表現が雑です。それでも、これだけ基礎点の高いジャンプを次々と成功させたら、誰も太刀打ち出来ません。

大会レコードを堂々と更新する得点で、ひばりは再び、ノービス女王の座に輝きました。

最高のあの子を望んだのは、期待していたのは、私です。

だけど、私だって舞台から降りたわけではありません。

諦めてなんていないから。諦めるなんて出来そうにないから。悔しいし、苦しいのです。

私は、私を証明したいのに。いつも、いつまでも、夢への扉は閉ざされたままでした。

4

クリスマスに苦々しい思いを抱くようになったのは、いつの頃からだったでしょう。

この季節が近付くにつれ、不愉快な鈍痛を下腹部に感じるようになりました。

まだ世界のことなど何も知らなかった少女時代、赤と白の季節に訪れる全日本選手権に、私は無邪気に憧れていました。中学生になれば、遅くとも高校生になれば、自分もあの舞台で戦うのだと、疑いもなく夢見ていました。

全日本選手権に出場して、満員の観衆の前で、気高く舞う。

それは、恋人に愛を囁《ささや》くより、百倍も崇高なことだと信じていました。

十五歳。

中学生最後の全日本ジュニア選手権に、私は並々ならぬ決意で挑みました。

我慢と忍耐を重ね、怪我を完治させたのは、もう一度、夢を追って戦うためです。

しかし、この年も全日本選手権への推薦出場は叶いませんでした。

総合十三位という成績は、現在の実力に鑑《かんが》みれば妥当です。ただ、期待も、気合いも、例年とは比べものにならないものでしたから、落胆を隠せませんでした。ブランクがあるとはいえ、ここまで通用しないのかと、大きなショックを受けることになりました。

私が再び消えない挫折《ざせつ》を突きつけられたその大会で、ひばりは悪い意味で消えない名前を残すことになりました。何を血迷ったのか、ショートで禁止されている四回転ジャンプを二回も跳んでしまったのです。

禁止されている技を披露した場合、基礎点がゼロのノーバリューとなります。負ける時は自分のミスで負ける。実にあの子らしい結末でしたが、指導者からすれば承服出来るはずがありません。

演技後、翔琉さんにいつも以上の雷を落とされたひばりは、完全にへそを曲げてしまい、その後、年内はクラブの練習に姿を現しませんでした。

ほとんど味も分からないローストチキンを口に運びながら、母と自宅のテレビで観戦した全日本選手権。

どれだけ素晴らしい演技を見ても、心が動きませんでした。

理由は分かっています。本当は、あの場所で、私も戦っていたかったからです。

父は今、現地で、どんな思いで働いているのでしょう。

少しくらいは、その場に立てなかった娘のことを思い出すことがあるのでしょうか。

「聖夜の決戦」なんて言葉を聞く度に、やるせない気持ちに襲われました。

心が重りみたいな憂鬱《ゆううつ》を振りほどけなくとも、季節は動いてゆきます。

何者にもなれないまま高校生になって。

私は目を逸《そ》らし続けていた現実と、嫌でも向き合うことになりました。

前々回、平昌《ピョンチャン》オリンピックの女子チャンピオンは、当時、十五歳だったロシアの選手です。

前回、北京《ペキン》オリンピックの金メダリストも、やはりロシアの十七歳の少女でした。

高難度ジャンプの出来栄えと多寡が勝敗を決めるようになって以降、世界一になる選手は、例外なく十代半ばで全盛期を迎えています。

白人と日本人では骨格も成長度合いも異なるとはいえ、十六歳になった私の現実は酷《ひど》いものです。強化選手に選ばれているのに、国内大会ですらなかなか入賞出来ません。

リンクに帰って来たひばりは、今日も新しいジャンプの組み合わせに挑戦しています。

私と彼女では何もかもが違います。才能も、悲しいことに情熱も、雲泥の差です。

でも、こんな現実、どうやって納得すれば良いのでしょう。

凡人でも五倍の努力をすれば天才に勝てると信じ、今日まで誰よりも練習してきました。

昨日より高く、速く、跳ぶために、好きなものも食べないで、三百六十五日、フィギュアスケートのことばかり考えて生きてきました。

しかし、目標を達成するより早く、心よりも先に、右足が悲鳴をあげてしまいました。

医者は勘でドクターストップを告げているわけではありません。

従わなければいけないと分かっていました。無理をしても後悔するのは自分だと、頭では理解していたのに、ひばりの練習を見ていたら衝動を抑え切れなくなってしまいました。

医者に止められていることを内緒にして、親にも阿久津先生にも痛む足を隠して、私はリンクに立ち続けました。そして……。

十六歳の秋の終わり。

立ち上がれなくなって病院に搬送された私が下された診断は、疲労骨折の重症化による距骨の完全骨折と、骨軟骨の損傷でした。

「泉美は頑張り過ぎたんだよ。痛みが引くまで、学校は休みなさい」

それが、娘の大怪我を知った父の第一声でした。

頑張り過ぎたとは、どういう意味でしょう。努力するなんて当たり前のことです。才能に恵まれなかった人間は、努力以外の方法では未来を変えられません。それなのに、私がやってきたことが、積み重ねた日々が、間違いだったというのでしょうか。

両親が仕事に出掛け、自宅で一人きりになると、自然と涙が溢れてきました。

母が用意してくれた昼食に手を伸ばす気にもなれず、文字通り何も出来ないまま、ただ時間だけが過ぎていきます。

痛む右足と、それ以上に軋《きし》む心に惑っていた夕刻。

夕方五時を告げる鐘の音と重なるように、マンションのチャイムが鳴りました。

松葉杖《まつばづえ》をついて玄関を開けると、扉の先に立っていたのは、目を潤ませたひばりでした。

「どうしたんですか？　今日は高階《たかしな》先生のレッスンがある日ですよね」

「泉美ちゃんが怪我をしたって、お兄ちゃんに聞いた」

ひばりの来訪は久しぶりです。小学生の頃は、練習後、親が迎えに来るまでうちで遊んで行くなんてこともありましたが、それこそ私が高校生になってからは一度もなかったと思います。

「怪我って治るんだよね？　いつ戻って来る？」

「まだ治療が始まったばかりです。そんなの私にも分かりません」

骨折の治癒だけでも三ヵ月かかると聞いています。ただ、より深刻なのは、本当に問題なのは、右足に蓄積したダメージの方です。

「練習に遅れることはクラブに連絡したんですか？」

「してない」

「先生も困っているはずです。私が電話をしておきますから、急いで向かって下さい」

「……行かない」

「何処か具合でも悪いんですか？」

薄々答えは分かっていましたが、ひとまず確認しないわけにはいきません。

「お兄ちゃんも泉美ちゃんもいないのに行きたくない」

「それは我が儘です。いつまでも子どもみたいなことを言わないで下さい」

「泉美ちゃんがいないとつまらないもん」

「一緒に練習することなんて、今はもうほとんどないじゃないですか」

レベルも、設定された目標も、かけ離れているからです。それでも、この子は……。

「泉美ちゃんの怪我が治るまで、私も休む。ねえ、遊んでいって良い？」

さっきまでしょげていたくせに、冗談みたいな笑顔で問われました。

「ふざけるのはやめて下さい」

「ふざけてないよ。泉美ちゃんと最近遊んでないじゃん」

「帰って下さい」

「何で？　私……」

「帰って下さい！　今すぐリンクに行きなさい！」

「やだよ。何でそんなこと言うの？」

それは、こっちの台詞《せりふ》です。

私は練習がしたい。こんなことになってしまったけど、まだ諦めてなんていません。

一日でも早くリンクに戻りたいのです。それなのに何もかもを与えられたあなたが……。

「どうして人の気持ちが分からないんですか？」

「どういうこと？　私、泉美ちゃんが心配だから来たんだよ。練習を休まなきゃいけなくなったって聞いたから、一緒に遊ぼうと思って……」

本当にこの子は何を言っているのでしょう。

私が今どんな気持ちで怒っているのか、想像もついていないに違いありません。

ひばりがそういう子であることを、私は昔から知っています。呆れるくらい理解しています。

それでも、許せませんでした。だから、とうとうそれを言葉にしてしまいました。

「戦う気がないなら、もう二度と、私の前に現れないで！」

二〇二九年　十二月二十一日　午後八時五十六分

全日本フィギュアスケート選手権、女子ショートプログラム。

もうすぐ本日の大トリ、最終滑走者の演技時間がやってきます。

ここまでの一位は、十九歳の京本瑠璃選手。ひばりにとって最大のライバルです。彼女が記録した９４・１４点は、参考記録ながらワールドレコードになります。信じがたい高得点ですが、ひばりも90点台を狙えるプログラムを用意しています。まだ勝負は分かりません。

五番目の選手の演技が終わり、その得点を待つ間、阿久津先生と並び、リンクサイドからウォーミングアップを続けるひばりを見つめていました。

心臓が激しく鼓動しているのは、自分が演技をする時以上に身体が強張《こわば》っているのは、この戦いが日本女子シングルの未来さえ左右するものだと確信しているからです。

雛森ひばりと京本瑠璃。どちらが勝っても、時代が変わるでしょう。

「先生は自分の試合と教え子の試合、どちらが怖いですか？」

「そりゃ、教え子の試合だよ」

阿久津先生に問うと、一秒と間を置かずに答えが返ってきました。

「負けても辞任でしか責任が取れないからね。それに、こっちが諦めたくなくても、契約を切られたらリベンジのチャンスもない」

ひばりは失敗や敗北を誰かのせいにする子ではありません。ただ、選手に選ばれない限り、スタッフは併走出来ないというのも、否定出来ない真実です。

ひばりは子どもの頃から数多くの指導者に師事してきました。翔琉さんの判断で、時々に応じてコーチを替えられていました。

國雪君と同様、ジャンプの指導を得意とする男性がコーチを務めることが多かった気がしますが、彼女が心を開く相手は、大抵、女性コーチだったと記憶しています。

リンクサイドに戻って来たひばりは、阿久津先生にジャージの上着を渡すと、足の状態を確かめるように、その場で軽くステップを踏みました。

大丈夫。いつものように、妖精《ようせい》のように、軽やかです。

『三十二番。雛森ひばりさん。KSアカデミー』

場内にアナウンスが響き渡り、ひばりは両手で自らの頰を強く叩きました。

「泉美ちゃん。言葉を頂戴《ちょうだい》」

ひばりの顔に、その両目に、見たことがないほどの気合いが滲《にじ》んでいます。

壁を挟み、お互いの両手を握り合うと、いつもより温度の高い熱が伝わってきました。

「ひばり」

彼女の瞳《ひとみ》を真っ直ぐに見つめて、胸に浮かんできた言葉を素直に告げることにしました。

「信じて下さい。あなたを信じる私を」

「分かった。行ってくる！」

言葉を、文字そのままに受け止めて。

青い戦闘服を纏《まと》った雪の妖精が、弾丸のようにリンクに飛び出して行きました。

人生を賭《か》けた勝負となる今シーズン、ひばりはプログラムに使用する音楽を、それぞれ大切な家族に決めてもらっています。

ショートプログラムはエリック・サティのシャンソン『Je te veux《ジュ トゥ ヴー》』。

誰よりも軽やかに舞えるようにと、兄の國雪君が選んだ楽曲です。


ひばりと最初に会った日のことを、私はもうよく覚えていません。

思い出せるのは、十一歳、北海道から神奈川県に引っ越した後のことばかりです。

この競技に魅せられた一人の女として、私は長く、全日本選手権に憧れてきました。いつか必ず、自分でも挑戦したいと思っていました。何より、歴史に残る選手になるだろうひばりと、正面から勝負したいと願っていました。

今から四年前。十七歳で全日本選手権に初挑戦した時は、手も足も出ませんでした。オリンピック出場を夢見たことさえ恥ずかしくなるような惨敗でした。

しかし、二十一歳にして私は再び晴れ舞台に戻ってきました。

この大会の勝者は、京本選手かひばり、二人に一人でしょう。

今回も私は主役にはなれません。

それでも、良いのです。今の私には、自分の勝利よりも大切なものがあるからです。

「戦う気がないなら、もう二度と、私の前に現れないで！」

五年前の秋。

練習に行かないと駄々をこねたあの子に、私は厳しい言葉を告げました。

子どもの頃から、私とひばりは、何度も、何度も、くっついては離れてを繰り返してきたように思います。

突き放しては引き寄せて。信じているから疑って。

数え切れないほど傷つき、傷つけながら、私たちは大人になりました。

そして今、今度こそ二人で、どちらも欠けることなく、この決戦の舞台に辿り着いたのです。

5

大怪我を通して現実を思い知った、十六歳のシーズン。

私は夢でも見るような心持ちで、同世代の選手たちが辿った物語を眺めていました。

前年度王者の京本選手は、父親が贈賄と覚醒剤《かくせいざい》取締法違反の容疑で逮捕され、全日本ジュニア選手権に姿を見せませんでした。

ライバルが消えた大会と続く全日本選手権で優勝したのは、五種類の四回転ジャンプを着氷したひばりでした。

一ヵ月前、私は激しい言葉であの子を拒絶してしまったのに。

怪我を心配してくれた友人に、あんなにも酷い八つ当たりをしてしまったのに。

優勝の翌日、ひばりは午前の早い時間に滝川家にやって来ました。それから、

「泉美ちゃんがリンクに帰って来るのを待っていても良い？」

両目に今にも零れそうな涙を浮かべて、そう尋ねてきました。全日本チャンピオンという立場も忘れて、ただ友達の心ばかり気にしていました。

その後、ひばりは年度末に日本で開催された世界ジュニア選手権でも頂点に立ち、フィギュアスケート界にその名を知らしめました。

少し前まで、私は自分のことをひばりのライバルだと考えていました。すがるように、そう信じていました。しかし、今やステージそのものが違います。

彼女の活躍を誇らしく感じる一方で、複雑な気持ちを拭《ぬぐ》うことが出来ませんでした。

私はあの時、一体、何を思えば良かったのでしょう。帰宅前に世界チャンピオンのメダルを失くすような子の栄光を、どんな顔で祝福したら良かったのでしょうか。


高校二年生、十七歳になって迎えた夏休み。

ようやく復帰の目処が立ち始めたタイミングで、思わぬ出来事が家族に起こりました。

理事会からの辞令を受け、父が一時的に北海道へと戻ることになったのです。

両親は家族三人での引っ越しを望みましたが、今更、編入なんて考えられません。何より、北海道に帰ることで、気持ちが切れてしまうのが嫌でした。ただでさえブランク明けなのに、ハーネスもないクラブに戻り、停滞を打破出来るとは思えません。

「お父さん。お母さん。自分が天才でないことは、もう分かっています。気持ちだけでは、どうにもならないことにも気付きました。でも、もう少しだけここで頑張らせてもらえませんか」

私はオリンピックイヤーである今シーズンから、シニアに挑戦します。

オリンピック出場権の獲得が、今の私にとって非現実的な目標であることも分かっています。それでも、来々シーズンまで、ひばりと京本選手はシニアにいません。国内で四回転ジャンプを完璧に跳べる女子選手は二人だけですから、彼女たちが不在の今なら、私にも勝負出来る可能性があります。少なくとも期待するのは自由です。

娘がどんな想いで今日まで戦ってきたか、両親は理解しています。神奈川に残りたいという希望は聞き入れてもらえると思っていましたが、その後の展開までは予想出来ませんでした。

両親が神奈川に戻って来るまで、雛森家に居候させてもらえることになったのです。

雛森家は由緒正しい旧家で、現在の住居も四人で暮らすには広すぎる豪邸です。遊んでいる部屋も沢山あります。ただ、私を預かりたいと言い出したのは、意外にも翔琉さんでした。娘が懐いている私を傍に置くことで、問題児をコントロールしたいと考えたからでした。

実際、翔琉さんの目論見《もくろみ》は成功したように思います。すぐにほかのスポーツに浮気してしまうひばりが、共に暮らし始めてからは、一日もサボらずに練習に現れるようになったからです。

最大の目標であるひばりと、大好きな國雪君と、一つ屋根の下で暮らせるのです。

青天の霹靂《へきれき》なんて言葉では足りないほどに、嬉しい決定でした。

雛森家での居候生活が始まると、恋心は加速度をつけて走り出しました。

まだ幼かった頃、私は無邪気に自らの才能を信じていました。毎日、可愛いと褒められ、プリンセスのように祭り上げられ、恥ずかしくもその気になっていました。

ですが、もう鏡を見れば分かります。否応《いやおう》なしに気付いてしまいます。

可愛かったのは、皆にちやほやされていたのは、幼子だったからに過ぎません。

私は國雪君が好きです。

出会った頃より今の方が百倍好きだと断言出来ます。

しかし、アイドル並みの人気を誇る彼が、何者にもなれない女に振り向いてくれるはずがありません。恋人になりたいという願いが、身の程知らずなものであることも分かっています。

それでも、愛しさは抑えられません。

恋とはなんと苦しいものなのでしょう。

愛は、夢を追うのと同じだけ、痛いものでした。


雛森家と共に歩んだその一年は、またしても三人にとって対照的な年になりました。

二十一歳は男子シングルの選手が大舞台に挑戦する上で、理想的な年齢です。しかし、全日本選手権で攻める演技をした國雪君は、痛恨のミスを犯し、最後の最後でオリンピック代表の切符を逃してしまいました。

私もまた、目標には手が届きませんでした。

初出場となった全日本選手権、本戦の最終結果は十七位。両親も、クラブの関係者たちも、大躍進だと喜んでくれましたが、オリンピック出場など夢のまた夢という成績でした。

一方、十五歳になったひばりは、全日本ジュニア選手権と全日本選手権を、圧倒的な演技で連覇しました。五種類の四回転を未曾有《みぞう》のコンビネーションに絡めて成功させ、ジャンプの技術だけなら世界最高の選手であることを結果で示しました。プログラムの難度だけで言えば、大会を制した男子チャンピオンと比べても遜色《そんしょく》ないものでした。

二月。ひばりはオリンピックを自宅で楽しそうに観戦していましたが、翌月、世界ジュニア選手権に向かうためのチームからは、空港で逃げ出していました。二年振り三回目となる代表チームからの大脱走でした。

今度という今度は許さない。いつにも増して激しく怒った翔琉さんに、ひばりもむきになって言い返し、雛森家では恐ろしいまでの修羅場が繰り広げられました。

「同じプログラムを何度も滑りたくない！　飛行機は面倒くさいから乗りたくない！」

論理も倫理も欠けた主張で、翔琉さんを納得させられるはずがありません。

雛森家の父娘《おやこ》関係は悪化の一途を辿る一方です。

翔琉さんの夢は、息子と娘にオリンピックで金メダルを取らせることですから、次のチャンスは四年後になります。その時を二人がどんな風に迎えることになるのか、今はまだ想像もつきません。そして、それは、私自身の未来についても同じでした。

復帰後、騙《だま》し騙し練習を続けてきましたが、右足が再び悲鳴を上げ始めていました。

私はまだ高校生です。スケーティング技術も表現力も伸びていくでしょう。ただ、現時点でイメージすらつかめない高難度ジャンプを、今後、習得出来るようになるとは思えません。

選手として栄光を掴む未来を、悔しいけれど、今は想像すら出来ませんでした。

6

高校生最後の一年間を、私は三度目の怪我で棒に振ることになりました。

怪我への耐性が強いひばりのような例外はともかく、スポーツにおける努力とは、際限なく上積み出来るものではありません。無理をすれば必ず、しっぺ返しをくらいます。

ひばりのようなパワーがあれば高難度ジャンプを習得出来るのではと考え、過度な筋力トレーニングを繰り返した結果、またしてもドクターストップを受けてしまいました。

ひばりは空港逃亡事件以来、翔琉さんと冷戦状態を続けています。

この一年、ひばりはクラブで、いつもつまらなそうな顔をしていました。演技指導を受けている最中はもちろん、繰り返しの練習が始まった途端、集中力を霧散させていました。

ここ最近はクラブにも顔を出しておらず、別のリンクでスピードスケートの練習に参加していると聞いています。

ひばりも京本選手も登場しない全日本選手権は、イチゴの載っていないショートケーキに似ています。戦争の影響でロシアの少女たちが大会に不参加だった頃もそうでした。

ベテランの選手がどれだけ成熟した演技を披露しても、心の何処かで考えてしまいます。

あの二人がいればチャンピオンは違ったでしょう。高難度ジャンプに挑戦しない選手では、世界と戦えません。女子シングルは今年もロシアの天才たちに勝てないはずです。

一方、男子の大会は、例年にも増して白熱していました。

國雪君は全日本選手権で二位になり、世界選手権でも三位で、初めてのメダルを獲得しました。三年後のオリンピックに向け、雛森國雪《ひなもりくにゆき》ここにありを結果で示したのです。

やがて穏やかな春がきて。

私は首都圏の私立大学に進学しました。

お父さんや阿久津先生には強豪スケート部を擁する大学への進学を強く勧められましたが、多くの有力選手と同じ道を選ぶ気にはなれませんでした。

選手としての自分に可能性を感じられないということもあります。ただ、一番の理由は、新しい生き方について検討したかったからです。私が歩むべき道は、目指す場所は、何処なのか、最後になるだろうモラトリアムで今一度熟考したいと思っていました。

敗北を悟ったのに、私の胸には未《いま》だ情熱の火が燃えています。消せない炎が揺れています。何故、今もこの火が燃え続けているのか、私は自らの心と誠実に向き合い、確かめなければなりません。

十八の春には、一つ、予想外の嬉しいサプライズが待っていました。

大学を卒業した國雪君が、この一年間の戦績を踏まえ、予定していた海外への移住を取りやめたのです。日本でも十分に成長出来ると確信した彼は、国内企業のスケート部に籍を移し、あえて環境を変えないという決断を下していました。

未来に惑う私が雛森家で居候を続けても良いのでしょうか。大学生になったら一人暮らしをして良いと言われていたこともあり、迷っていました。

翔琉さんには、このままうちにいて欲しいとお願いされています。激しい反抗期に入ったひばりとのパイプ役として、変わらず傍に置いておきたいのでしょう。

雛森家の四人は優しいです。居心地も良いです。

心の声に素直に従うなら、このまま國雪君の傍にいたい。

だけど、私は……。私の未来は……。燃え盛る心の炎は……。


大学生活にも慣れ始めた六月。

長期休養を経て、ようやく主治医より完治の診断を得ました。

この一年間、捧《ささ》げてきた過去と、まっさらな未来を天秤《てんびん》にかけ、心を探ってきました。

今も想いは氷の上にあります。自分に才能がないことはもう分かっているけれど、情熱は理屈で制御出来るものではありません。

「今度、同じように右足を痛めたら、引退では済まないよ。これ以上、負荷を掛け続けたら、日常生活に支障をきたすようになっても不思議じゃない。絶対に無理はしないように」

医師の勧告が誇張でないことは分かっていましたが、努力以外の選択肢を与えられなかった選手に選べる道は一つしかありません。

現実と情熱の埋まらない差に悩み、葛藤に焼かれていた大学一年生の初夏。

全日本チームのシニア強化合宿メンバーに選出されました。

ここ数年、大した実績を残せていない私が招集されたことには、もちろん事情があります。

ひばりはついにシニア登録が可能な十七歳になりました。昨シーズンは一度も大会に出場していませんが、翔琉さんは娘の未来を諦めていません。私も一緒なら合宿に参加するという娘の我が儘を聞き、裏で手が回されていたのです。

過去にも世代別の代表合宿を何度か経験しています。ただ、開催地が違うからか、今年のシニア強化合宿は、規模や密度からして知っているそれではありませんでした。

競技から離れていた一年間、私は受験勉強と並行して、上半身の強化に取り組んできました。何かを変えられると信じて、体幹を徹底的に鍛えてきました。

しかし、今回も奇跡は感じられませんでした。劣化もないが成長もない。練習すればするほど、目標と現実の差が浮き彫りになっていきます。

四日間の合宿を終え、私は思い知りました。

無理なものは無理なのです。

ジャンプ全盛のこの時代に、十九歳の凡人が、ここから巻き返せることはありません。

成長した滝川泉美は、平凡を絵に描いたような選手であり、未来はありません。

自分が一番よく分かっているのに、どうして悔しいと思う心を抑えられないのでしょう。

納得がいかない。

諦め切れない。

だから、私は結局、同じ過ちを繰り返してしまいました。

右足すねの二度目の完全骨折。

十九歳の秋、私は人生を賭けた勝負に、今度こそはっきりと敗れました。

連盟に引退届を提出したその日。

父も、母も、國雪君も、ひばりも、紫帆さんも、阿久津先生も、皆が泣きながら選手生活をねぎらってくれたのに、私一人だけが涙も流せずにいました。

どうして皆がかけてくれる慰めの言葉が、胸に響かないのでしょうか。

諦めたはずなのに、何故、胸の奥で熱く燃え盛る炎が冷めないのでしょうか。


一ヵ月後。

全日本選手権で躍動する國雪君とひばりの姿をテレビで見つめながら、ようやく、あの日、涙を流せなかった理由に気付きました。

二度目の骨折が判明した時でも、二人の天才に打ちのめされた時でもありません。

きっと、もっと昔、ずっとずっと前から、私は私に見切りをつけていたのです。

ひばりと出会った時からでしょうか。それとも、京本選手の演技を見た時からでしょうか。

答えは分かりませんが、心の最奥で、本当は、とっくの昔に諦めていたのでしょう。

好きだから。フィギュアスケートが大好きで、誰よりも、この競技を理解しているという自負があるから。知っていました。分かっていました。思い知らされていました。

これは、私みたいな凡才が輝ける競技ではないのです。

だから、引退を決めた時も、過度の喪失感は覚えませんでした。

自暴自棄になることも、人生に絶望することもありませんでした。だって、何年もかけて心を削られていましたから。これ以上ないくらいに切り裂かれていましたから。

そして、もう一つ。

ここに至り、私はついに、胸で燃える炎の正体に、思い当たりました。

何度挫折しても、情熱だけが強くなる一方だった理由に、気付いてしまいました。

自分でも訳が分からなかった、この感情の源泉が、ようやく朧気《おぼろげ》ながら見えてきたのです。

私が、滝川泉美が、この世界に生まれ落ちた理由は、きっと。きっと……。

7

トップ選手にとってシーズン後半の主要な大会は、四大陸選手権と世界選手権です。なるべく多くの選手に国際大会を経験させようという意図なのか、最近の連盟は二つの大会で派遣選手を分けることが多いように思います。ひばりや京本選手、加茂瞳《かもひとみ》選手といった全日本選手権のメダリストたちは、今季、世界選手権のみの派遣になっていました。

國雪君はジュニアカテゴリーで世界チャンピオンになっているものの、シニアではシーズン後半の国際大会で戴冠を経験していません。ただ、確実に進化を遂げており、今季、ついに全日本選手権で表彰台の頂点に立ちました。史上初となる兄妹での同時優勝でした。

次回のオリンピックに向け、エースになれという連盟からのメッセージなのか、大会後の発表で、國雪君はシングルで唯一、四大陸選手権と世界選手権、二つの代表に選ばれていました。

最大の目標は世界選手権で間違いありません。しかし、まずは四大陸選手権です。一番のファンとして、大舞台での初優勝を見届けたい。

代表チームの出発前夜。夕食後に國雪君の部屋を訪ね、プレゼントを渡すことにしました。

「これ、良かったら使って下さい」

國雪君は翔琉さんの方針に従い、ファンからの差し入れを受け取りません。手にするのはマネージャーがチェックを入れたファンレターのみです。直接、何かを渡せるのは、選手や関係者だけの特権と言えるでしょう。

「ありがとう。何だろう」

「マフラーです。新調したら手触りが良かったので、國雪君にも良かったらと思って」

「良いの？　こんな高そうな物……」

私はアルバイトもしていない大学生です。仕送りはもらっていますが、確かに痛い出費ではあります。ただ、好きな人へのプレゼントで金額を気にするなんて野暮でしょう。

「お揃いではないので、安心して使って下さい。同じブランドというだけなので、誤解されることはないと思います」

圧倒的な女性人気を誇る國雪君の経歴に傷がつかないよう、私はここ数年、人目のある場所では、彼に近付かないようにしていました。おかしな噂を立てられ、万が一にも彼に迷惑をかけたくなかったからです。

「別に何を言われても気にならないよ。泉美ちゃんは、もう家族みたいなものじゃない」

國雪君は男女の機微に疎い方です。私が抱いている想いは恋心で、女として受け止めて欲しいと十年近く願い続けていますが、多分、今も彼は気付いていません。

「四大陸選手権が終わったら、聞いて欲しい話が二つあるんです」

「二つ？　それは今じゃ駄目なの？」

「予感があるんです。國雪君は次の大会で優勝して、今度こそ世界チャンピオンになります。その國雪君に聞いて欲しいんです」

素直に答えたのに、苦笑いを浮かべられてしまいました。

「それ、プレッシャーだよ。優勝出来なかったら、どんな顔をして帰って来たら良いか分からない。その時はどうしたら良いんだろう」

「……それは考えていませんでした。勝つと信じているので」

彼に伝えたいことの一つは、私の想いです。

引退の意向を伝えた後、お父さんは私に気を遣ったのか、四月から一人暮らしをしたらどうかと提案してきました。

雛森家で暮らしている間は、告白しないと決めています。國雪君が私を女として見ていないことは明白ですし、何より兄妹のような関係性が幸せだったからです。この少しだけ残酷で、あまりにも幸せな毎日を、絶対に壊したくありませんでした。

しかし、一人暮らしを始めれば今までのようには会えなくなります。この素晴らしい日々が終わるなら、堰《せ》き止め続けた積年の恋心に、私は報いなければなりません。

「あ、分かった。駄目だったらさ。もう一ヵ月待ってよ。世界選手権でリベンジするから」

「そうですね。そうしましょう」

「何だろ。二つ聞いて欲しいっていうのが、肝だと思うんだよな。楽しみ」

「そんなに期待されても困りますが、聞いて欲しいです。四大陸選手権、頑張って下さい」

8

カナダ最大の都市、トロントで開催された、その年の四大陸選手権を、私は紫帆さんの自室で、ひばりと三人で見守っていました。

スケート王国として有名な愛知県には、幾つかのアイスリンクが存在しています。紫帆さんの父は、中でも大きなリンクを経営しており、若い頃から娘に仕事を手伝わせていました。ほとんど毎日のようにリンクに顔を出していた紫帆さんは、やがて、そこを拠点にしていた翔琉さんと出会い、結婚にまで至ったと聞いています。

紫帆さんは今日も調子が悪そうですが、息子の晴れ舞台を見届けないなんて選択肢はありません。一階の紫帆さんの部屋で、私たちは大画面に映る中継を見つめていました。

ひばりは普段、人の演技に興味を示しません。ただ、トップレベルの大会は別です。シニアの年齢制限が変わっていなければ自分が戦っていたかもしれない舞台なのに、二年前のオリンピックも余計な感情は微塵も抱かずに、熱狂していました。

各グループの競技開始前には、六分間の公式練習が設定されています。横六十メートル、縦三十メートルのリンクに、六人のトップ選手がひしめきあって滑る光景は圧巻です。

後半のグループになれば、練習時間でさえ、いたるところで美しいジャンプが繰り出されますので、ファンにとっては何処に目を向けて良いか困る時間と言えるでしょう。

男子の最終滑走グループには、國雪君と並んで優勝候補に挙げられているアメリカ国籍の選手がエントリーしていました。

スティーブ・マクブライド。珍しい右回転の選手で、現在の世界ランキング一位です。

ミラノ・コルティナダンペッツォオリンピックでは惜しくも銀メダルに終わりましたが、今季のグランプリファイナルで唯一、國雪君を破ったのも彼でした。

この十年、男子シングルのレベルは上がる一方です。実力者がずらりと揃っており、己の調子を確かめるように、六人の選手たちは縦横無尽に舞い、スピードを上げていました。

「この六分間練習、何か変じゃない？」

ポテトチップスをつまみながら隣で見ていたひばりが、呑気《のんき》な声で呟きました。その右手にはコカ・コーラの缶が握られています。

私は現役時代、人生のすべてをスケートに捧げると決意していましたから、スナック菓子は絶対に口にしませんでした。炭酸飲料も飲みませんでした。

何年か前に、その無頓着《むとんちゃく》な食事を叱り、ひばりを泣かせてしまったことがあります。しかし、今でもこの子は食べたいものを食べるし、飲みたいものを飲みます。それで、あれだけ怪我に強いのですから、世の中は不公平です。

「違和感があるのは、右回転の選手が二人いるからかもしれませんね」

今季よりシニアに上がった韓国の注目株、チョ・ジンスもまた、マクブライド選手と同じ右回転でジャンプを跳ぶ選手です。

回転の方向が違えば、助走のコース取りが変わります。そのため、右回転の選手がリンクに交じると、周りの選手の動きが読みにくくなります。

誰かが高く舞い上がれば、必然、別の誰かのコース取りが乱れてしまいます。

しかし、ここは世界最高峰の舞台です。譲っていては勝てません。

演技直前の選手は緊張や昂《たか》ぶりで、しばしば思考回路が正常とは言えない状態になります。

そして、各選手が競い合うようにギアを上げていった結果、それは起こってしまいました。

後ろ向きの助走からジャンプに入ろうとした國雪君と、同じく後ろ向きで滑走していたマクブライド選手が、まともに衝突してしまったのです。

「嘘……」

「お兄ちゃん！」

昔、専門家がテレビで話していました。スピードに乗ったスケーター同士の衝突は、ダンプカーにぶつかった衝撃度とほとんど変わらないのだそうです。

二人はどちらもトップスピードで前を向こうとした瞬間に衝突していました。しかも、ぶつかる瞬間まで、どちらもまったく気付いていませんでした。

弾《はじ》き飛ばされた國雪君は、顔面からリンクに叩き付けられており、うつ伏せのまま微動だにしません。マクブライド選手は意識を保っているものの、氷上で仰向《あおむ》けになり、顔を両手で覆っていました。

「泉美ちゃん。お兄ちゃんは……」

泣きそうな声で問われましたが、答えなんて持っていません。

普段の練習でも、大会の直前練習でも、衝突事故は時々、起こります。ただ、ここまでのスピードでぶつかり、受け身も取れずに選手が倒れる瞬間は見たことがありません。

会場は水を打ったように静まりかえっています。

他の選手たちに退場が促され、救護スタッフがリンクに入ると、マクブライド選手が左膝《ひだりひざ》を押さえて上半身を起こしました。その顔に苦悶《くもん》の色が浮かんでいます。一方、救護スタッフに背中を支えられて上半身を起こした國雪君は、ようやく目を開いたところでした。

「意識はあるみたいですね」

「お兄ちゃん、大丈夫だよね？」

「分かりません。あんなに激しい衝突、見たことがありません」

衝突した時に切ってしまったのか、鮮血が左の頰を伝い、顎《あご》まで滴っています。

救護スタッフからの問いに、國雪君は顔面蒼白《そうはく》になりながら、一度、二度と頷いていました。

「意識ははっきりとしているようです。顔を切ったくらいで済めば良いですけど……」

リンクから先に出たのはマクブライド選手でした。担架に乗せられ、リンクの外に出ると、彼は泣きそうな顔でコーチに何かを告げていました。

遅れること二分。救護スタッフの肩を借りて立ち上がった國雪君は、自力でリンクの外に向かいました。その顔がアップになり、虚《うつ》ろな眼差しが画面に映し出されます。

足下がふらついているように見えるのは、気のせいではないでしょう。

顔面から氷に叩き付けられたのです。脳震盪《のうしんとう》を起こしていても不思議ではありません。

カメラはベンチに腰掛けて治療を受ける國雪君を映し続けています。

やがて人の輪をかき分けて翔琉さんが現れました。翔琉さんは今大会に、連盟のスタッフとして同行していました。遠い異国の地でも、すぐに一番良い病院を見つけてくれるはずです。

「お兄ちゃん。滑れるかな？」

「無理だと思います」

「でも、自分で滑って外に出たじゃん」

「足下も覚束無《おぼつかな》かったじゃないですか。世界選手権もあるのに無理をする理由がありません」

「わざわざカナダまで行ったのに」

「事故は仕方ありません」

國雪君の治療はまだ続いています。

「ねえ、お母さん。どうしてこんなに時間がかかっているの？」

気付けば、ひばりは紫帆さんが身体を預けているベッドに潜り込んでいました。

事故からもう二十分以上経っています。テレビ局は早々に試合終了まで中継を続けるとアナウンスしていましたが、未だ六分間練習が再開される気配はありません。

「どちらかが継続の意思を見せているんじゃないかな」

「お兄ちゃんが滑るかもしれないってこと？」

「血の気が引いているし、無理はしないで欲しいけど」

血色が悪いのは紫帆さんも同じです。

家族のあんな事故を見て、平静でいられるはずがありません。

結局、六分間練習が再開されたのは、衝突事故から四十分近く経った後のことでした。

リンクに姿を現した五人の中に國雪君の姿を発見し、思わず、呼吸が止まりました。

実況によれば、担架で運ばれたマクブライド選手は膝を負傷しており、棄権を決断したとのことです。一方、國雪君は額を包帯で巻いた痛々しい姿で、リンクに戻ってきました。

「やった！　お兄ちゃん、滑れるんだ。大丈夫だったんだね！」

ひばりは喜んでいますが、どう見ても満身創痍《そうい》です。残りの四人と違い、演技の質ではなく、そもそも動けるかどうかを確認しているように見えます。

「一ヵ月後には世界選手権です。無理する意味なんてないのに」

「うん。私も棄権して欲しい」

紫帆さんも同意してくれましたが、私たちが何を思おうと試合会場には届きません。

國雪君は最終滑走グループ、二番目の登場です。アップになった彼は、殺気にも似た気合いを滲ませ、リンクを睨み付けていました。

現場に日本人の医師はいたのでしょうか。脳震盪を起こしていないと診断されたから滑るのでしょうけれど、六分間練習であの調子では、まともな演技が出来るとは思えません。


分かりませんでした。

どうして、そこまでして戦おうとするのか。

どうして、翔琉さんが止めようとしないのか。

だから、その後に起きた悲劇を見て、心臓がねじ切れるほどに苦しくなりました。

始まってしまったショートプログラム。

國雪君は最初のジャンプで転倒したものの、そのまま演技を続けました。

ボロボロの身体で踊り続け、しかし、最後まで滑り切ることが出来ず、スピンの途中で崩れ落ちるように倒れ込むと、そのまま音楽が終わるまで起き上がることはありませんでした。

担架で運び出され、救急搬送された國雪君は、すぐに精密検査を受けました。

そして、判明した事実は形容しがたいほどに残酷なものでした。

あの事故で國雪君には硬膜下血腫《けっしゅ》が生じていたのです。

根性論など害悪です。彼はあの日、絶対に、演技を続けるべきではありませんでした。

誰かが、コーチが、翔琉さんが、止めなければいけませんでした。

傷んだ身体で競技を続けた國雪君は、その結果、致命的な代償を負うことになりました。

下半身に重大な後遺症が残り、選手生命を絶たれてしまったのです。


後に「血の四大陸選手権」と呼ばれることになったその事件は、大会後、雛森家に大きな影響を及ぼすことになりました。

重大な判断ミスが発生した際には、必ず誰かが責任を取らねばなりません。

六分間練習中断時の出来事が明るみに出るにつれ、批判の矛先は、次第に翔琉さんへと向かっていきました。棄権させるべきというコーチの判断を覆し、國雪君をリンクに戻したのが翔琉さんだったからです。

現場にいた医師が、脳震盪は起こしていないと判断したこともあります。アドレナリンの分泌により異変を自覚出来ていなかった國雪君が、続行の意思を示したこともあります。

あれはどちらかに非がある事故ではありません。ただ、直後の映像では、身体の大きなマクブライド選手の方が軽傷に見えました。実際には彼も重傷を負っていたわけですが、國雪君は一時的に意識を失っていましたし、額から大量の血を流していました。

そんな中、マクブライド選手が棄権し、國雪君が滑ったとなれば、どうなるでしょう。

あの体調で優勝は不可能です。それでも、人々の記憶には、勝者以上に不屈の闘志を見せた國雪君の姿が残ります。逃げた加害者のスティーブ・マクブライドと、立ち向かった被害者の雛森國雪。そういう構図が浮かび上がるかもしれません。

あの四十分間で翔琉さんは様々な可能性を考え、たとえ勝てなくても、ここで息子を悲劇の主人公にした方が良いと判断したのです。

だから、國雪君に戦わせました。そして、最低最悪の悲劇が起きてしまいました。

傷ついている選手に競技を強行させたとして、帰国後、翔琉さんは非難の的となりました。

それから掘り返されたのは、ジュニア時代のひばりの動画でした。ショートプログラムで四回転ジャンプを二回跳んだ、四年前のあの演技です。

勝利のために、雛森翔琉はルールを無視して、息子と娘に非常識な練習をさせている。そんな根も葉もない噂が、娘を激しく叱咤《しった》する動画と共に、拡散されていきました。

当時のひばりのジャンプは、あの子が勝手にやったことです。

國雪君に試合を続けて良いと許可を出したのは、現地の医者です。

しかし、事実がどうであれ、一度、始まってしまった炎上は収まりません。往々にして大衆は燃やすことを目的として薪《まき》をくべるからです。

息子に対してさえ正常な判断を下せない男が、連盟で副会長を務めている。

誰が扇動したのか分かりませんが、あっという間に、翔琉さんは世の中の敵になりました。不祥事を起こした芸能人のように、分かりやすく標的となりました。

翔琉さんの夢は、現役フィギュアスケーターのために、連盟を改革することです。そこに私利私欲が絡むことはあっても、動機の中心には、いつだって選手たちがいました。

実際、翔琉さんのお陰で、私たちの世代は多くの恩恵を受けています。強化選手に選ばれたことがある人間なら、皆がそれを理解しています。

改革に着手するということは、既得権益を守りたい人間と戦うということでもあります。スピードスケートやショートトラック出身者から煙たがられていたことも想像に難くありません。もとより翔琉さんに敵は多かったのでしょう。

無責任な大衆の目に映るのは失態のみであり、世論を扇動する者は、恐らく組織の内部にもいました。だから、あんなことが起きてしまった時点で、抗《あらが》うことは不可能でした。

事件から二週間もせずに、翔琉さんは志も半ばで辞職を余儀なくされてしまいました。

9

私の父、滝川六郎太は、娘から見てもそうと感じる小ずるい人間です。

処世術に長《た》ける父は、翔琉さんが取り返しのつかない失態を犯したと知るや否や、呆れるほどの変わり身を見せました。あっという間に連盟の対立派閥に取り入り、出向先の北海道から戻って来たのです。

図らずも両親が神奈川に帰って来たことで、一人暮らしの話は立ち消えになり、私は両親が借りたマンションに引っ越すことになりました。

國雪君は退院後も絶対安静の状態が続いています。

職を失った翔琉さんは自室に閉じこもり、酒浸りの生活を送っています。紫帆さんや國雪君がどんなに声をかけても、決して同じ食卓にはつこうとしませんでした。自堕落な生活を送る父親に、ひばりが何かを伝えることも、求めることもありませんでした。

雛森家の皆と、こんなにも近くにいるのに、心だけが通いません。

四人のことが心配でしたし、こんな時に、こんな形で、出て行きたくはありませんでした。

私は國雪君に、四大陸選手権が終わったら聞いて欲しい話が二つあると告げていました。けれど、結局、引っ越しの日までその話題には触れることが出来ませんでした。國雪君から何かを尋ねられることもありませんでした。

私たちはもう、一ヵ月前の私たちではないからです。


二年半振りに家族三人で同居を始めたその日の夜。

「雛森家には、もう近付くな」

父に承服出来ない言葉を告げられました。

「今後の立場を考えると、縁を切るしかない。お前に雛森家と親しくされると、詮索されて面倒なことになる」

「娘が誰と友達でも、お父さんの仕事には関係ないと思います」

「それが関係あるから組織は面倒なんだ。お前だって翔琉が戦うのを見ていただろ」

「だとしたら、それを継ぐのがお父さんの務めではないんですか」

「翔琉が失脚したら無理だ。しかも今回の不祥事で、俺たちは立場を悪くした。翔琉の志を継ごうと思うなら、機を待つしかない」

都合の良い言い訳にしか聞こえませんでした。本当にそんな気概があるなら、雛森家と縁を切れなんて絶対に言わないはずです。

私は娘だから分かります。父には高い志などありません。フィギュアスケート界のために尽くそうなんて気持ち、翔琉さんの十分の一も持っていない気がします。

大好きな國雪君や紫帆さんのことも、お世話になった翔琉さんのことも、最後までライバルにすらなれなかったあの子のことも、私は変わらず、心から大切だと感じています。

ジュニア時代の動画が拡散されたことで、世間では、かつては神童と称賛されたひばりの演技が、ルール無視の蛮行として非難の対象になっています。

だから、あの子が予定通り世界選手権に出場すると聞いた時は驚きました。

今季の開催地は、スティーブ・マクブライド選手と縁が深いアメリカのアナハイムです。

あの日、マクブライド選手は左膝前十字靭帯《じんたい》断裂という選手生命に関わる大怪我を負いました。引退に追い込まれた國雪君に比べればマシとはいえ、ファンの感情は複雑でしょう。

スポーツの世界でも、黒人に対する差別は声高に非難するくせに、アジア人なら馬鹿にしても良いと考えている人間が少なくありません。

ひばりは英語をまったく喋れませんが、悪意は音だけでも伝わります。

特別に感受性の強いあの子が、理不尽な力で傷つかないか、心配でした。

國雪君の妹であるひばりと、何かと世間を騒がせがちな京本選手が初出場する世界選手権ということで、放映権を獲得したテレビ局は連日、夜のニュース番組で特集を組んでいました。

決戦の三月。

アナハイムの地に降り立ったひばりを待ち受けていたのは、やはり大ブーイングでした。

公式サイトが配信した前日練習で、ひばりは詰めかけたファンたちから、地元の英雄を壊した男の妹として、容赦ない罵声を浴びせられていました。その胸が締め付けられるような光景を、私は画面を通して眺めることしか出来ませんでした。

京本選手がブーイングを浴びる姿を、現地で何度か聞いたことがあります。一緒にいたひばりは、その度に会場で悲しそうな顔をしていました。自分に対する悪意はもちろん、他人に対するものでも、負の感情を向けられることを大の苦手としているからです。

この一ヵ月、まともな精神状態で練習が出来ていたとも思えません。

やめたって良い。こんな時は逃げたって良いのです。

今すぐ傍に駆けつけて、ひばりにそう伝えたいと思っていました。

本日より、世界選手権、女子シングルの試合が始まります。

今回ばかりは家族と一緒に観戦する気になれません。自室に籠《こ》もり、テレビ放送が始まるまで、パソコンで中継サイトを見ることにしました。

直前練習に顔を出したひばりは、今日も四方八方からブーイングを浴びています。観客の態度に中継アナウンサーが怒っていましたが、遠い異国の地でアジア人がお気持ちを表明したところで、状況は変わりません。大会期間中、ひばりは最後までヒールでしょう。

どうか最後まで、せめて演技が終わるまで、あの子が心を守れますように。

祈るような気持ちで中継サイトを眺めていたその時、携帯電話が着信を告げました。

こんな時間に誰かと思えば、ひばりのコーチ、高階健志郎《たかしなけんしろう》さんでした。

高階コーチのことは私もよく知っています。高い実績を誇る元トップアスリートですが、物腰の柔らかな彼は、いつもひばりの我が儘に根気よく付き合っていました。私が知る限り、ここ数年、ひばりと最も上手く付き合えているコーチです。

ただ、そんな人格者の高階さんでも、暴れ馬のようなひばりを完全に御すのは難しく、へそを曲げたり、逃亡したりした際には、度々相談を受けていました。

『早朝にごめんね。泉美ちゃんなら世界選手権を見ていると思ったから』

「はい。もちろん、見ています。ひばりに何かありましたか？」

『うん。暴発寸前で、僕じゃ手に負えなくて。ひばりちゃんが会場でモンキーチャントを浴びているのは知っている？』

「はい。映像でも分かります」

『注意を促して欲しいって、チームで運営に抗議をした。でも、逆に國雪君のことを揶揄《やゆ》されちゃって。英語が分からなくても悪意は伝わるでしょ。だったらもう良いって。引退するって』

「それが本当なら、ひばりの気持ちも分かります」

観客はともかく運営は公正であることが大前提です。

幾らひばりが気に入らなくても、その対応には正義が欠けています。

『今は頭に血が上っているだけだと思うんだ。泉美ちゃんから落ち着くように言ってもらえないかな。もう僕の話は聞いてもくれなくて。このまま帰っちゃいそうだから』

「構いませんけど、私が話しても効果は薄いと思いますよ」

『それでも、ひばりちゃんが家族以外で信頼している人なんて、泉美ちゃんだけじゃない』

そうでしょうか。懐かれている自覚はあります。でも、それは私が子どもの頃からの友人だからに過ぎません。

『もしもし。泉美ちゃん？』

携帯電話の向こうから聞こえてきた声は、想像よりも落ち着いていました。

「ひばり。棄権するんですか？　京本選手はあなたにリベンジするために、頑張ってきたんだと思いますよ。彼女にもチャンスをあげて下さい」

『棄権はしないよ。今日は滑る』

「今日はというのは、どういう意味ですか？」

『ねえ、泉美ちゃん。私ね、本当は、ずっと、どうでも良かったんだ』

「ごめんなさい。何の話か分かりません」

『別にさ、勝ち負けなんてどうでも良いの。昔から、本当に、どうでも良かった。だからね。今日は瑠璃ちゃんに全部、見てもらおうと思って』

「だから何の話をしているんですか？」

『泉美ちゃんも見ていてくれるよね？　お母さんも、お兄ちゃんも。きっと、お父さんも。だから、もう今日が最後で良いやって』

「今日で引退するという意味なら、ひばりは勝手だと思います。あなたみたいに滑れるようになりたかったたって言いましたよね。私は寿命と引き換えにしてでも、あなたのような才能が欲しかったんです。だから、ひばりの何倍も努力してきました。それでもどうにもならなかったんです。それなのに、どうしてあなたが恥ずべき人間たちのせいで終わろうとするんですか」

『だって、もう泉美ちゃんも、お兄ちゃんもいないじゃん。つまらないもん』

「まだ京本選手がいるじゃないですか」

二人は友達ではありません。

恐らくライバルだと思っているのも向こうだけです。

でも、ひばりが唯一と言って良いくらい意識している選手が彼女です。

京本選手がいれば、彼女がひばりと戦ってくれるなら、まだ……。

『泉美ちゃん。最後まで私を見ていてね』

泣きそうな声でそう告げて、ひばりは通話を切ってしまいました。こちらからかけ直しても、高階さんがどれだけ説得しても、ひばりはそれ以上、通話に応じてくれませんでした。

今日で最後なんて、そんなの私は認められません。引退するにしたって、フリーまで滑り切るべきです。感じたことのないほどの怒りが、やるせなさが、全身を貫いていました。

感情に任せて人生を決めようとしているあの子にも、友達に言葉すら届かない自分にも、こんなに腹が立ったことはありません。

六分間練習が終わり、第三グループ二番目の演技者であるひばりが登場すると、容赦のないブーイングと野次が、再び降り注ぎました。モンキーチャントも聞こえます。

こんなのはフィギュアスケートではありません。許されるはずがない。

私はそう思いますが、地元の英雄を壊された観客たちの怒りは収まりません。

ショートプログラムの演技時間は、二分四十秒です。自分の名前を呼ばれてから、三十秒以内にスタートポジションにつかなければ、マイナス1点となります。

氷の感触を確かめるように、ひばりはゆっくりと時間をかけて弧を描き、リンクの中央に立ちました。

ひばりが今季のショートで使用するのは、ヴィヴァルディ『四季』の『冬』です。

ピアノの技法を存分に生かした曲は、高速でステップを踏めるひばりの実力をしっかりと引き出してくれるでしょう。しかし、音楽がスタートしても、ひばりは動き出しませんでした。

演技が時間をオーバーすれば、当然、そちらでも減点されます。

二十秒ほど天を仰ぎ、それから、意を決したように、ひばりは滑り始めました。

音楽を無視して舞い上がったひばりが最初に披露したのは、アクセルを除けば世界最高難度の技、四回転ルッツでした。

男子と遜色ない高さまで跳び上がり、完璧な着氷を披露したひばりは、そのまま高速で助走を続け、四回転サルコウから三回転ループに繋げるコンビネーションを成功させました。

一体、どういうつもりなのでしょう。

女子のショートプログラムでは、四回転ジャンプが認められていません。いきなり規定を無視したひばりは、続けて四回転フリップと四回転トウループをソロで跳びました。

その後、三回転アクセルを三連続で跳んで見せると、息つく暇もなく、次は四回転ループを披露しました。

ショートプログラムで許されているジャンプは三つ、コンビネーションは一度きりです。既にルールも予定要素も完全に無視しています。

音楽に合わせる気すらないようで、ひばりはその後、激しいスピンから、競技大会で禁止されているバックフリップ、所謂《いわゆる》、バック宙を二連続で披露しました。

やがて音楽が鳴り止み、会場に響き渡ったのは、ブーイングと微《かす》かな歓声でした。

それから、音楽が終わったにもかかわらず、ひばりはもう一度、助走に入りました。

そして、最後に披露されたのは、四回転《クワッド》アクセルでした。女子では挑戦どころか練習している人間すらいないだろう技です。信じられないスピードで跳び上がったひばりは、しっかりと四回転半を回りきった後、まともに転倒し、そのまま壁まで滑っていきました。

ジャッジも、コーチも、観客も、目の前で起きている事象を受け止められていません。

それは、電話で覚悟みたいな何かを聞いていた私も同様でした。

六種類すべての四回転ジャンプにバックフリップ。

ルールもプログラムも無視して、やりたい放題に滑り、最後に転倒で氷に叩き付けられたひばりは、立ち上がると、そのまま制止する高階コーチを無視して、会場から消えていきました。

雛森ひばり、十七歳。

私の友人は、あの日、そうやって正面から世界に喧嘩を売ったのです。

二〇二九年　十二月二十一日　午後九時一分

後に「恥の世界選手権」と呼ばれることになるあの大会を最後に、ひばりはフィギュアスケートに見切りをつけました。一度、完全に気持ちを切りました。

しかし、あれから一年と九ヵ月が経って。

十九歳になったひばりは、自らの意思で大舞台に帰って来ました。

強い覚悟を胸に秘めて、戦いの舞台に舞い戻ってきました。

全日本選手権、二日目。女子シングル、ショートプログラム最終滑走者。

雛森ひばりの演目、エリック・サティ『Je《ジュ》 te《トゥ》 veux《ヴー》』が終わると、信じられない音量の拍手で会場が包まれました。

京本選手ほどではないかもしれませんが、ひばりも世間から嫌われている選手の一人です。

それでも、異次元の演技の前では、すべてが覆ります。

この競技を愛する人間たちが集まった特別な空間では、誰よりも光り輝くのです。

ひばりの演技が終わった瞬間、私は阿久津先生と思わずハイタッチを交わしていました。

「泉美ちゃん！　先生！　どうだった？」

　観客への挨拶もそこそこに、演技が終わると、ひばりは満面の笑みを浮かべて、子犬のような勢いでリンクサイドに帰って来ました。

「私、練習通りだった？」

　雛森ひばりは唯一無二の特殊な選手です。実力以上の演技など見せる必要がありません。どんな試合でも練習通りで良い。プログラム通りに滑ることが出来れば、必ず勝てます。何故なら、世界で一番、基礎点の高い構成プログラムを持っているからです。

　阿久津先生は言葉より雄弁なサムズアップで答えましたが、私は言葉にすることにしました。

「完璧です。何一つ、間違えていません」

「本当に？　やった！」

　ルール違反にプログラム無視。かつてのひばりは技術以外の部分で、あまりにもミスの多い選手でした。負ける時は自滅。そういう問題児でした。

　ですが、今大会のひばりは、これまでのひばりとは違います。

　無敵だった肉体に、研ぎ澄まされた心が乗っています。

　キス・アンド・クライでは、ひばりを真ん中にして、先生と私と三人で並んで座りました。

　お互いの手を握り合って、得点を待ちます。

　京本選手は四番滑走で９４・１４という世界最高点を叩き出しました。

　ひばりもミスは一つも犯していません。すべてのジャンプに高い出来栄え点《GOE》がもらえるはずですし、スピンもステップもこの上なく美しいものでした。

『雛森さんの得点。92・45。現在の順位は第二位です』

またしても90点台！

ガッツポーズを作ったタイミングで横からひばりに抱きつかれ、横倒しになって椅子から転げ落ちてしまいました。

「泉美ちゃん！　私も90点台が出たよ！」

「自己ベストですね！」

スクリーンに目をやり、細かい内訳を確認すると、技術点はひばりが上回っていました。

1・69点という差は、案の定、演技構成点で生まれています。

京本選手にリードを許したとはいえ、大きな問題はありません。得点差の内訳まで含めて、想定の範囲内です。

四回転ジャンプが禁止されているショートでは、いかにひばりでも京本選手からアドバンテージを奪うことは難しいと分かっていました。

「この差なら絶対にフリーで逆転出来ると思います」

「うん。絶対に勝つ！」

キス・アンド・クライの後方には、選手たちが書いたメッセージカードが貼られています。

どう考えても今大会の主役は十九歳の天才二人ですが、京本選手のメッセージも、ひばりのメッセージも、テレビには映らない隅に飾られています。

明日《あした》、フリーで逆転したら、あのカードを剝《は》いで、テレビカメラの前に差し出さなければなりません。ひばりのメッセージは必ず、あの人に伝えねばならないからです。

アナハイム世界選手権を自宅で見た時、私は何もかもが終わったと思いました。
信じていたのに。信じていたかったのに。
誰よりも嫉妬し、誰よりも憧れた選手が、世界から消えてしまうことを覚悟しました。
しかし、今になり思うのです。
フィギュアスケートにおいて最も重要なのは心です。
強い想いこそが、すべてを変えていきます。
だから、あの頃はまだ、本当はまだ、何も始まってすらいなかったのかもしれません。
私たちの戦いは、いつだって、今だけが最前線なのです。

幕間

最終滑走者の演技が終わり、スタンディングオベーションが始まっても、俺と雛森翔琉《ひなもりかける》は席から立ち上がることが出来なかった。

二人の少女が見せた次元の違う演技にのまれ、足に力が入らない。

「野口《のぐち》。やっと実感を持って、お前の言葉が理解出来たよ。加茂瞳《かもひとみ》に罪はない。それでも、ひばりか京本瑠璃《きょうもとるり》、どちらか一人しかオリンピックに行けないなんて許されない」

「もしも、お前がまだ副会長だったらどうした？」

瞳は全盛期と遜色《そんしょく》ない演技で高得点を叩《たた》き出したが、瑠璃はそんな瞳に10点以上の差をつけている。これから発表される雛森《ひなもり》ひばりの得点も近しい数字になるだろう。

二人はロシアのトップ選手どころか、男子チャンピオンとも正面から戦えるレベルにある。

「たとえ会長でも、今更、規定は覆せない。派遣基準を変えるなんて前例は作れないさ」

『雛森さんの得点。９２・４５。現在の順位は第二位です』

またしても90点台が出た。ＩＳＵ非公認のスコアとはいえ、歴史に残る得点である。

会場のざわめきが静まるのを待ってから、翔琉が立ち上がった。

「娘に会わなくて良いのか？」

「どの面下げて顔を合わせろって言うんだ」

ここは関係者席である。演技を終えた選手や、スタッフの姿もちらほらと見受けられる。

翔琉は業界では超がつくほどの有名人だが、マスクと帽子で顔を隠していたお陰で、最後まで誰にも気付かれなかったようだ。

古い知人が去り、閑散とし始めた会場で一人、明後日《あさって》の勝負に想いを馳《は》せていた。

フリーでは競技時間が延びるため、大きな大会では足切りが発生する。ショートには三十二名がエントリーしたが、フリーに進めるのは上位の二十四名だけだ。今のところ棄権を表明した選手はいないから、明後日は順位通り、四グループに分かれて戦うことになるだろう。

四十八時間後にはすべての勝敗が決し、オリンピックに派遣される選手が決まっている。

競技会場であるコンベンションセンターには、県で最高層のホテルが隣接している。選手の大半は大会中そこに宿泊しているが、瑠璃たちは自宅から通うと言っていた。

東京の選手だった瑠璃を口説くにあたり、俺は、新潟に住めば、オリンピックで有利になるぞと話した。空気の密度も、氷の質も、すべてがよく知るものになるからだ。

もちろん、本当にそう考えていたわけだけれど、ここまでの結果は予想していなかった。

参考記録とはいえ、ショートでの世界最高点である。

達成された偉業は、既に世界中のライバルたちの知るところになっているはずだ。

「野口さん。お疲れ様です」

大半の観客が会場から去った後、関係者席にジャージ姿の瞳が現れた。

「お疲れ様。素晴らしかったよ。女王の滑りだった」

嘘偽りのない感想を伝えたのに、瞳は苦笑いを浮かべた。

「完敗です。ショートではもうちょっと接戦になると思っていたんですけどね」

手にしていた清涼飲料水に口をつけてから、瞳は穏やかな顔でリンクを見据えた。

「でも、だからかな。覚悟が決まりました。あの二人に勝てないことは分かっています。だけど、私にもプライドがある。大人しく主役の座を渡すつもりはありません。フリーでは予定要素を変えて、四回転トウループを跳びます」

「そうか。挑戦するんだな」

二十代も後半になって、瞳はその高難度ジャンプに挑み始めた。子どもみたいに痣《あざ》を作りながら、練習を繰り返してきた。

瞳はオリンピックの金メダル以外、すべての栄光を手にした女だ。名誉も、称賛も、既に存分に手にしている。今更、新しい挑戦なんてする必要がないのに、心に火を灯《とも》し続けた。

「三十代の私が四回転を跳んだら、きっと、会場が揺れます。前座で終わるなんて耐えられません。意地を見せますよ。これから大人になる、あの二人のためにも」

「良いね。それでこそ加茂瞳だ」

「野口さんは、瑠璃とひばり、どちらが勝つと思いますか？」

一人は俺が作ったスケーティングクラブの選手で、もう一人は大嫌いな翔琉の娘だ。

どちらに勝って欲しいかなら答えは簡単だが、勝者を尋ねられたなら。

「雛森ひばりだろうな」

「瑠璃は勝てませんか？」

「基礎点は裏切らない。勝利にはライバルの失敗が必要になる。お前はどう思うんだ？」

「オリンピックで見たいのは瑠璃です。私が考えるフィギュアスケーターの理想に、最も近いのはあの子ですから」

瑠璃のコーチでもある江藤朋香《えとうともか》は、今、国内で最も評価を高めている振付師だ。採点項目を押さえながら、毎シーズン、これでもかと独自の世界観を見せてくれる。

しかし、その朋香の最高傑作、チーム京本ですら、オリンピックに行ける保証はない。

お前が枠を譲ってやれば？　喉《のど》まで出かかった言葉は口に出来なかった。

瞳が競技選手を続けてきたのは、三十一歳で迎える冬季オリンピックが、第二の故郷、新潟で開催されると決まったからだ。

瞳ほど人生をこの競技に懸けてきた選手はいない。

この大会のために、どれほどのものを犠牲にしてきたのかも、俺はよく知っている。

欲しいなら、勝ち取るしかない。

この残酷な世界で夢を叶《かな》えるのは、最後まで醜くあがいた者だけだ。

第三話

私の舞姫

二〇二九年　十二月二十二日　午後二時五分

アスリートの人生は、現役時代より引退してからの方が長い。

私、江藤朋香《えとうともか》はまだ三十六歳だ。振付師としてもコーチとしても成長の途上にある。それでも、今季、京本瑠璃《きょうもとるり》のために用意したプログラムは、集大成と胸を張って断言出来るものだ。

全日本選手権、大会三日目の実施競技は、アイスダンスと男子シングルのフリーである。

女子と同様、男子もグランプリファイナルの結果を受け、オリンピックに派遣される選手は既に一人決まっているが、残りの二枠は予想がつかない。

最終滑走グループの六人は、全員、複数回の四回転ジャンプを跳んでくる。誰が選ばれても本大会ではメダルを狙える層の厚さだ。

本日は競技開始前に、女子シングルの公式練習が予定されている。

今大会のフリーは、ショートの順位が低い選手から演技をおこなっていくため、瑠璃は最終滑走グループの六番手、大トリだ。

滑走順にはそれぞれメリットとデメリットが存在する。

一番手は六分間練習の直後だから、最も身体が温まった状態で演技に臨める。ただし演技開始までに息を整える必要があるため、六分間練習では強度を落とす必要がある。

後半の滑走者は、一度、控え室に戻り、呼吸を整え直すのがセオリーだ。

競技が進めば進むほど、リンクコンディションは悪くなる。時間が空くわけだから、当然、氷に対する感触も遠のいていく。ただ、ライバルの得点を見てから演技構成を変えられるという利点もあった。今大会であれば、瑠璃は直前に滑る雛森《ひなもり》ひばりの得点を踏まえて、難度を調整出来るのである。

採点競技は後半になるほど得点がインフレしやすい。ジャッジは否定するだろうが、どうしても心理的作用は排除出来ない。

最終滑走者の座を得られたことは、明日《あした》、小さくないアドバンテージとなるだろう。

前日練習も当日の六分間練習と同じように、六人が一組でおこなう。

順番に各自の音楽が流されていくわけだが、練習内容は選手に任されている。実際のプログラムさながらに滑る選手もいれば、様々な理由でジャンプを回避する選手もいる。

五番滑走者、雛森ひばりの楽曲『愛の夢』がかかると、リンクの空気が一瞬で変わった。

大会前に選手は予定要素を提出している。彼女は最初のジャンプに、四回転アクセル《クワッド》を予定していた。男子でも成功させた選手が一人しかいない、最高難度のジャンプである。

あの恥と呼ばれた世界選手権でも雛森は大技に挑戦したが、結果は着氷の可能性を感じさせない転倒だった。この大会で優勝しなければオリンピックに行けないのだから、成功する見込みのないジャンプを本番で跳ぶわけがない。予定要素はハッタリだ。

前日練習で完成していない技に挑戦し、怪我でもしたら目も当てられない。

幾ら雛森ひばりでも、絶対に跳んでこない。私はそう確信していたのだけれど……。

音楽と同時に長い助走に入った彼女は、何の迷いもなく、最初のジャンプで四回転アクセルに挑み、派手に転倒していた。

「嘘でしょ。本気で跳ぶつもりなの？」

思わず、心の声が漏れてしまった。

立ち上がった雛森は、迷う素振りもなく、再びアクセルの態勢に入る。

そして、またしても空中で四回転半、回って見せた。

回転数は足りているように見えたし、今度は両手をついただけで転ばなかった。

雛森は駆け引きが出来るような選手じゃない。

常軌を逸した試技を見て、リンクで練習している五人の選手が固まっていた。

百戦錬磨の加茂瞳《かもひとみ》まで目を丸くしている。他人の存在なんて虫けらくらいにしか考えていない瑠璃でさえ、立ち止まってしまっていた。

「自分の練習に集中しなさい！」

引きつった顔でライバルを見つめていた瑠璃に活を入れる。

あの子はあの子、瑠璃は瑠璃だ。

四回転アクセルに挑戦して出来栄え点《GOE》を失ってくれるなら、むしろラッキーじゃないか。

気概にあてられ、こちらまで無謀な技に誘われるのが一番怖い。

私の叱咤《しった》が合図になり、五人の選手たちが再び身体を動かし始めたけれど、一変した空気は、いかんともし難い重さでリンクを支配していた。

雛森は身体能力だけなら間違いなく世界一の選手だ。どんなスポーツをやっていても、トップ・オブ・ザ・トップに上り詰めたことだろう。だが、フィギュアスケートは技術と同時に、美しさを争う競技である。瑠璃が表現力で負けることは絶対にない。

もうすぐ曲が終わろうかというタイミングで、雛森が再び、前を向いて助走に入った。

これだけ動き回り、体力を消耗した後で、まさか、もう一度、跳ぶつもりなのか？

ライバルの体勢から挑戦を予感した瑠璃が顔を上げたその眼前で。

雛森ひばりは高く、鋭く、アクセルを踏み切る。

そして、今度こそ四回転半を回り切り、着氷でもギリギリで堪《こら》えきった。

回った。降りた。本当に四回転半を……。

「アウトエッジ、ちゃんと意識して下さい！」

響いた声は、彼女の友人、滝川泉美《たきがわいずみ》のものだった。

「最後の最後まで集中しましょう！　ひばりなら絶対に出来ますから！」

ハッタリじゃない。明日、あの子は本気で四回転アクセルを跳ぶつもりだ。

負けたら終わりのこの舞台で、人間には不可能と言われた大技を、本当に。

呆然《ぼうぜん》としていた私に気付き、瑠璃が嫌そうな顔を見せた。

「先生が情けない顔をしていると、こっちまで舐《な》められるんで迷惑です」

リンクサイドに寄ってきた瑠璃は、平生の声で皮肉を告げると、ストレッチでもするように
その場で大きく伸びをした。気負っているようにも、臆《おく》しているようにも、見えない。

「先生が作ったプログラムなんだから、胸を張って見ていて下さい」

自信に満ちた声で告げ、瑠璃はリンクの中央に戻っていく。

強者は揺らがない。他人に左右されない。瑠璃は勝利を揺れることなく信じているけれど、本音を言えば、私は今、この子の振る舞いがまったく理解出来ずにいた。

胸を張って見ていてと告げたのと同じ口で、昨日、

『オリンピックが終わったら、朋香先生との契約を解消したいです』

瑠璃は私にそう告げたからだ。

どうして？　何で？　一瞬で頭に浮かんだ疑問を、しかし、言葉に出来なかった。

再会してからの三年間、ずっと、二人で支え合ってきたのに。そうやって夢の一歩手前まで辿《たど》り着いたのに。私は瑠璃が何を考えているのか、まったく分からなくなってしまっていた。

1

初挑戦となったアナハイム世界選手権で、瑠璃は自らの力を見事に証明して見せた。

三種類の四回転ジャンプを武器に、自己ベストを更新し、十七歳とは思えない成熟した演技で二位となった。惜しくも世界女王には敗れたが、あの大会でロシア勢と真っ向から勝負出来た、唯一の女子選手だった。

しかし、どうしたって世間の注目は、雛森ひばりの蛮行に向いてしまう。

瑠璃とチャンピオンはフリーで三種類の四回転ジャンプを成功させたが、雛森は二人よりも

高く速い回転で、五種類の四回転ジャンプを着氷していた。しかも、転倒したとはいえ女子では史上初となる四回転アクセルまで披露していた。

瑠璃は銀メダルを外した姿で公式記者会見に臨み、それを司会者に指摘されると、呆《あき》れたような眼差《まなざ》しでこう告げた。

「あんな恥ずかしいメダル、つけられるわけないでしょ。雛森ひばりに試合を放棄させた時点で、誰が金メダルを取っても価値なんてないって気付けよ」

言の葉に怒りを滲《にじ》ませ、瑠璃はカメラを睨《にら》み付ける。

「ネットで叩《たた》いていた、お前らも同罪だからな。戦ってもいない奴が偉そうに吠《ほ》えるなよ」

言いたいことだけ告げ、瑠璃は制止の声を無視して、記者会見場を後にする。

瑠璃は幼い頃から、人に好かれたいと思っていない。他人に媚《こ》びるなんて、この世で最も醜悪な行為だと信じている。

最初に頼まれたのは振り付けだった。次にお願いされたのは、コーチと保護者だった。

言いたいことは山ほどある。学んで欲しいことも、反省して欲しいことも、数え切れないくらいにある。ただ、今の私の役目は、この子が戦い続ける限り味方でいることだ。

まずは後始末から。重い腰を上げて、関係者に頭を下げに行くことにした。

2

帰国後、瑠璃を待ち受けていたのは、もちろん祝福ではなかった。

いつの間にか、ノービス選手権のメダル投げ捨て動画に加え、小学生時代のコーチ罵倒《ばとう》動画が拡散されており、同じリンクで滑っていたという匿名アカウントによる、いじめの告発までSNSにアップされていた。

数年前まで社長令嬢だった娘が、クラブでライバルをいじめていた。いかにも有り得そうな話ではあるけれど、私は真実を知っている。瑠璃はクラブに所属したことがない。常に個人でリンクを貸し切りにして活動していた。その告発は前提からして作り話なのである。

しかし、大衆は信じたいものを信じるし、事実を確かめようがない。

そして、瑠璃は自分の評判を気にしないから、いちいち否定も反論もしない。

その結果、炎上はやがて思わぬ場所へと飛び火することになった。

連盟は有力選手を三段階に区分けしている。今季の華々しい成績を考慮すれば、瑠璃は最上位の特別強化選手に選ばれてしかるべきだ。しかし、一連の言動を咎《とが》められ、次年度も選出しないと事前に通達されてしまったのだ。

特別強化選手には毎月、二十万円以上が支給される。国際大会に積極的に出場していきたいなら、お金は幾らあっても足りない。スポンサーが見込めない瑠璃にとって強化費は生命線だ。

「連盟が冷たいのは今に始まった話じゃないですよ。パパが逮捕された時も外されましたしね。理性より感情で動く人間が運営しているんだから仕方ない」

「仕方ないじゃないでしょ。NHK杯にアサインされるなら、まだ良い。そうじゃないなら、少なくとも四回は海外遠征があるのよ。そんなお金、何処にあると思っているの?」

今の瑠璃が上位六人から漏れることはない。ファイナルを含めてグランプリシリーズが三回、世界選手権を合わせれば四回だ。四大陸選手権にだってアサインされても不思議ではない。

選手自身にかかる費用は連盟が負担してくれるが、スタッフにかかるお金は別である。渡航費や滞在費だけで幾らかかるか、想像するだけで頭が痛くなる。

「派遣されますかね。世間に対して、私に罰を与えたって言い訳が欲しいのに」

「有力選手が瞳一人じゃ、代表枠が減っても不思議じゃない。そんな事態は連盟だって避けたいはず。もう一度、かけあってみるわ」

世界二位の選手を強化選手から外すなんて横暴だ。

女子シングルの未来を考えても、この決定は絶対に間違っている。

至極真っ当な陳情を上げたのに、連盟から返ってきた答えは、信じられないものだった。

三つ子の魂百まで。幼い頃からトラブルを繰り返し、態度を改める気がないあの少女は、これからも問題行動を起こし続ける。君自身のキャリアに決定的な傷がつく前に、コーチを退任した方が良い。そう忠告されたのである。

「信じられない。本当に信じられない。理性まで筋肉に変わっているんじゃないの？」

「先生、本気で決定が覆ると思っていたんですか？　甘いなぁ」

連盟の反応を伝えると、瑠璃は呆れ顔で笑った。

「私にいじめられたってＳＮＳで騒いでいた奴の正体を、柊子《しゅうこ》さんが教えてくれました。一時期、リンクを連日貸し切りにしていたことがあるんです。ほかにも借りたい人はいたんだけど、パパがお金を上乗せしたから、全部、うちの希望が通ったみたいで。それを根に持っていた奴が、あることないこと言い出したらしいです」

「下らない真相ね。誹謗《ひぼう》中傷に対する声明文を出そうか？」

「時間の無駄です。私は雑魚に何を言われても気になりません。メダルを投げ捨てたことも、コーチを罵倒していたことも事実ですしね。後悔も反省もしていないし」

「いや、反省はしなさいよ」

落ちぶれたとはいえ、瑠璃は根が温室育ちのお嬢様だ。お金の重要性が分かっていない。先立つものがなくては、遠征どころか日々の練習すらままならないのだ。

「どうしますか？　私と一緒にいると、先生まで評判を落としちゃいますよ」

「あなたが口先だけの小娘なら見限っているわよ。でも、もう無理でしょ。知ってしまったんだから。本物って奴を」

誰に揶揄《やゆ》されようと、この子を見捨てるなんて出来るはずがない。

「なるほど。まあ、朋香先生は見る目がある方ですしね」

「あなたは本当に、いつでも偉そうね」

「その期待が間違いじゃないってことを、全日本選手権で証明しますよ。私を強化選手に選ばなかったことを、次は表彰台の一番高い場所から糾弾してやります」


四月下旬、連盟で理事会が開催され、新年度の強化選手が発表された。

十二人が選ばれた特別強化選手にも、十三人が選ばれた強化選手Aにも、十五人が選ばれた強化選手Bにも、京本瑠璃と雛森ひばりの名前はなかった。

発表と同時に、連盟は二人の昨シーズンの言動に対し、改めて非難声明を出し、少なからず波紋を呼んだこの決定は、思わぬ所にも影響を及ぼすことになった。

長く間借りで練習させてもらっていた施設から、スポンサーの意向で入場を拒否されてしまったのである。柊子は瑠璃との合同練習を続けたいと言ってくれたが、貴重なスポンサーを失わせてまで頼ることは出来ない。貸し切りなら使わせてくれる施設は見つかるだろう。だが、一年間、強化費をもらえないことが確定した今、肝心の資金が調達出来ない。

八方塞《はっぽうふさ》がりの状況にこっちが頭を抱えているというのに、瑠璃はあっけらかんと現状を受け入れていた。私が何とかしてくれると期待しているのか、練習場所が見つかるまで、怪我の治療に専念すると言って、泰然自若としている。

選手にとってはオフシーズンでも、振付師にとってはそうではない。

ありがたいことに、ほとんどの選手やプロから契約を更新したいと言われたし、新規の振り付け依頼も定期的に舞い込んでいる。

今季は瑠璃の面倒を見るだけで幾らかかるか想像もつかない。正直、新規の依頼については取捨選択したかったが、懐事情を考えれば仕事を断っている余裕などなかった。

一日で四件のミーティングというハードスケジュールをこなし、疲労困憊《こんぱい》で帰宅すると、瑠璃がいつものように読書に耽《ふけ》っていた。

この子ももうすぐ十八歳である。このくらいの年齢なら、普通、友達と遊んだりSNSの世界に夢中だったりするものなんじゃないだろうか。去年から格安SIMの端末を渡しているけれど、ほとんど触っている姿を見たことがない。

「お帰りなさい。今日は新規依頼者のプロと会ったんですよね。誰でしたっけ？」

「平本美菜《ひらもとみな》ちゃん。プリンス・オン・アイスのメンバーに選ばれたから、雰囲気を変えたいんだって。去年の瑠璃のプログラムみたいなかっこいい奴をお願いしたいって言われたよ」

「大阪のあいつか。大した実績もないくせにプロでやっていけるんだから、媚びを売るのが上手い奴って得ですよね」

「口を開けば毒を吐くのをやめなさい。目上の人間には敬意を払えって言ったよね」

「尊敬出来ない人間に、どうやって敬意を払えば良いんですか。平本なんて現役時代の成績で言えば、朋香先生より下でしょ。雑魚《ざこ》中の雑魚じゃん。あの程度の技術でプロになれるなんて理解不能です。あー。あれか。アイスショーの顔になる人気選手のお友達だからか」

相変わらず失礼なことばかり……。

「朋香先生って引っ越しを考えたことはありますか？」

「あるよ。受け入れてくれるリンクが見つからなければ、拠点を変えるしかないじゃない」

「例えば交通費がかさむような場所に引っ越しをしても、振付師は続けられますか？」

「遠方だからって理由で依頼が途切れるなら、その程度の需要だったってことでしょ」

「へー。やっと分かってきたじゃないですか。そういうことですよ。先生は構えて待っていれば良いんです。じゃ、一つ、相談させて下さい」

「何？　先に断っておくけど、お金はないからね」

自分で言うのも何だが、私は今、業界で評価が急上昇中の振付師だ。

仕事の依頼も途切れず受けているから、現時点でまったく余裕がないわけではない。ただ、強化費がもらえない今シーズンの見通しを考えたら、余計な出費は避ける必要がある。

「私、新潟に引っ越そうと思うんです」

「新潟？　何で突然」

「野口達明《のぐちたつあき》さんに連絡を取りました。覚えていませんか？　強化合宿で私を応援しているって言ってた、センスのある経営者がいたじゃないですか。事情を話したら、相変わらず連盟の理事はゴミだなって呆れていました。私、野口さんと話が合うんですよね。世の中に対する怒りの波長が同じなのかも」

似ているのは、怒りの波長ではなく人格の歪《ゆが》みだろう。

「うちのクラブに所属しないかって誘われました」

「生活はどうするつもり？」

「選《よ》り好みしないなら、四万円もあればワンルームのアパートを借りられるそうです。日中はリンクでアルバイトをしたら良いって言われました。スタッフ業務でも、子ども教室のコーチでも、好きな仕事を紹介するって」

「瑠璃がコーチ？　冗談でしょ？」

「もちろん、断りました。私、雑魚を見ていると虫唾《むしず》が走るので」

それは良かった。影響を受けやすい若年の選手が、瑠璃なんかと関わったら、性格がねじ曲がってしまう。何より瑠璃との差を自覚した後で、気持ちを保ち続けられるとは思えない。

「先生。私、自分の価値を証明出来ない人生なんて、死んでいるのと同じだと思うんです。だから、これ以上、時間を無駄に出来ません。新潟に行こうと思っています」

「新潟か。遠いね。コーチはどうするの？」

何処に住んでいても、大金を稼げるようになっても、瑠璃は振付師に私を選び続ける。それだけは確信をもって断言出来る。でも、コーチに関してとなると、話は別だ。私より優秀な指導者なんて、それこそ掃いて捨てるほどにいるだろう。

「私、朋香先生に、まだ何も恩返し出来ていないじゃないですか」

「出来ているでしょ。指導した選手が世界二位になったんだよ。十分、名前をあげさせてもらったわ。早く報酬も払って欲しいけどね」

「雛森ひばりが試合を放棄した大会で勝ったって、何の価値もありませんよ。しかも、それで二位なんて、むしろ恥ずかしい。ねえ、先生。私、我《わ》が儘《まま》ばかり聞いてもらっているから、本当にいい加減にしなきゃって思うんだけど、もう一つだけ、お願いしても良いかな」

「敬語を使うなら、どうぞ。聞くだけは聞くわ」

「あと一年半だけ時間をくれませんか？」

「具体的には？」

「一緒に新潟に来て欲しい。次のオリンピックまで、私と戦って下さい」

3

人生とは絶え間ない選択の連続であり、私は何度も大切な問いを間違え続けてきた。

しかし、新潟市に引っ越してすぐに、この選択だけは正しかったと確信を抱いた。

あくまでも私の印象でしかないけれど、新潟の人々は外からやって来た人間に対する警戒心が強い。恥ずかしがり屋で、距離感がある。それを寂しく感じる人間もいることだろう。だが、子どもの頃から常に注目を浴び続けてきた瑠璃にとっては、むしろ望ましい環境だった。

どんなアスリートでも、二十四時間、練習出来るわけではない。

日中、望む時間に、望んだだけトレーニングが出来るわけでもない。野口さんの好意でリンクを使用出来るのは、あくまでも営業時間外、貸し切り希望者がいない深夜帯か早朝である。

午前は英語を中心とした通信制高校のカリキュラムに向かい、午後はリンクでアルバイトに従事する。そして、営業終了後、広いリンクで誰にも邪魔されずに個人レッスンに励む。

肩肘《かたひじ》を張らず、自らの演技と向き合うことを許された瑠璃は、北国の地で、また一つ、ステージを昇ろうとしていた。大人の身体への変化に戸惑いながらも、成長を続けていった。

新潟の人間は他者を無意味に避けたりもしないし、親しくなってしまえば情にも厚い。

アルバイトと一口に言っても、アイスリンクでの仕事は様々である。肉体労働も多い。しかし、日々、真面目に仕事をこなす瑠璃を見て、次第に従業員たちも心を開き始め、その先に予想も出来なかった変化が待ち受けていた。

生まれ持った性格は、そう簡単に変わらない。相変わらず、その言動は高圧的である。

それでも、縁もゆかりもない土地で大人の優しさに触れたことで、瑠璃は多少なりとも人への敬意を示せるようになっていった。同僚や知り合いに挨拶《あいさつ》をするなんて、人間として当然の行動である。だが、これまでの瑠璃は、そんなことすら出来ていなかった。

歩みは遅くとも、この子は確実に成長しているのだ。

『別の選手が練習に交ざるかもしれないけど、営業後なら自由に滑っても良い』

そんな言葉で新潟に誘われたわけだが、閉館後に練習している選手は瑠璃一人だけである。

このリンクは署名活動を経て、自治体の協力を取り付けて建設された施設だ。とはいえ、れっきとした商業施設なわけで、有望な選手だからとタダで練習させていたら、経営が成り立たない。瑠璃のように極めて特殊な状況にない限り、特別扱いは出来ないはずだ。

つまり、あの言葉は、気兼ねなくリンクを使えるようにという野口さんなりの方便である。

私はそう理解していたのだけれど、ある日、閉館後にリンクサイドでストレッチを手伝っていたら、帽子を目深に被《かぶ》った女性が入ってきた。その手にスケート靴が握られている。

既に営業時間は終わっているし、今日は貸し切りの客もいないはずだ。

「朋香さん、お久しぶりです」

帽子を脱いだ女性の顔を見て、瑠璃の動きが止まる。

そこに立っていたのは、今もなお国内の表彰台に立ち続けるレジェンド、加茂瞳だった。

「久しぶり。帰省していたの？」

「帰省じゃなくて帰国です。新潟に戻って来ました。来シーズンで引退しようと思っているので、最後は国内で頑張ろうかなって。コーチもこっちに呼びました」

ジュニア時代に全日本選手権を制して以降、瞳はたった一人で女子シングルを牽引《けんいん》してきた。フィギュアスケートを国民的スポーツに押し上げた功労者であり、今もなお競技の第一人者である。台頭したロシア勢に追われ、国際舞台では長く結果を残せていないが、アラサーになってもトップレベルで戦い続けている女子選手など、国内には彼女しかいない。

そして、十代でスターになった瞳は、十年前に拠点をアメリカに移している。

「どうして新潟に？　故郷はここじゃなかったよね」

「出身は愛知です。でも、野口さんがいなかったら、スケーターにはなれませんでしたから」

なるほど。

野口さんが瑠璃に助け船を出したことも、気まぐれではなかったのかもしれない。彼には金の卵を見抜く眼力があり、一度、投資による成功体験も味わっているのだ。

加茂瞳を世に出したことで、リンクは何年にもわたり莫大《ばくだい》な恩恵を得たはずである。

「今日から平日のこの時間は、一時間半、私がリンクを貸し切りにするんです」

思わぬ言葉が届き、興味なさそうに靴紐《くつひも》を結んでいた瑠璃が顔を上げた。

「聞いてないんだけど」

「追い出したりしないから心配しないで。それともライバルに練習を観察されるのは怖い？」

瞳の問いに対し、瑠璃は鼻で笑った。

「むしろライバルだと思われていたことに驚くわ。視界に入っていなかったから」

「やっぱりそういう認識か。今の若い子たちは、私を見つけると、皆、目を輝かせて挨拶に来るのに。君だけだものね。見向きもしないの」

「そりゃそうでしょ。時代後れのおばさんに憧《あこが》れる理由がない」

「呼吸をするように喧嘩《けんか》を売るのをやめなさい。メディアでいつも大きく取り扱ってもらえるのは、瞳がフィギュアスケートを人気競技に押し上げたからよ。敬意を払いなさい」

私からの注意を受けても、瑠璃の呆れ顔は変わらなかった。

「認識が逆ですね。このおばさんに私のような才能があれば、今頃、サッカーくらいの国民的スポーツになっていますよ。スターが雑魚だから、この程度なんでしょ」

「瑠璃。怒るわよ」

「本当のことじゃん」

瞳のお陰で界隈《かいわい》がどのくらいの恩恵を受けてきたか、正直、想像もつかない。

ぶち切られても不思議ではない暴言の連発だったのに、瞳は楽しそうに声をあげて笑った。

「良いね。噂には聞いていたけど、君って本当に、やばい奴なんだね。海外で散々、変わり者を見てきた。でも、君みたいに喧嘩っ早い子は初めて見たわ」

「事実を述べただけで、喧嘩なんて売ってないわよ。ロートルなんて相手にする価値もない」

「そこまではっきり言われると、いっそ清々《すがすが》しいね。うん。実際、そんなに的外れでもないと思うしね。確かに私は君に勝てない。でも、まだ諦《あきら》めたわけじゃない」

「いや、おばさん、もう三十歳でしょ。恥を晒《さら》す前に消えなよ」

「君だって雛森ひばりに勝てないくせに、戦い続けているじゃない。いつか追い越せると信じているからじゃないの？　私も同じだよ。今は君たちのようには跳べない。でも、明日は分からない。だから、一緒に練習して、技術を盗もうと思って」

少女時代の瞳も、瑠璃のように強気な選手だった。自らを世界一と信じ、ベテランなど歯牙《しが》にもかけず、堂々たる演技を見せていた。その瞳が若い選手を相手にへりくだっているのだから、時の流れは恐ろしい。

「今から四回転を習得出来ると思っているの？」

「少なくとも諦めてはいない。私が君たちに勝てないのは、ジャンプの基礎点で大きく離されてしまうから。でも、それが縮まれば、結果は分からないよね。だって、演技構成点は今も私の方が上なんだから。今日からこの時間のリンクを貸し切りにするけど、君にも使わせてあげる。お互いにとって悪い話じゃないと思わない？　そっちも私から盗めることはあるでしょ？」

ひりつくような空気でスタートした練習が終わり、瑠璃の無礼を謝罪に行くと、瞳は十代の頃と変わらない笑顔を見せてきた。

「気にしてないですよ。彼女に言った言葉がすべてです。私自身、学びたいので」

「あなたから、まだそんな言葉が聞けるとはね」

瞳には今も数々の大企業がスポンサーとしてついている。しかし、競技選手であり続ける限り、収入の何割かは連盟にもっていかれてしまう。彼女なら引退してプロになった方が圧倒的に稼げるはずだ。それなのに。

「本気で今から四回転に挑戦するの？」

「何年も前から挑戦と挫折《ざせつ》を繰り返しているんです。次に大怪我をしたら終わりだから、無意識にセーブがかかってしまって、どうしても壁が越えられません」

「そっか。本当に、私たちはここで練習を続けても良いの？　強化費ももらえていないから、助かるのは助かるんだけど」

「ええ。むしろ、こちらからお願いしたいくらいです。私、次のオリンピックも本気で狙っているので。ブレイクスルーがないと戦えません」

4

今になって思えば、ここまでの展開はすべて、野口さんの思惑通りだったのかもしれない。彼は帰国を考えていた瞳と、自らを頼ってきた次世代のエースを引き合わせ、化学反応を起こしたいと考えていたのだ。それはきっと、瑠璃のためでもあったし、瞳のためでもあった。

スーパースターの人生は、後進にとって教科書のようなものだ。瞳が幼少期に両親の離婚を経験したことも、競技継続のために六歳で愛知から新潟に引っ越してきたことも、業界では有名な話である。ただ、その時、加茂家に手を差し伸べたのが野口さんだったとは知らなかった。

瞳は新潟の地で才能を開花させ、数々の栄光を摑《つか》み取っている。無名時代に受けた恩は色褪《いろあ》せない。瞳と野口さんは強い絆《きずな》で結ばれており、今でも親子のような関係を築いていた。

同じリンクで同じ時間に練習しているのだから、自然と距離も近くなる。初日こそ舐めた態度を見せた瑠璃だが、野口さんの仲介もあり、やがて瞳とも打ち解けていった。

ほとんど病気じゃないかと思うレベルで、瑠璃は初対面の相手に喧嘩腰で対応する。とはいえ、認めさえすれば、きちんと向き合える子だ。二人が打ち解けられたのは、結局のところ、お互いにアスリートとして尊敬すべき部分があったということに尽きる。

合同練習は瑠璃にとっても、日々、大きな刺激となっているようだった。

十八歳になって迎えた新シーズン。

強化選手から除外された瑠璃は、グランプリシリーズにアサインされなかった。コーチとしては納得しかねる決定だったが、結果的に、シーズン前半の目標は全日本選手権に絞られた。出るところが出るではないけれど、瑠璃は大人の身体へと変化している真っ最中である。体形が変われば、演技も変わる。現在進行形で戸惑いを経験している瑠璃が、自らの演技とだけ向き合えるのは、むしろ幸運なことかもしれない。

十月になり、グランプリシリーズが始まったが、天才が不在の大会は味気ない。

瞳は二つの大会で結果を残し、表彰台に上がったものの、上位六名が進出するファイナルの出場権は、今年も逃していた。

加茂瞳はもう世界のトップを狙える選手ではない。世間はそう理解しているけれど、間近で練習を見ている私は知っていた。彼女は今もなお、進化を諦めていない。

瞳は今でも、かつての代名詞だった三回転《トリプル》アクセルを完璧《かんぺき》に跳ぶ。最大の武器に加え、四回転トウループをプログラムに組み込むことが出来れば、得点はまだまだ伸びるはずだ。

ファイナル出場を逃し、失意もあるだろうに、新潟に帰って来ると、瞳はそれまで以上の気合いで練習を再開した。生傷を作りながら、未完成のジャンプに挑戦し続けていた。

「可能性を感じるようになってきたね」

休憩中の彼女に声をかけると、子どもみたいな笑顔が返ってきた。

「本当ですか？」

「うん。瑠璃って十四歳から十六歳まで、丸二年以上、ブランクがあるの」

「ああ。ご両親の問題で……」

「そう。母親と一緒に雲隠れしていた二年で身長が伸びちゃってさ。復帰した時は、四回転も三回転アクセルも跳べなくなっていた。ブランクもさることながら、体形の変化が一番の理由だろうから、私は正直、もう無理だと思った。でも、あの子は諦めなかったんだよね」

かつて跳べた四回転ジャンプをマスターし直し、今は四回転ループに挑んでいる。ループは力の入りにくいジャンプだから、これまでのようにはいかない。それでも、四種類目のジャンプを習得して、瑠璃はフリーの演技に五回、四回転を組み込もうと企《たくら》んでいる。体力が持つか否かはともかく、そこまでの高い目標を掲げている。

「今の瞳を見ていると、当時の瑠璃を思い出すの。成功に近付いていると思うよ」

「それは、ちょっと本当に励みになりますね。正直、心が折れそうになることもあるので」

その気持ちはよく分かる。私が現役時代にチャレンジしていたのは、比べるのもおこがましいレベルの技だが、本当に死ぬような思いで練習を続けていた。

「朋香さん。私、頑張っていますよね」

「何を今更。努力を認められたから、あなたは国民の妹なんでしょ」

「もしも私が四回転を跳べるようになったら、一つ、お願いを聞いてもらえませんか？」

「そんな条件をつけなくても、大抵のことは聞くよ。練習場所を間借りさせてもらっているんだから。何？」

視界の先では、今日も重力を無視して氷の獅子《しし》が力強く舞っている。

人間離れした少女のジャンプを見つめながら、瞳は感情のない声で、こう言った。

「来シーズン。私の振付師になってくれませんか？」

5

新潟アイスアリーナは市の中央部に位置する鳥屋野潟《とやのがた》の周辺にある。

整備された美しい公園に巨大なサッカースタジアム、野球場、展示施設、大型ホールが近隣に建ち並ぶ、大規模開発区画だ。

私たちは引っ越しに伴い、リンクまで自転車で十分の距離にある3DKの古いアパートの一室を借りた。東京に比べて部屋は広くなったのに、家賃は何と半分である。今後かさんでいくだろう遠征費のことを考えても、新潟市への引っ越しは賢い判断だったかもしれない。

鳥屋野潟沿いには、玄関の傍の木にフクロウが住みつく立派な県立図書館がある。こちらもアパートから自転車で行ける距離にあり、瑠璃は数日に一度、必ず通っていた。

十八歳なんて様々なものに憧れ、目移りする時期だ。しかし、瑠璃がフィギュアスケート以外で興味を示すのは、今も小説だけである。

十二月上旬の日曜日。新潟アイスアリーナで家族向けのイベントが開催された。

アルバイトとしてスタッフに入った瑠璃は、会場の撤収が予定より早く終わったこともあり、夕方から自主練習に入れることになった。

今日は午後八時から大人のためのスケート教室が予定されており、私も指導者の一人として招かれている。

一時間半の仕事を終えて従業員控え室に戻ると、瑠璃が一人、読書をしていた。

自主練習を終えてさっさと家に帰ったと思ったのに、どうしたのだろう。

全日本選手権まで二週間を切っている。無理のし過ぎはよくない。普段より短い時間だったとはいえ、充実した練習が出来たのだから、しっかり身体を休めて明日に備えた方が良い。

ここ数ヵ月、瑠璃はジャンプの微妙なズレに、日々、苛立《いらだ》っていた。根を詰め過ぎている印象もあるし、深夜の練習は止めた方が良いだろう。

私が着替え始めると、瑠璃もあっさりと帰り支度を始めた。

どういうことだ？　アパートまでは自転車で十分もかからない。トイレに行くのにも友達と一緒じゃなきゃ嫌だみたいな女もいるけれど、瑠璃は対極にいるタイプである。一緒に帰ろうと思って待っていたなんて、この子に限ってはあり得ない。

「もしかして具合でも悪い？　野口さんに良い病院がないか聞こうか？」

「別に。体調は普段と変わらないです」

「じゃあ、どうして私を待っていたの？　読んでいた本が面白かった？」

「まあ、それもありますけど」

何だろう。この子の歯切れが悪いのは珍しい。

「一人で帰るのが怖くて」

「何を今更」

帰途の大通りには街灯が立ち並んでいる。人の往来はともかく、車の交通量も多い。そもそも瑠璃は夜を怖がるタイプでもない。東京でも深夜に一人でコンビニに行くような女だった。夜間の一人歩きはやめろと注意しても、ほとんど意に介していなかった。

「最近、誰かにあとをつけられている気がするんです。徳島でも週刊誌のハイエナに追いかけられたことがあったから、最初は気にしていなかったんですけど。ちょっと雰囲気が違う気がして。前に先生に注意されたみたいに、ストーカーなんかの可能性もあるなと思って」

「いつから気になっていたの？」

「気付いたのは一週間前です」

「そういうことは、もっと早く相談しなさい」

「だって言ったら心配するじゃないですか」

「保護者なんだから当たり前でしょ。大事なことは遠慮しないで言いなさい」

何かあってからでは遅い。どうして一週間も黙っていたんだという怒りもあるが、同時に、瑠璃に気を遣われていたという事実にも驚いていた。そんなこと一番苦手だったはずだ。

「朋香先生だって大事なことを私に言っていませんよね」

「私が？　言うべきことは言ってるでしょ。瑠璃に遠慮なんてしない」

「じゃあ、おばさんの依頼を断ったのはどうしてですか？」

「おばさんって誰？」

「瞳さんに来年の振り付けを頼まれましたよね」

ああ、その話か。瞳は私よりスケート年齢で六歳も若い。瞳がおばさんなら、私のことは何だと思っているのだろう。本当に腹立たしい小娘だ。

「真剣に頼んだのに断られたって、嘆いていましたよ。依頼料だって安くないでしょ。名前を売る絶好のチャンスじゃないですか。何で断ったんですか？」

「社交辞令でしょ。瞳なら世界中の誰にだって依頼出来るんだから、私に頼む理由がない」

正直に告げると、一瞬で瑠璃が怒気を纏《まと》った。

「本気で不愉快だから、そういう謙遜《けんそん》はやめて」

「敬語」

「この私が認めてやったんだから、卑屈になるのはやめて下さい。瞳さんが依頼したのは、朋香先生の実力を認めているからでしょ。あの人は本気です。私にまで朋香先生に頼んで欲しいって言ってきましたから。引き受けてもらえたら、説得のお礼にマージンをくれるって」

別に謙遜で言ったわけじゃない。瞳がどの程度の思いで依頼をしてきたのか、本当に測りかねていただけだ。あの子はあの子で、あけすけだが本心が読めないところがある。

「加茂瞳がラストイヤーに依頼した振付師となれば、先生の格も上がりますよ。プログラムも何十年と残ると思います」

さて、どうしたものだろう。正直なところ、私は本音を話したくない。

ただ、瑠璃は嘘を嫌う。勘も鋭い。

「プロになった後なら引き受ける。瞳にはそう話したよ」

「あの人なら引退後もアイスショーで稼げるでしょうね。でも、注目度は落ちますよ。アマチュアの方がレベルも高いんだから、現役のうちにやらないと意味がないでしょ」

「まあ、それも分かっているんだけどね」

そんな目で見つめられたら、誤魔化していることがつらくなる。

あなたのライバルに力は貸せない。貸したくない。

正直にそれを伝えたら、この子はどんな反応を見せるだろう。

現時点で瑠璃と瞳の基礎点には大きな差がある。だが、瞳は本気で四回転トウループの習得に挑んでいるし、会得すればスコアが大きく伸びる可能性がある。スケーティング技術や表現力では今も世界のトップにいる選手だから、万が一ということもある。

すべてを話したら、瑠璃は納得してくれるだろうか。それとも、振付師が替わったくらいで私が負けるわけないでしょと怒るだろうか。

瑠璃は最後まで不満そうな表情を見せていたが、結局、私はそれ以上、何も話せなかった。


後日。来シーズンの依頼は受けられないと、瞳に正式に断りを入れた。

薄々分かっていましたと苦笑いを浮かべてから、

「朋香さん。初めて全日本選手権で喋《しゃべ》った時のことを覚えていますか？　私、凄《すご》く失礼なことを言ってしまったんですけど」

瞳が始めたのは、意外な昔話だった。

「失礼なこと？」

「競技に居座るおばさんたちを邪魔だと感じていたって」

確かに、そんなようなことを言われた記憶はある。

「言葉って自分に返ってきますね。瑠璃は私のことなんて微塵《みじん》も脅威に感じていない。朋香さんの説得を頼んだ時に快諾してくれたのも、敵だと思っていないからです」

瞳は十代半ばで国民的スターになったが、どんな選手もいつか必ず歳を取る。

童顔の瞳でも、この距離で喋っていれば老けてきたことが分かる。

「でも、あの日の言葉は、皮肉だけじゃなかったよね。表現力では勝てないって、褒めてくれたんじゃなかったっけ」

朧気《おぼろげ》な記憶を頼りにそれを伝えると、瞳は自嘲《じちょう》の笑みを浮かべた。

「上から目線で嫌な奴ですね。私は調子に乗っていたんだと思います。今じゃ十代の選手に相手にもされないのに。だからかな。やっと反省出来るようになりました。朋香さんに失礼な口をきいたあの頃の自分を、叱りつけてやりたい。本当にすみませんでした」

私は依頼を断っただけだ。十年以上前の出来事を、今更、謝られても困る。

「気にしていないよ。若者は大人を見くびるものだからね。誤解されるのも嫌だし、あの時、私が感じていたことを教えてあげる。『おばさんはどけよ』って言われて、ちょっと嬉《うれ》しかったの。あなたの眼中になんて入っていないと思っていたから。意識してくれていたんだって、天才の視界に自分も入っていたんだって、誇らしかった。だから、私は、瞳がその年齢で本気でオリンピックを目指している理由が、分かるような気がするよ」

二〇二九年　十二月二十二日　午後二時三十三分

全日本選手権の前日練習は、その一部を一般の観客も見ることが出来る。

開場と同時になだれ込んできたファンたちのお目当ては、第四グループに登場する加茂瞳だ。実際、瞳の曲かけ練習が終わると、多くの観客が会場から出て行ってしまった。

とはいえ、今大会の本命は、ショートで瞳に10点以上の差をつけた十九歳の二人である。

最後の曲かけ練習となった瑠璃は、大技を繰り出した雛森ひばりの影を払拭《ふっしょく》するように、淡々と自らの構成プログラムを確認していった。

洗練に洗練を重ねてきた演目を、一つ一つ丁寧に研ぎ澄ましていく。

何処までも対照的な二人の練習が終わり、見守っていた観客たちは悟ったはずだ。

京本瑠璃と雛森ひばりは、どちらもこの上なく調子が良い。精神的にも、肉体的にも、充実している。二人の優勝争いには、きっと、誰一人として加われない。

「今一度、整理しようか」

リンクサイドに戻って来た瑠璃に告げる。

「雛森が四回転アクセルを跳んだ場合は、四回転ループを外しても良いかもしれない」

私は今日の練習で、雛森が四回転アクセルに挑む姿を五回確認している。そして、彼女は実に四回の試技で、転倒するか手をついていた。着氷に成功したジャンプも何とか耐えたという印象が強く、高い出来栄え点がもらえるものではなかった。四回転アクセルより基礎点の高いジャンプは存在しないが、高得点が得られるのは、あくまでも成功した時のみである。

「向こうが一回転んでくれるなら、こっちは確実なジャンプだけで……」

「情けないことを言わないで下さい」

話を遮った瑠璃の顔に、怒りが滲んでいた。

「日和《ひよ》るくらいなら死んだ方がマシ」

瑠璃の性格は私が一番よく知っている。それでも。

「手に入れたアドバンテージを生かすべきよ。あなたの目標は、雛森に勝つことではなく、オリンピックで頂点に立つことでしょ？」

「先生。もう一回言ったら、許さないから」

久しく見ていなかった燃えるような怒りが、瑠璃の目に滲んでいた。

「私は先生が作ってくれた最高のプログラムで戦います。たとえあいつが転倒しても、難度を落とせば確実に勝てるとしても、絶対に嫌。私は、最高の私以外、演じません」

明日の滑走順は抽籤《ちゅうせん》で決まったわけじゃない。ショートで勝ち取った後攻だ。

ライバルの得点を踏まえて戦うのは、卑怯《ひきょう》なやり方じゃない。それが出来るだけの適応力も兼ね備えている。それなのに、瑠璃は己のベストを貫き通すと心に決めていた。

「分かった。もう何も言わない」

だとすれば、この先、出来ることはそう多くない。最後の準備は、身体との対話だ。

激しい運動の後は、クールダウンで身体をケアする必要がある。

「中会議室で準備を始めておくね」

瑠璃を更衣室に送り届け、ストレッチマットを手にバックヤードを歩いていたら、メディア対応を終えた瞳が引きあげてきた。

「朋香さん。お疲れ様です」

「私は皆ほど疲れていないよ。さすがに凄い雰囲気だったね」

公式練習で瞳が四回転トウループを跳んだ時、会場には悲鳴にも似た歓声が上がった。

「久しぶりに震えるほど緊張しました。まだ練習なのに」

「完璧だったよ。あなたなら明日も大丈夫」

「頑張ります。ライバルは雛森ひばりだけじゃないって、瑠璃に思って欲しいから」

女王の意外な決意が鼓膜に届き、思わず笑ってしまった。

「瑠璃はもう十分過ぎるほど瞳のことを認めていると思うけどね」

瞳が今季のフリーで使用する楽曲は、モーリス・ラヴェルの『ボレロ』だ。

『ボレロ』はフィギュアスケートを象徴する曲だが、それには明確な理由がある。

遡《さかのぼ》ること四十五年前、とあるアイスダンスのペアが、伝説として語り継がれるパフォーマンスを見せ、オリンピックで優勝を果たした。

演技中に曲を変え、テンポを調整することが常識となっていた時代に、彼らは『ボレロ』のみを使用して勝負している。しかも、そこには掟破《おきてやぶ》りのアイデアまで施されていた。

「競技時間はスケーターが滑り始めてから」と規定されていたルールを逆手に取り、膝《ひざ》をついた状態で演目を開始することで、演技の時間を十八秒も延ばしたのである。

ラストシーンで二人が氷上に倒れ、劇的な死が描き出されると、場内は割れんばかりの拍手に包まれた。創意工夫に満ちた衝撃的なプログラムは観衆と審査員を魅了し、芸術点でオリンピック史上初となるオール満点を記録することになった。

この世に生を享《う》ける前の大会である。ライブで見たわけじゃないのに、そのあまりにも独創的な演技に、心と身体が芯《しん》から震えたことを、今でもよく覚えている。

実際、あの演技を知った日から、私の振り付けに対する意識は変わった。

フィギュアスケートとは「技術」と「芸術」を両立させるスポーツであるべきだ。

自由な発想、自由な表現こそが、この競技の魅力の本質なのだと、そう信じるようになった。

しかし、採点法が減点方式から技ごとの加点方式に変わり、競技の特性そのものが大きく変化してしまった。不正を減らすため、採点基準が具体化、厳格化されていったのは理解出来る。ただ、そのせいで、得点を荒稼ぎ出来る技への注力が極端になり、結果、昨今はトップスケーターでさえ似たようなプログラムが多くなってしまった。

だが、芸術競技というのは、本来、もっと自由でなければならないはずだ。

私は二日前まで、瑠璃と二人なら、それを証明していけると信じていた。

「……あの、朋香さん。何かありましたか？」

「何かって？」

「声にいつもの覇気がありません。朋香さんは感情の浮き沈みがない人だから、珍しいなって」

「……そっか。自覚はなかったけど、瞳はよく見ているね」

来た道を振り返る。更衣室で着替えている瑠璃の姿はまだ見えない。

「昨日ね、あの子に言われたの。オリンピックが終わったら、契約を解消したいって」

瞳の眼差しに怪訝《けげん》の色が浮かんだ。

「まあ、契約って言っても三年間、コーチ代も振り付け代も、もらっていないんだけどね」

「座って喋りませんか」

促され、通路を曲がった先にあったベンチに並んで腰を下ろした。

「依存しているのは瑠璃の方だと思っていました」

「私も、そう思っていたんだけどね」

可哀想な少女に付き合わされている。そんなつもりでいたのに、いつの間にか、私はあの子に魅せられ、最後まで、引退まで、面倒を見ることになると思い込んでいたらしい。

選手とコーチが別れるなんてよくある話だ。振付師なら、なおのことそうだろう。

何一つ不思議な話じゃないのに、こんなにもショックを受けている自分に驚いてしまう。

「朋香さんの方から、一緒に続けたいって言って欲しいんじゃないですか」

「瑠璃は人の気持ちを試すみたいな駆け引きはしないよ」

「知っています。でも、朋香さんに言われたら嬉しいんじゃないかな」

そんな殊勝な感情、あの子にあるだろうか。

「ごめんね。大切な大会の最中に、演技と関係ない話ばかり」

「何でも話して下さいよ。同じリンクで練習してきた仲じゃないですか」

その時、反対側の通路から五人の女子選手が歩いて来た。第二滑走グループと第三滑走グループに入っている選手たちだ。試合会場に併設されたホテルには、レストランやカフェが入っている。公式練習を終えた後、仲の良い選手たちで、お茶でも飲みに行ったのだろう。

三十一歳の瞳は最年長選手である。女子シングルは次に若い選手でも二十四歳だ。

歩いて来た子たちは、いずれも学生で、ジュニアの選手も交ざっていた。

若い子たちにとって瞳は雲の上のレジェンドである。トップスケーターは強化合宿や大会で顔を合わせる機会も多いが、海外を拠点にしていた瞳は、その限りではない。

前年度女王を発見した選手たちは、黄色い声をあげながら、駆け寄って来た。

握手をして下さい。サインを下さい。

少女たちの要求に一つ一つ丁寧に応《こた》える姿を横目で見ていたら、

「瞳ちゃん。あんな奴らに負けないで下さい！」

「私たち、犯罪者の娘が勝つところなんて見たくありません！」

不意に姿を現した悪意に怖気《おぞけ》を震った。

瞳が瑠璃と一緒に練習していることも、瑠璃のコーチである私の顔も、この子たちは知らないのだろう。瞳を応援したいからだろうが、彼女たちは次々に瑠璃と雛森を貶《おとし》め始める。

「京本はまたフリーで崩れますよ。瞳ちゃんなら逆転出来ます！」

「家族が悪いことをしたって自覚があるなら、恥ずかしくて出場出来ないよね」

悪意は凶器だ。実物よりも鋭利に心をえぐることだってある。

憎悪を向けられたのは私じゃないのに、堪えようもなく体温が下がった。

陰でライバルの悪口を言いふらす。そんなの、この世界にも、この世代にも、限った話じゃない。瞳は特に咎めることもなく、苦笑いを浮かべて聞いていた。

「雛森はどうせルールを守らずに自滅するでしょ。頭悪そうだもん」

「あーあ。京本の親がまた逮捕されれば良いのに、そうすれば……」

そこまで口にしたところで、少女が固まった。

視線の先に目をやると、曲がり角に瑠璃が立っていた。その顔から一切の表情が消えている。

「朋香先生。行きましょう。身体が冷えちゃう」

キャリーケースを手にした瑠璃は、そのまま少女たちには目もくれずに歩き出した。

選手のために開放されている二階の中会議室に入り、ストレッチマットを広げる。

「悪口、聞こえていたんでしょ。言い返すと思った」

「雑魚の戯言《たわごと》なんて、虫の鳴き声と同じです」

「そっか。私は許せなかったけどね。あなたを傷つけられたら腹が立つ」

「朋香先生って意外と暇なんですね」

マットの上で身体を伸ばしながら、瑠璃は鼻で笑った。

この反応は虚勢だろうか。それとも、真実、心からのものだろうか。

五分ほど整理体操を続けた後、不意に、瑠璃がマットの上で動きを止めた。

色素の薄い茶色の双眸《そうぼう》が、心の奥の奥まで見通すように私を捉《とら》えている。

「先生が去年、瞳さんの振付師を断ったのって、仕事を増やす余裕がなかったからですか？それとも、私のライバルになるかもしれない選手に、塩を送りたくなかったからですか？」

脈絡なく、思いもよらぬ質問を受けた。

「どうして今更そんなことを聞くの？」

「ずっと、気にはなっていたんです。後者な気がしていたけど、勘違いだったら恥ずかしいじゃないですか。それで聞けずにいました」

「……まあ、概《おおむ》ね、あなたが思っている通りかもね」

「やっぱりか」

「でも、瑠璃が負けるとまで思っていたわけじゃないよ」

「だったら正直にそう言ってくれたら良かったのに」

「話したら怒ったでしょ。選手の実力を信じていないのって」

「別に、私だってそんなに何でもかんでも噛《か》みつきませんよ」

まったくもって説得力のない言葉である。ある程度、精神的にも大人になったとはいえ、この子の沸点は今でも常人より遥《はる》かに低い。

瑠璃が私との契約を解消したいと言った理由。

今日も朝から、気付けば、そのことばかり考えてしまっていた。

そして、ようやく一つ、あの日の言葉が原因だったのではと思い当たった。

ちょうど一年前の全日本選手権。お互いに感情がぐちゃぐちゃになっていたフリー前日の朝、私は失言をしている。深く考えもせずに返した一言で、この子を傷つけてしまったのだ。

この一年間、瑠璃はあの日の会話を蒸し返していない。

だが、本当はしこりのように胸に刻まれていたんじゃないだろうか。私のことを家族のように信頼していたからこそ、忘れない、許さないと、決めていたんじゃないだろうか。

京本瑠璃を理不尽に傷つけようとするすべての力から守ってあげたい。

世界に羽ばたき、もっともっと大きな声に晒されることになるだろうこの子の味方でいたい。

心からそう願っているけれど、私はいつまで隣にいることを許されるのだろう。

6

「最近、誰かにあとをつけられている気がするんです」

瑠璃にそれを打ち明けられた時は、さすがに頭が痛くなるほど心配した。

何かあってからでは遅い。話を聞いて以降、外出時は必ず付き添うようにしてきたが、幸いにして、この二週間、問題らしい問題は起きていない。

そして、今年も、国内チャンピオンを決める季節がやってきた。

来年はこの全日本選手権が、オリンピック代表選手を決める大会になる。

絶対に負けられない勝負まで、あと一年だ。

ブランク明けだった去年、瑠璃は関東ブロック、東日本ブロックの予選を勝ち抜いて本戦に進み、準優勝という成績を収めている。今シーズンは前年度の成績が考慮され、予選を免除されていたが、調整のためにブロック大会から出場していた。

前年度の覇者、雛森は、今年、大会にエントリーしていない。世界選手権で物議を醸したあの演技は、やはり決別の意思表示だったのかもしれない。

十二月二十一日。東京、代々木《よよぎ》第一体育館。

初日の最終滑走グループに現れた瑠璃は、堂々たる演技で首位に立った。

体形の変化に悩み、調子を落としていた時期もあったけれど、今日の演技は及第点と言って良い。問題は、四種類の四回転を予定している明後日のフリースケーティングだ。

「先生。私、今日、アクセルの着地がいまいちでしたよね？」

ホテルに向かうタクシーの中で、珍しく瑠璃の方から問題箇所を告げてきた。

「理由は自分で分かる？」

「膝を伸ばすタイミングが少し遅かった気がします」

「分かっているなら心配ないね。二日間で調整していこう」

シーズン中、選手は試合を重ねることでギアを上げていく。

「今年は四大陸選手権にも参戦出来たら良いね。世界選手権の前に一度、国際大会で滑っておいた方が良いと思う」

「連盟が派遣してくれるなら出たいですけど、でも、お金は……」

「オリンピックで金メダルを取って、返してくれるんでしょ？　大丈夫。用意しておくわ」

四大陸選手権と世界選手権、遠征が二つだけなら何とかなる。

オリンピックまであと一年と二ヵ月しかないのだ。出来ることはすべて、やっていきたい。


大会後の選手は気が張っている。

ホテルに到着し、真っ直ぐ部屋に向かおうと思ったのに、エントランスを抜けたところで「瑠璃」と、聞き覚えのある声が届いた。

振り返ると、背の高い観葉植物の陰に、帽子を目深に被った女性が立っていた。

その顔を確認するより早く、「ママ」と瑠璃が上ずった声をあげ、京本三枝《きょうもとみえ》だと気付いた。

三枝が瑠璃の前から姿を消したのは、二年前のことである。元マネージャーと共に覚醒剤《かくせいざい》取締法違反の容疑で逮捕された彼女は、執行猶予の判決が出た後も家族のもとに戻らず、そのまま姿を消してしまった。

彼女の担当弁護士とは定期的に連絡を取っている。大会で長期間、家をあける際は、何かあった時のために、事前に滞在先を伝えるようにもしていた。

とはいえ、今日まで三枝自身は娘と連絡を取っていない。薬物使用で逮捕された手前、合わせる顔がなかったのかもしれないし、これ以上、迷惑をかけたくないと考えていたのかもしれない。答えは分からないものの、とにかく一つの事実として、彼女は今日まで娘から逃げ続けていた。それなのに、どうして、今。

「ママ。どうしてここが分かったの？」

笑顔で母親に駆け寄ると、瑠璃はその華奢《きやしや》な手を取った。

ずっと、瑠璃は気丈に振る舞っていた。母には母の人生があると言って、一人で戦い続けてきた。だが、強がっていても十八歳の少女である。

「ここで喋ると目立ちます。部屋に移動しましょう。三枝さんもいらして下さい」

記事にされてもつまらない。雑音で心を揺らされることもある。それが大好きな母親にまつわるものであれば、平常心ではいられないはずだ。

泊まっていた部屋に入ると、三枝は帽子を脱いだ。

「ずっと連絡出来ずにごめんね。私……」

「気にしないで。東京でも、徳島でも、毎日マスコミに張り付かれていたじゃない。ママが大変だったことは分かるから。私は大丈夫」

頭を下げた三枝に、瑠璃は笑顔で告げた。

「朋香先生。長い間、娘をありがとうございます。本当に何とお礼を言って良いか。このご恩は一生忘れません。落ち着いたら必ずお礼を」

「ママ。先生は先行投資をしているんだよ。私の面倒を見ていれば、世界一の振付師になれるんだから、むしろ感謝して欲しいくらい」

母親に必要以上の責任を感じて欲しくないのか、瑠璃は冗談っぽく返したが、三枝の表情は暗いままだった。

彼女と最後に会ったのは六年前のノービス選手権だ。当時、三枝は四十代前半だったが、信じられないほどに美しかった。皺《しわ》も染みも無い肌は羨《うらや》ましいばかりだったし、圧倒的なオーラは疑いようもなく彼女がトップ女優であることを示していた。

しかし、歳月が流れ、三枝は隠せない老いを肌に滲ませていた。

「ママ。私、全日本選手権も、世界選手権も、優勝するから。オリンピックでも絶対に金メダルを取るから。だから、見ていて」

「見ているよ。去年の大会も、ちゃんと見ていた」

どうして二年間、私を放っておいたの？　何で連絡をくれなかったの？

聞きたいことは山ほどあるはずだ。問い質《ただ》したいことだって沢山あるはずだ。だが、泣き言も嫌みも口にせず、瑠璃は未来の話だけを続けた。

「ママと違って私は嫌われ者だからさ。未《いま》だにスポンサーがいない。でも、金メダリストになれば、さすがに見つかるでしょ。そしたら海外に行こうと思うの。ママも一緒に行こうよ。海外ならパパラッチも減ると思うし、また一緒に暮らせるよ」

瑠璃が描いている未来は、夢想でも咄嗟《とっさ》の思いつきでもない。この子は昔から、計画的にキャリア形成について考えている。日本では知らない者はいない京本三枝も、所詮《しょせん》は極東アジアの有名人だ。海外に出れば過去を揶揄される機会も減るだろう。

「私も一緒に暮らして良いの？」

「当然でしょ。パパが釈放されたら、また三人で住もう」

裏切ったはずの娘から優しい言葉をかけられ、三枝の目に涙が溢《あふ》れた。

釈放されてからの二年間、彼女がどんな生活を送ってきたのか、私は知らない。

何を思い、何を悔やみ、何に葛藤《かっとう》してきたのか、その心を知る術《すべ》もない。

三枝は女優だから、涙も、憂いの眼差しも、何処まで本物なのか分からない。

ただ、家族を立て直すと誓った娘の言葉に、胸を打たれたことは間違いないはずだ。

母との再会をパワーに変え、瑠璃はフリーでも素晴らしい演技を披露するに違いない。

親子が音信不通状態にあったのは、三枝が新しい連絡先を私たちに教えなかったからだ。彼女が所持していた携帯電話は解約されており、弁護士を通じてしか連絡は取れなかった。三枝が望んで、そういう状況を作っていた。

「ママ。今日は何処に泊まるの？」

「お世話になっている人のところに」

「ホテルに部屋を取っているわけじゃないのか」

「瑠璃の邪魔をしたくなくて。本当は、今日も会いに来るか迷ったんだけど」

「来てくれて嬉しい。元気そうで安心した」

「ごめんね。大会に集中したい時に」

瑠璃は余計なことを質問しない。三枝が聞かれたくないと思っているだろうことは、口にしない。でも、本当にそれで良いんだろうか。

「私がオリンピックに出場したら、会場に見に来てくれるよね？」

「うん。絶対に」

帰り際の三枝に、瑠璃が頼んだのは、たった一つ、それだけだった。

大会中であることを気にしてか、三枝は短い滞在時間で部屋を去っていった。

母と別れ、一瞬で表情が消えた瑠璃に問う。

「あなたは三枝さんと豊《ゆたか》さんのことを、どう思っているの？」

「どうって？」

「怒りを感じていないの？」

それは、瑠璃と再会して以降、ずっと、私が疑問に思っていたことだ。

瑠璃は両親の話をしない。それどころかほとんど気にしていない風を装い続けていた。

だけど、考えていないはずがない。強い思いが存在しないわけがない。

「怒りなんて感じていません」

「あなたの立場で考えたら、納得するのは難しいでしょ」

「失敗は誰にだってありますから。パパとママだけ完璧でいてなんて、私には言えません」

「なるほど。わだかまりがないなら、もっと欲張りになっても良かったんじゃない？」

「欲張り？」

「次の約束が一年後のオリンピックで良かったの？　年末年始を一緒に過ごしたら？」

頭に浮かびもしていない提案だったのか、瑠璃は一瞬固まった。

「……そっか。ママに会っても良いのか」

「いけない理由がないでしょ。家族なんだから」

「先生。もう少し喋ってきても良いですか？」

三枝が部屋を出てから二分も経っていない。

「もちろん。今ならまだ追いつけるよ」

瑠璃が部屋を出て行ってすぐに、あの子が携帯電話を忘れていったことに気付いた。

母親とのやり取りを継続するなら、連絡先を交換した方が良い。わざわざ宿泊先に会いに来るくらいだから、今なら新しい電話番号を教えてもらえるはずだ。

瑠璃の携帯電話を手に取り、コートだけ羽織って後を追う。

一階に降りると、広大なエントランスの先、正面玄関を出て行く瑠璃の背中が見えた。

両親が逮捕されて。ただ夢を追うというだけのことに、信じられないほどの努力と工夫が必要になって。それでも、瑠璃は一人、歯を食いしばって、必死に頑張ってきた。

でも、二十四時間、三百六十五日、気を張り詰めて生きていくなんて不可能だ。

母に甘えて、泣き言を聞いてもらって、心を癒《い》やしたら良い。

不必要な肩の力を抜くことを覚えたら、きっと、瑠璃はもっと強くなる。私はそう信じている。疑いもなく、そう確信していたのに……。

正面玄関を抜けたその先に、想像もしていなかった光景が待っていた。

瑠璃と三枝が五人の男たちに囲まれ、立ち尽くしていたのだ。

空気の読めないマスコミが、三枝を追いかけていたのか？

考えるより早く、私は駆け出していた。

今は全日本選手権の真っ最中である。コーチである私が守らなければならない。

だが、伸ばした手が瑠璃に届く前に、痛みを感じるほどの強さで横から摑まれた。

「申し訳ありません。警察です」

日常にはそぐわない単語が鼓膜に届き、一瞬で、瑠璃の顔から表情が消えた。

警察？　この男たちが全員？

瑠璃はここ数週間、ストーカーらしき影に怯《おび》えていた。警察に相談することも考えていたが、
私たちはまだ動いていない。ほかに考えられそうなことと言えば……。

「ママ。まさか」

掠《かす》れた声で瑠璃が問うと、三枝は答えを避けるように目を逸《そ》らした。

私の腕を放すと、男は胸ポケットから取り出した警察手帳を私に見せた。それから、

「京本三枝さん。覚醒剤取締法違反の疑いで逮捕状が出ています。ご同行願えますか？」

三枝は顔を上げず、返事もしない。

「ママはまた覚醒剤を使ったんですか？」

怒りに満ちた声で瑠璃が問うと、心苦しそうな顔で先頭に立っていた男が頷《うなず》いた。

「その疑いがあります。ただ、逮捕状請求段階で足取りを追えなくなってしまい、瑠璃さん、

あなたを張っていました」

新潟で瑠璃を尾行していたのは、ストーカーではなかったのか。

「ママ。正直に答えて。この人たちが言っていることは本当？　また覚醒剤を使ったの？」

唇を噛み締め、ゆっくりと首をもたげた三枝は、はっきりと怯えていた。

「パパが逮捕された時に言ったよね。人間なんだから間違うのは仕方ない。誰だって失敗することはある。だから、私はパパを責めないし、釈放されたら、また一緒に暮らしたいって」

三枝は答えない。

「ママが捕まった時にも言ったよね。こんな世界だもの。耐えられないことはある。負けちゃうことだってある。一度目は仕方ない。立ち直れば良い。一緒に頑張ろうって。同じ失敗を繰り返さなければ大丈夫だよって。私、伝えたよね。忘れたとは言わせないから。答えて。私が言ったこと、覚えているよね？」

泣きそうな顔で三枝が頷く。

「一度目は許した。でも、二度目はないよ。だってママは知っているじゃない。パパが逮捕されて、スケートが出来なくなった私が、どんな気持ちで生きてきたか、見てきたでしょ？　どんなに馬鹿でも想像くらい出来たでしょ？」

ここはホテル前の往来である。しかも、京本親子は共に有名人だ。

道行く人々も往来の捕り物に気付き始めていたが、瑠璃は追及をやめなかった。

「もう終わりだから。分かっていて、もう一度、覚醒剤に手を出したっていうのは、ママの意思で私を裏切ったってことだから」

「そんなこと……。私は……」

「知らない。絶対に許さない」

「瑠璃！　私は！」

「この人を逮捕するなら、さっさとして下さい」

冷めた眼差しで告げた瑠璃の言の葉が震えていた。

刑事たちは、十代の娘の前から、このまま冷徹に母親を連行して良いのか迷っていたが、瑠璃の顔からは既に感情が消えていた。

「早くこの人を連れて行って下さい」

「瑠璃、落ち着きなさい。あなたはいつも大切な場面で感情的になる。それで何度も失敗してきているでしょ」

恐らく三枝は逮捕されてしかるべき行為に及んでいる。真相を聞かずとも、答えなんて彼女の反応だけで十分だ。実際、やましいことがなければ雲隠れはしないだろう。

「赤の他人が口出ししないで」

「あなたは赤の他人の家に、二年間、世話になっていたの？」

「揚げ足を取らないで下さい」

「瑠璃。言葉はナイフなの。傷つけられたから、傷つけ返して良いとはならない。三枝さんの気持ちも考えなさい」

「考えたわよ。考えたから許していたんでしょ。でも、もう終わりです。私は人生に優先順位をつけている。一位がフィギュアスケートで、二位が家族です。ママのことを信じていたかったけど、ノイズになるならいらない。あなたは、もう私の家族じゃない」

7

京本三枝、再逮捕のニュースは、深夜のうちにメディアを駆け巡った。

試合の後で、ただでさえアドレナリンが出ているのに、家族にあんなことが起きたのだ。まともに眠れるはずがない。一晩中、瑠璃のベッドからは寝息が聞こえてこなかった。私自身もほとんど眠れないまま朝を迎えることになった。

顔色の悪い二人で、朝食のバイキング会場に向かう途中。

「明日のフリー、体調次第で棄権も考えた方が良いと思う」

悩みながらもそれを告げると、すぐに首を横に振られてしまった。

「嫌です。滑ります。オリンピックまで立ち止まるわけにはいきません」

「瑠璃。私はあなたの意思を尊重する。だけど、本当に大丈夫?」

「……はい。迷いはありません」

「分かった。でも、前日練習は辞退しようか。今日は休息に時間を使った方が賢いと思う」

技術専門審判の一人、テクニカルスペシャリストには、公式練習の視察が義務づけられている。ジャッジにはその義務がないものの、プログラムを把握するために顔を出す人間も多い。

あってはならないことだが、人間が採点する以上、練習での印象が試合に影響することもある。だから、これまで、瑠璃には公式練習でも手を抜くなと言ってきた。

ただ、今回は事情が事情である。今はコンディション調整を優先すべきだろう。

「先生。私の昨日の言葉は、本心じゃないですから」

「昨日の言葉？　三枝さんがもう家族ではないって話？」

「そっちじゃありません。私、先生のことを赤の他人って言ったじゃないですか。本当はそんなこと思っていません」

「別に。事実として他人は他人でしょ」

並んで歩いていた瑠璃が立ち止まる。

「朋香先生は私のことを他人だと思っているんですか？」

恐ろしく低い声で問われた。

今にも暴れ出しそうな目が、私を睨み付けている。

「その質問に答えることに、何の意味があるの？」

「答えて下さい。先生は、私のことを、他人だと思っているんですか？」

「ねえ、瑠璃。あんなことがあった後だもの。気持ちが乱されてしまうのも無理はない。でも、明日の試合に出るんでしょ？　だったら、まずはしっかりとご飯を食べて、心と身体を休めましょう。今日はそれだけが、あなたの仕事よ」

諭されるまでもなく分かっているだろうに。

真っ当な指摘を受けても、瑠璃は憤然とした表情を崩さなかった。

「じゃあ、別の部屋を取っても良いですか？　一人で頭の中を整理したいです」

「分かった。もう一部屋取って私が移動するから、あなたは今の部屋でゆっくり休んで」

瑠璃が罪を犯したわけじゃない。

それでも、向けられる忌避の眼差しは心を削る。

『あなたは、もう私の家族じゃない』

瑠璃は強い言葉で三枝に決別を告げた。家族の縁など捨ててやると強がっていた。

だけど、動揺は避けられない。心は理屈で割り切れるものじゃない。


十二月二十三日。女子フリースケーティング、当日。

公式練習での動きは最低最悪だった。本当に酷《ひど》いスケーティングだった。

昨日、私は一人になりたいという瑠璃の頼みを聞き、別室を取った。この子に少しでもリラックスして欲しかったからだ。コーチとして最善を求めて下した判断だった。

それなのに、練習で転倒を繰り返す瑠璃を見ていると分からなくなる。

声にならない悲鳴をあげていたこの子を一人きりにするという判断は、本当に正しかったんだろうか。瑠璃はああいう子だから、最後の最後まで本音を吐かない。

一人きりになりたいと言ったのはあの子だけど、本当は傍にいて欲しかったんじゃないだろうか。コーチであり、振付師であり、保護者であり、多分、唯一の友でもある私に……。

「棄権しようか。あんなことがあったんだもの。誰も、あなたを責めない」

スケート靴を脱いだ瑠璃に、断腸の思いで告げると、首を横に振られた。

「駄目です。世界選手権に行きたいので棄権はしません。オリンピック前に、もう一度、世界の舞台で戦っておきたいんです」

派遣選手の選考基準は複雑なようで明快だ。全日本選手権の優勝者は当確で、残りは、二位、三位の選手。グランプリファイナル出場者の上位二名。シーズンベストスコアの上位三名。いずれかから選ぶと定められている。

今シーズン、公式戦未出場の瑠璃は、いずれの条件にも該当していないが、派遣条件には一つだけ特例が設けられている。「過去に世界選手権で三位以内に入賞した実績のある選手が、やむを得ない理由で、全日本選手権に参加出来なかった場合」だ。

瑠璃は去年、世界選手権で二位になっている。ここで辞退した場合、この特例条件に当てはまるだろうか。

答えはすぐに出た。無理だ。母親が逮捕されたというのは、恐らく「やむを得ない理由」に該当しない。既に当日の公式練習も終えているから、怪我という言い訳も使えない。

「世界大会なら来年のグランプリシリーズもある」

「大丈夫です。本番まで、まだ十時間ありますから。きちんと調整します」

それはどちらを？　心？　それとも、身体？　あなたは今、どちらもボロボロじゃない。

この子を守れるのは、この子の味方でいられるのは、もう私しかいない。

「瑠璃。これ以上、あなたに傷ついて欲しくないの」

「先生が作ってくれた新しいプログラムを、まだ披露していません。私にファンなんかいないかもしれないけど、先生のこのプログラムを見せずに終わるなんて、絶対に嫌です」

昨日、何て答えるのが正解だったんだろう。

覚悟を決めた少女に、私は一体、何を告げるべきだったんだろう。

今シーズン、瑠璃のフリースケーティングに選んだ楽曲は、セルゲイ・ラフマニノフの『ピアノ協奏曲第2番』だ。瑠璃の伸びやかな肢体を生かすための選曲である。

荘厳なイントロから、瑠璃はまず四回転ループを跳ぶ。

今日の演技はきっと、この最初のジャンプで決まる。

お願い。これ以上、つらい思いをこの子にさせないで！

長い助走から瑠璃は高く舞い上がり、そのまま、ほとんど受け身も取れずに転倒した。

痛みに顔を歪めながら立ち上がると、直後の四回転トウループから三回転アクセルに続けるジャンプシークエンスでも、一つ目の着氷で転んでしまった。

立て続けに二つのジャンプを失敗した瑠璃は、呆然とした眼差しで立ち上がると、そのまま固まってしまう。

最初のジャンプから酷い転び方をしていた。

まさか痛めた？　何処か怪我を……。

選手が動かずとも音楽は続く。そして……。

演技を続けない瑠璃に降り注いだのは、観客席からのブーイングだった。

信じられない。

十八歳の少女が、母親が逮捕されたのに、逃げずに戦っているんだぞ。

その心も知らないくせに。どれだけの努力でここに立っているか、想像も出来ないくせに。

どうして戦ってもいない奴が非難するんだ！

連鎖するようにブーイングが四方八方から響き始め、大きさを増していく。

瑠璃は昔からフィギュアスケートファンに嫌われていた。だけど、だからって。

鳴り止まないブーイングに抗議するように演技を再開した瑠璃は、予定していた後半頭のコンビネーションジャンプに入る。しかし、大会で失敗したことのない得意のサルコウでも転倒してしまった。

容赦なく浴びせられる罵声を聞きながら、よろけるように身体を起こした瑠璃は、片膝をついたまま顔を上げる。その顔に、憎しみの眼差しが張り付いていた。

会場の観客たちを睨み付け、それから瑠璃はゆっくりとその場で回り始める。

自分に敵意を向けた観客たちの顔を、一人一人、胸に刻みつけるように。

怒りに満ちた眼差しで、ただ観客席を睨み続けていた。

8

規定を無視したわけでも、禁止されている技を繰り出したわけでもない。瑠璃は要素をほとんどこなせないまま、演技を終えてしまっただけである。中断とはみなされなかったが、当然、得点はほとんど入らなかった。

これで四大陸選手権にも世界選手権にも派遣されることはないだろう。

オリンピック前年度の全日本選手権を制したのは、またしても加茂瞳だった。

三十歳にして自己ベストに肉薄する得点を叩き出し、彼女は十一回目の国内女王に輝いた。

競技の平均年齢を考えても偉業というほかないが、瞳のスコアは、今季、海外のトップ選手たちが記録してきた得点に、遠く及ばない。瞳が凄いのではなく、国内、女子シングルのレベルが低いのだ。

そして、そんな女子フィギュア界の実情が、シーズンの最後で日本を祟《たた》ることになった。

オリンピックや世界選手権といった舞台では、国によって派遣出来る選手の上限が違う。競技ごとに最大三人まで出場可能で、人数は前年度の世界選手権の成績で決まる。

日本は長年、男女共に三人の枠を確保出来ていたけれど、それは決して当たり前のことではない。上位二人の成績のみで計算がおこなわれるため、失敗出来るのは一人だけだからだ。

世界選手権が終わると、一位には1ポイント、二位には2ポイント、三位には3ポイントと得点が与えられていく。フリーに進出出来なかった選手は一律で18ポイントとなり、フリーを終えて十六位以下の選手は一律で16ポイントとなる。

代表枠を三枠獲得するには、上位二名の合計ポイントが13以下になる必要がある。

一人しか出場出来なかった場合は、2ポイント以下であることが条件だ。

メンタルが大きく影響を及ぼすこの競技で、毎年、確実に上位に残る演技をするというのは、簡単なことではない。低迷期にあっても、女子シングルが三枠を獲得し続けられたのは、瞳が奮闘してきたからだ。彼女がいなければ、とっくの昔に枠を減らしていた。

その瞳に加齢による衰えが見えた去年、日本を救ったのは十七歳の瑠璃だった。瞳は入賞すら逃したが、瑠璃が二位になったことで、日本女子は事なきを得た。

今季はその瑠璃も、雛森ひばりもいない。

三月、運命の世界選手権。

エースとして中国の地を踏んだ瞳は、ベテランの意地を見せ、六位で演技を終える。しかし、残りの二名は、まさかの十三位と十七位という成績に終わってしまった。

三枠獲得に必要な数字は13ポイント以下なのに、日本女子の算出ポイントは、それを大幅に上回る19だった。

オリンピックイヤーの前年、日本女子シングルは、出場枠を一つ失ってしまったのである。

9

人間の本質は追い詰められた時にこそ露呈する。

母が再逮捕され、世界の頂点に肉薄したパフォーマンスを体形の変化で失い、全日本選手権で惨敗した。これ以上ないほどの失意を経験して、しかし、それでも瑠璃は折れなかった。

真の勝負は一年後だ。オリンピックで勝利すれば、何もかもが変わる。そう信じて、痛いほど愚直に、愛する競技にすべてを捧《ささ》げていった。

来シーズン、仮に、最高の舞台で、世界王者になれたとして。

瑠璃が望んだ未来は、本当に手に入るのだろうか。

家族が犯した罪は消えない。

どれだけの偉業を達成しても、きっと、嫌われ者の瑠璃はヒロインになれない。人々が女王として記憶するのは、愛され続けた加茂瞳だ。

世界大会出場の目がなくなってからも、瑠璃は孤独な努力を続けていた。

世界選手権に向けて調整していく瞳の隣で、彼女を上回る練習を重ねていた。

だが、無理をすればしただけ、身体と心が悲鳴をあげていく。

瑠璃は既に成熟した演技力を手に入れている。頭のてっぺんからつま先まで、時にはなびく髪の毛まで統制した演技で、氷上に美しい舞を描いていく。ダイヤの原石みたいな粗削りの演技を見せる雛森ひばりとは違う。スケーティングという意味では、既に完成された選手だ。

これ以上の進化を願うのであれば、高難度ジャンプをさらに習得するしかない。今一度、四種類の四回転ジャンプをマスターし、可能なら未着氷の四回転ルッツにも挑戦し、コンビネーションに絡めた上で、最高の演技を披露する。

明確な目標を胸に、瑠璃は今まで以上に速く、スピードをパワーに変えて跳び上がる。

しかし、今日も目の前で。

悲鳴にも似たエッジの音がリンクに響き、まともな受け身も取れずに、瑠璃が転倒した。

氷の上で転ぶということが、どれだけ痛いことなのか。どれだけ怖いことなのか。私はよく知っている。引退から十年が経った今も、身体の芯に拭《ぬぐ》えない記憶として刻まれている。

身体を起こした瑠璃は、手袋をつけたまま拳《こぶし》を氷に叩き付けた。

「……ちくしょう」

漏れるように聞こえてきた声が、我がことのように古傷に染みる。

私は平凡なジャンパーだったが、四回転の練習に他のジャンプの比ではない負担がかかることくらい分かる。ソフトランディングが難しく、常にギリギリの着氷になってしまうからだ。

瑠璃は逆回転のジャンプが出来ないため、着氷をすべて右足でおこなう。バックアウトエッジにかかり続けた負荷で、足首の骨が変形し、既に骨格まで歪んでいる。ダメージは膝、腰、股関節《こかんせつ》、あらゆる部位に蓄積していく。過負荷の蓄積は、言わば時限爆弾だ。永遠には耐えられない。いつか必ず暴発する。

だからこそ、次々回のオリンピックでは駄目なのだ。

瑠璃は体重を抑えたままで、上げられるところまで筋力を上げている。今年、跳べなかったジャンプが、来年、奇跡のように跳べるようになるとは思えない。

オリンピックまで一年を切った今、焦りと同時に襲いかかる感情はただ一つ、恐怖だ。間に合わないかもしれない。成長が仇《あだ》となり、多くの女性スケーターと同じように、自分も競技選手として駄目になってしまったのかもしれない。

「何で……。ちくしょう……」

うつむいたまま立ち上がれない瑠璃の目から透明な雫《しずく》が零《こぼ》れ落ちた。

この子が泣く姿を目にするのは、これが二度目である。

一度目は二年前。母が逮捕され、私に助けを求めに来た時だ。

瑠璃が涙を流すのは、悲しい時じゃない。痛い時でもない。いつだって悔しい時だ。自分自身が不甲斐《ふがい》なくて、そんな自分に怒りを感じて、嗚咽《おえつ》する。

成長した身体は戻らない。膨らんでしまった胸は、切り落とさない限り重荷のままだ。努力が足りなかったからじゃない。オリンピックへの挑戦が十代の終盤になったことも、必要以上に背が伸びてしまったことも、親が罪を犯したことも、全部、瑠璃のせいじゃない。

現実を認め、諦めたって、誰も責めやしない。はなから期待している人の方が少ないのだから、引退を決めても、失望する人間なんて数えるほどだろう。誰も困りはしない。

どうせ無理なのであれば、再起不能の怪我を負う前に、やめてしまえば良い。

分かっている。私はよく分かっている。コーチとしても、保護者としても、これ以上、この子に無理を続けさせるべきじゃないと、理解している。それでも、

「立ちなさい」

私は、リンクに涙を零す私の舞姫に、冷徹な声を届けた。

「泣いたら私がやめて良いって言うと思った？　甘えるな。全部、自分で始めたことでしょ？　あなたが望んで続けていることでしょ？」

涙でぐしゃぐしゃになった顔で、瑠璃は私を睨み付ける。

「三枝さんから一度でも進退のアドバイスを受けたことがある？　ないよね。だって、あの人は娘の人生に責任を取るつもりなんてないもの。ほかの人はどう？　続けるのか、やめるのか、誰か一人でも意見してきた人間はいる？　答えなくて良いよ。一人もいないって知っているから。何故か分かる？　どうでも良いからよ。あなたみたいな嫌われ者の人生、誰も興味ないのよ。だから、皆、好きにさせてくれた」

氷の上で泣いている瑠璃に、本当の言葉だけを告げていく。

「あなたはこれまで沢山の人にお世話になってきた。だけど、感謝が出来ない。だから、皆、呆れて離れていく。世界に私一人だけなんだよ。あなたみたいな女に、本当の言葉をかけるのは。甘えてないで立ちなさい」

不意に、頬に熱い何かを感じた。

私は心が乾いた人間だ。恋人の前でさえ感情的になったことなんてなかった。

最後に泣いたのが、いつなのかさえ思い出せない。それなのに、気付けば、瑠璃と同じように、私の目から熱い涙が溢れていた。

膝を押さえて立ち上がった瑠璃は、強引に目元を拭う。それから、

「先生。命拾いしたね」

震える声で、そう告げた。

「もしも練習をやめろなんて言ってきたら、首にするところだった」

「敬語を使いなさい。コーチ代なんて一円も払ったことがないくせに、よく言うわ」

「忘れたんですか？　オリンピックが終わったら相場の倍額を払うって言いましたよね」

オリンピックチャンピオンになって、すべてを変える。今でも瑠璃は、瑠璃と私だけは、本気でそう信じている。可能性があるかないかなんて関係ない。

私たちは、ただ、そう信じて、今日まで戦ってきたのだ。

10

瑠璃が少女時代から長く目標とし続けてきたオリンピックシーズンには、冒頭から驚きが待っていた。四月、連盟が発表した強化選手の中に、雛森ひばりの名前があったのである。

昨シーズンの後半、彼女はスピードスケートの競技大会に参加していた。

フィギュアスケートでは不利に働く長身も、競技が変われば武器になる。何年も前から勧誘されているという噂はあったが、ついに本格的に転向を果たしたのだと思っていた。

「あいつ。今年はこっちで滑るつもりなんですかね」

「どうだろう。辞退しなかったから強化選手に選ばれたんだと思うけど」

瑠璃も、雛森ひばりも、実力を考えれば、瞳と同じ「特別強化選手」に指定されてしかるべきである。だが、二人のカテゴリーは、共に最も低い「強化選手B」だった。

反抗的な選手に予算を割きたくない。しかし、オリンピックイヤーに、メダルを狙える二人を蚊帳《かや》の外に置くことは出来ない。連盟の理事たちの思惑が透けて見えるような決定である。

シニアのトップ選手が出場する公式戦は、それほど多くない。

シーズン前半の主要な大会は、チャレンジャーシリーズとグランプリシリーズ、それに国内選手権だ。シーズン後半は、四大陸選手権、世界選手権、国別対抗戦があり、四年に一度のオリンピックがそこにプラスされる。

ただ、実際には、すべてに出場するわけではない。大会にはショートとフリーとエキシビションがあり、三日から六日かかる。移動やコンディション調整にも時間を取られるため、軒並み参戦するというのは、体力的にも、経済的にも、現実的ではないからだ。

二人の天才が十九歳になって迎えた九月。

チャレンジャーシリーズのアメリカ大会に、雛森ひばりの名前を発見した。

そして、シリーズの一戦目から、彼女はいきなり伝説を作っていた。

五種類の四回転ジャンプと三回転アクセルを含むジャンプシークエンスを成功させ、いきなりフリーのワールドスコアを更新したのである。

次のオリンピックで本命とされているのは、ロシアの二人の少女だ。今季、シニアに転向したジュニアチャンピオンと、昨年の世界選手権を制した十八歳の選手である。しかし、雛森のプログラムは、ロシア女王たちの技術点すら上回っていた。

彼女だって体形の変化による戸惑いを経験しているはずだ。しかも、雛森の身長は瑠璃より五センチも高い百七十一センチである。

長く無敵を誇ってきたロシアの女王たちは、ほとんどの選手が百六十センチに満たない身長だった。それなのに雛森は、あの長身で五種類の四回転ジャンプを武器にしている。

「ねえ、先生。こいつ、何なんですか？　人間やめているんですか？」

配信映像で彼女の最新の演技を見た瑠璃は、驚きを通り越して呆れていた。

「筋力が男子と変わらないのかもね」

「スピンの質も変わりましたよね。昔はただ速いだけだったのに、今は点で回っている」

基本的にスピンというのはループの連続だ。同じ場所で、なるべく小さな円を描いて回ることが目標になる。瑠璃のように身体が柔らかい選手は、演技が円に見えない。軸が細く、点で回っているように見えるのである。

私たちが知っている雛森ひばりは、すべての演技が大胆で、良くも悪くも大雑把だった。しかし、今回はスピン一つとっても精度が違う。

「胸もお尻《しり》も出ていないし、運にまで恵まれているのかよ」

「でも、可愛らしくなったじゃない」

雛森ひばりは出るところが出ているとか、そういう女性らしい体形とは無縁の選手だ。すらりとした長身痩軀《そうく》で、いつ見ても髪の毛が短かったから、パッと見は男の子に見えることもあった。しかし、映像の中の彼女は、

「色気づきやがって。好きな男でも出来たんですかね」

恋人ではなく好きな男が出来たと揶揄するあたり、瑠璃もまだまだお子様である。

「十九歳だもの。綺麗《きれい》になりたいと思うのは自然なことでしょ」

肩の辺りまで髪の毛を伸ばしたその姿は新鮮だ。

瑠璃はシーズンオフも返上してトレーニングに明け暮れてきた。

新しい身体で、新しいジャンプを手に入れようと、死に物狂いで練習を繰り返してきた。

光が見え始めたのは、回転軸を作るタイミングを意図的に調整出来るようになってからだ。

空中での回転速度を上げることで、美しいジャンプを一つずつ取り戻すことに成功していった。

今、瑠璃が自信を持って跳べる四回転は三つ。トウループ、サルコウ、フリップである。そこに成功確率の低い四回転ループが加われば、ライバルとの差は四回転ルッツのみになる。

アメリカで雛森が演じたプログラムも、私が今季の瑠璃に用意したプログラムも、男子のトップグループに交じっても戦えるレベルのものだ。トラブルでも起きない限り、オリンピック代表の二枠は、この二人で決まりだろう。瞳でもそこには割って入れない。

真の勝者は、二月のオリンピックで表彰台の一番高い場所に立った選手だ。

場合によってはコンディションのピークを二月に持っていった方が良い。

今季はあらゆる状況を想定しながら、瑠璃をコントロールしていかなければならない。

雛森ひばりの衝撃の演技を見てもなお、私は代表枠については心配していなかった。

何故なら、あんなことが起こるなんて、誰にも予想出来るはずがなかったからだ。


シーズン前半、最大の大会は「ISUグランプリシリーズ」である。

国際スケート連盟が承認するシリーズ戦で、獲得合計ポイント上位六名のみが、グランプリファイナルに進出する。

瑠璃は世界ランキングを大幅に落としているため、今季は一大会の出場権しか持っていない。二年前の世界選手権でやらかした雛森も同様で、シーズンベストスコアによる一大会の出場資格しか持っていなかった。

一大会のみの出場であれば、希望は当然、国内のNHK杯である。しかし、問題児たちの希望を連盟が聞き届けてくれるはずもない。

瑠璃にはフランス大会が、雛森にはロシアの大会が割り当てられていた。


十一月。

瑠璃はフランス大会で自己ベストを更新する演技を披露し、ぶっちぎりの優勝を果たした。ライバルと目されたロシアの選手にも競り勝ち、ワールドレコードに肉薄するスコアで、表彰台の頂点に立った。

一方、雛森はロシア大会を欠場していた。怪我をしたなんて話は聞いていない。今後のより重要な大会を見据え、長期遠征を避けたのかもしれない。

オリンピックでは女子シングルの頂点に、四大会連続でロシアの少女が輝いている。だが、彼女たちが大きな顔をしていられるのもここまでだ。二人が必ず、その牙城を崩すはずである。私はそう信じて疑いもしていなかったのだけれど……。

グランプリファイナル直前、フィギュアスケート界に激震が走った。ファイナル出場を決めていたロシアの選手一名に、ドーピング疑惑が浮上したのである。

かの国の恥ずべき問題が、最初に白日の下に晒されたのは十五年ほど前のことだ。その後、世界反ドーピング機関は、ロシア陸上競技連盟による組織的なドーピングを告発し、以降、彼らはオリンピックにもパラリンピックにも国家として参加出来なくなった。クリーンと認められた選手のみが、ＯＡＲ、ロシアからのオリンピック選手として、個人資格で参加を認められることになったのである。

そして今、オリンピックまで三ヵ月を切ったタイミングで再び疑惑が浮上し、国際スケート連盟は、ロシア選手のグランプリファイナル出場を認めないという暫定的な裁定を下した。

オリンピックイヤーのグランプリシリーズなど、前哨戦《ぜんしょうせん》でしかない。問題がこのタイミングで発覚したのは、彼らにとっても不幸中の幸いと言えるはずだ。違反者は追放されてしかるべきだが、真面目に戦っている選手にまで被害が及ぶことは避けられるからだ。

しかし、このドーピング問題こそが、まさかの形で私たちを祟ることになった。

今シーズンのグランプリシリーズで、瞳は日本人最高位となる十位だった。

そして、ドーピング問題でロシアの選手たちが抜けた結果、六番手に繰り上がり、三年振りにファイナル出場権を手にすることになった。

主役不在の声が上がり続けたグランプリファイナルで、瞳は三回転アクセルを武器にシーズンベストを記録し、二位で表彰台に立つ。

躍動する瞳の演技に感動したし、その闘志に心からの敬意を覚えた。

しかし、すぐに、最悪の事態に気付いた。

オリンピック派遣選手の選考基準は既に発表されており、時系列で並べればこうなる。

一、グランプリファイナルで表彰台に立った選手がいる場合、その最上位の選手。

二、全日本選手権の優勝者。

三、全日本選手権で二位の選手。もしくは、シーズンベストスコアの上位選手。

各選手のグランプリシリーズ参戦予定が発表された後、私は、代表枠の争いが全日本選手権での一発勝負になるだろうと考えた。瑠璃と雛森がファイナルに出場しないため、一番の条件を満たす選手は現れないと思ったからだ。

しかし、まさかの繰り上げ当選を経て、瞳のオリンピック出場が決まり、世論は荒れた。

雛森ひばりはチャレンジャーシリーズでフリーのワールドレコードを、京本瑠璃はグランプリシリーズのフランス大会で今シーズン世界二位となる得点を出している。瞳はファイナルでシーズンベストを更新したものの、二人とは30点以上の差があった。

オリンピックには勝てる選手を派遣すべきだ。今からでも選考基準を見直すべきだ。

大喜びする瞳のファンたちを尻目に、世論は真っ二つに割れ、連盟は安易な派遣基準を設定していたとして大きな批判を浴びる。

そして、全日本選手権の開幕を前に、瞳が記者会見を開くことになった。

三度のオリンピック出場経験を持つレジェンドが、わざわざ大会前に会見を開くのは、女子シングルの未来を思い、身を引くためではないか。そう予想する声もあったが……。

「私は選手です。現役で競技を続けている以上、たとえ全日本選手権で負けても、オリンピック出場は絶対に辞退しません」

瞳はカメラを見据えて、そう断言した。批判も覚悟の上で、自ら論争に終止符を打った。

女王の記者会見を経て、誰もが理解する。

今、この国には世界の頂点を狙える十九歳の天才が二人いるが、全日本選手権で勝利した一人しか、オリンピックには出場出来ないのだ。


全日本選手権は国内最高の大会である。出たいと言えば、誰でも出られるわけじゃない。

シニアの選手は全国を六つのブロックに分けた地方予選を戦い、その後、東日本選手権か西日本選手権で上位に入る必要がある。ただ、瑠璃は東日本大会の日程がグランプリシリーズのフランス大会と被っていたため、その時点でシード選手に選ばれていた。

一方、雛森ひばりは関東のブロック大会と、東日本大会を勝ち上がってきた。予選のジャッジスコアを見る限り、本当に恐ろしいプログラムを用意しているようだった。

全日本選手権の開幕まで、あと三日。

「さすがに私も緊張してきたよ」

練習を終え、スケート靴を脱いだ瑠璃にそれを告げると、露骨に嫌そうな顔をされた。

「私、雑魚がちやほやされていると虫唾が走ります。でも、それって逆も同じなんですよ」

「逆？」

「才能のある人間が、ないがしろにされているのが許せないんです。馬鹿のせいで過小評価されている人間を見ると、世界ごと壊したくなります」

「それは、雛森ひばりが戻って来てくれて嬉しいってこと？」

「いいえ。先生の話です」

予想もしていない答えが返ってきた。

「私は先生が作る振り付けを、世界で一番美しいと信じています。でも、振付師としての江藤朋香を、どれだけの人間が理解していますか？　自称スケートファンも、業界の奴らも、まだ、まるで気付いていない。私はそれが許せない」

射貫《いぬ》くような強い瞳が私を捉える。それから。

「安心して下さい。私は、勝つべき時に、必ず勝ちます」

瑠璃は迷いのない声で、そう断言した。

二〇二九年　十二月二十二日　午後三時十二分

練習後のクールダウンは、ともすればウォームアップ以上に重要である。

回復の速い若い選手には怠っている者も散見されるが、クールダウンは翌日のコンディショニングや疲労回復、傷害予防に直結するからだ。

筋肉は疲労の蓄積によって硬くなるため、整理運動をおこない、可動部分を緩めなければならない。明日ですべての決着がつくのだから、徹底的に身体をケアしておくべきだ。

ルーティン化したクールダウンを終え、再度、着替えてもらった。

今日はなるべくリラックスして休める状況を作ってやりたい。

夕食の食材は既に準備済みである。タクシーを拾って真っ直ぐ、家に戻ろう。

荷物をまとめ、中会議室を出ると、扉の前に二人の少女が待ち構えていた。

先程、瞳に瑠璃と雛森の悪口を言っていた五人の中にいた少女たちだ。確か全日本ジュニア選手権で表彰台に上がり、今大会に推薦出場している中学生である。

「邪魔」

冷たく言い放ち、瑠璃は少女の肩を押しのけた。

少女はよろけながらも踏み留《とど》まり、反対の手で瑠璃の腕を摑む。

「あの！　私！」

「触るな」

瑠璃に睨まれた少女が、泣きそうな顔で手を離した。

「私、京本選手の演技が大好きで！　同じリンクに立てることが嬉しくて！」

「冗談はやめて」

取り付く島もない口調で瑠璃は切って捨てたが、両目いっぱいに涙を浮かべた少女は震える声で言葉を続けた。

「京本選手を見てスケートを始めたんです。ショート、感動しました！」

「嘘をつくな。私がどれだけ嫌われていると思っているの？」

「私も好きです！　京本選手に憧れて、今日まで頑張ってきました！　喜多川《きたがわ》選手たちの言葉は、私たちの気持ちとは違います！」

続けて叫んだのは、隣で震えていたもう一人の少女だった。

「信じて下さい！　本当に応援しています！」

「京本選手が一番かっこいいです！　昔から！　ずっと！」

冷徹な言葉で突き放されたというのに、彼女たちは涙を浮かべ、自らの想いを訴えている。

瑠璃は極めて評判の悪い選手だ。

少女時代から、素行の悪さを度々、取り沙汰《ざた》されてきた。

ファンだというなら、瑠璃が起こしてきた数々の問題も知っているはずである。

それでも、この子たちは瑠璃の美しい演技を見て、

「私、京本選手が世界一になる姿を見たいです！」

「オリンピックで金メダルを取って下さい！」

「……そんなの、あんたたちに言われなくても」

瑠璃は明らかに戸惑っていた。拒絶してもなお、好きだと伝えてくる年下の少女たちに、はっきりと困惑していた。

「瑠璃。握手をしてあげたら？」

「何でそんなこと……」

「恥ずかしいの？」

「別に。信じられないだけです。私に憧れている選手なんているわけ……」

「いるに決まっているでしょ。もう忘れたの？　昨日、世界一になったことを」

あなたがどれだけ問題児でも、氷上の演技は絶対だ。

分かる人間には分かる。届く人間には届く。

だって、あなたは本物だから。

「最高でした！」

「もっと好きになりました！」

「……そういうことを言われると、調子が狂う」

どんな顔を作ったら良いか、本当に分からないのだろう。好きだと伝えられて怯える瑠璃がおかしかった。

今日までの三年間、長い時間を二人で共に過ごしてきた。

成長を感じる機会がなかったわけでもない。

だが、この子は今も未完成だ。そして、未完成だからこそ吸収出来る。

年下の人間を苦手にしている瑠璃は傍若無人な態度を取ってしまったけれど、少女たちの目に浮かぶ憧れの色は変わらなかった。

瑠璃を見ている人は、応援している人は、きっと、ほかにも沢山いる。

この子はそれを、これから、もっと、もっと、思い知っていくはずだ。

瑠璃は一度、小学生の時に私を解雇している。

つまり、私じゃなきゃ駄目だから一緒にいるわけじゃない。ほかに助けてくれる人がいなかったから、頼ってきたに過ぎない。

世界選手権とオリンピックでは、世間的な価値が十倍以上違う。

明日、雛森ひばりに勝利し、オリンピック出場が決まれば、両親が逮捕されて以降、止まったままだった時計が動き出すに違いない。スポンサーだって見つかる可能性が高い。

そう。瑠璃はもう私に頼る必要がなくなるのだ。

寂しい気持ちはある。

この子が引退するまで、一緒に伴走したかったという気持ちもある。

だけど、それはきっと、私の仕事ではない。

最高の形で、瑠璃を一番高い場所まで導いてくれる誰かにバトンを渡すために。

疼《うず》くような痛みを噛み殺し、私はあと一日、この子を全力で支えると、心に誓った。

第四話

私の友達

二〇二九年　十二月二十二日　午後一時八分

今年の全日本選手権の結果次第で、雛森《ひなもり》ひばりと、私、滝川泉美《たきがわいずみ》の人生は変わります。

ショートとフリーの中日だった土曜日。

会場入りすると、ひばりの元コーチである高階健志郎《たかしなけんしろう》さんに呼び止められました。

今大会にKSアカデミーからは六人の選手が出場しており、大勢のクラブ関係者が現地入りしています。阿久津清子《あくつきよこ》先生もそうですし、高階さんもその一人です。

「昨日、関係者席で雛森先生を見たよ。帽子とマスクで顔を隠していたけど、たまたま後ろの席に座っていたから、声で気付いて」

「血の四大陸選手権」を経て、連盟から追われた翔琉《かける》さんは、辞職後、しばらく自宅で酒浸りの生活を送っていました。

しかし、数ヵ月後に突然、家族にも何も告げずに姿を消しています。

そして、気付けば、中国のスケーティングクラブで働き始めていました。

定期的に家族の口座に送金があると聞いていますが、本人と連絡を取る術《すべ》はなく、紫帆《しほ》さんも國雪《くにゆき》君も会えないことを日々嘆いていました。

「お父さんが見に来ていることを、ひばりちゃんは知らないよね？」

「はい。夢にも思っていないと思います」

「顔を隠していたってことは、試合だけ見てまた姿を消すつもりでしょ。ひばりちゃんに伝えなきゃと思ったんだけど、その前に泉美ちゃんに相談するべきかなって」

「翔琉さんは誰と喋《しゃべ》っていたんですか？」

「野口達明《のぐちたつあき》さんだと思う。雛森先生の往年のライバル、知っている？」

「はい。二年前の強化合宿で喋ったことがあります」

「呼び止めた方が良ければ、明日《あした》、試合後に僕が声をかけるよ」

「ありがとうございます。少し考えさせて下さい」

連盟、副会長の座を追われたとはいえ、翔琉さんは指名手配犯になったわけでも、懲戒処分を受けたわけでもありません。単に失脚しただけです。

中国で働いている翔琉さんが、わざわざ新潟までやって来たのは、娘の演技を見るためでしょう。ひばり自身が父親に会いたがるかは分かりませんが、大好きな母と兄のことを思えば、話し合って家に連れ戻したいと考えるかもしれません。


本日の予定は、アイスダンスの試合前に設けられた公式練習のみです。

曲かけ練習が始まると、ひばりは早速、四回転《クワッド》アクセルを跳び始めました。

前年度女王である加茂瞳《かもひとみ》選手も、最大のライバルである京本瑠璃《きょうもとるり》選手も、異次元のジャンプを目の当たりにし、思わず立ち止まっていました。

よく集中出来ていますが、ひばりの能力はこんなものではないはずです。

「アウトエッジ、ちゃんと意識して下さい！　最後の最後まで集中しましょう！　ひばりなら絶対に出来ますから！」

リンクサイドから声を張り上げると、ひばりが真剣な顔で頷《うなず》きました。

大丈夫。今日もよく集中出来ているようです。

ひばりは十七歳の時に一度、この競技に見切りを付けました。

あの時は、私でさえ、この子がもう二度と帰って来ないのではないかと覚悟しました。

それから、少しだけ時が流れて。

この子をフィギュアスケートに繫《つな》ぎ止めたものの正体を知っているから、制限時間があることを私は嫌というほど理解しているから、公式練習を終え、ジャージに着替えたひばりに、正直に告げることにしました。

「昨日の試合を、会場で翔琉さんが見ていたらしいです」

父親の名前を出すと、一瞬でその横顔に影が落ちました。

「お父さん。私の演技になんて興味がないと思っていた」

「あなたが想像している百倍は関心があると思いますよ。期待しているから厳しかったんです。どうしますか？　翔琉さんに会いたいですか？」

「……分かんない。分かんないから、考えても良い？」

紫帆さんや國雪君のことを思えば、彼女が悩むだろうことも予想出来ていました。

「もちろんです。困ったら何でも相談して下さい」

「うん。ありがとう」

父親に会えるかもしれないと知っても、ひばりの顔には笑み一つ浮かびませんでした。

これがこの親子のリアルであり、現状です。

雛森家が家族で戦う姿を、私は長く、一番近くで見てきました。

だから、どうしたって願わないわけにはいきません。

一日でも、一時間でも、一瞬でも、構いません。

誰でも良いから。奇跡でも良いから。

ひばりが、國雪君が、紫帆さんが、翔琉さんが、どうか。どうか、もう一度。

1

初挑戦となった世界選手権で、ひばりはルールを完全に無視した演技を披露しました。

プログラムを無視するというのは、コーチや振付師の指導、意向を無下にするということでもあります。理不尽なブーイングや人種差別への意趣返しであることは明白でしたが、子ども染みた怒りの表明に対する肯定の声は、国内外を問わず、ほとんど聞こえてきませんでした。

とはいえ、ひばりは理解なんてはなから求めていません。引退すると決めたから、自らを縛り付けていたあらゆるものに反抗し、やりたいように滑ったのです。

あの子が好きなのはスポーツであって、フィギュアスケートではありません。

心底どうでも良いと考えているからこそ、引退届すら提出しませんでした。

友達がそういう幕引きを選んだことに怒りを感じましたし、それを上回る失望を覚えました。

しかし、引き留めるなんて、翻意を促すなんて、出来るはずがありません。

私は雛森家が浴びた罵声《ばせい》を傍で見てきています。

心が折れた友人に「続けて下さい」なんて、とてもではないですが言えませんでした。


春がきて、私は大学二年生になりました。

相変わらず学内に友人はいません。それでも、孤独な学生生活に空しさを感じることはありませんでした。明確な目標と目的を持って、この大学に進学しているからです。

学生生活を満喫しているように見える同級生たちの多くは、日々、恋愛なるものに夢中です。

高校時代に青春を謳歌《おうか》してきた人間はもちろん、私のように地味な人生を送ってきたであろう人間まで、恋人を求めて右往左往しています。

でも、考えてみれば、それも自然なことなのかもしれません。

誰だって一人は寂しいです。誰かに、何かに、認めて欲しいです。

きっと、皆、せめて誰かにとっての特別になりたくて、恋人を求めているのでしょう。

私にだって寂しいと思う夜はあります。

だけど、誰かの特別になれるなら、その相手は、やっぱり好きな人しか考えられません。

翔琉さんが失脚した後、父は雛森家から距離を置くようにと言ってきました。

納得出来ない言葉に、耳を傾けるつもりはありません。ただ、物理的な距離が出来たことで、何となく気が引けてしまい、引っ越し以降、一度もお邪魔していませんでした。

昔から雛森家はバラバラに行動することが多い家族でしたが、國雪君を応援するという一点で、全員が繋がっていたような気がします。國雪君こそが鎹《かすがい》だったのです。

その彼が悲劇に見舞われて。

二ヵ月ぶりに訪れた雛森家には、埃《ほこり》と哀しみが降り積もっていました。

紫帆さんの体調の懸念もあり、居候させてもらっていた時代は、週に二回、家事代行サービスが頼まれていました。しかし、それもこれもお金に余裕があるから出来ることです。

「ごめんね。せっかく来てもらったのに、今日は僕しかいないんだ」

出迎えてくれた國雪君は、右手で杖《つえ》を突いていました。

溢《あふ》れ出しそうになった涙を隠れて拭《ぬぐ》ったものの、気付かれずに済んだかは分かりません。

「紫帆さんは入院中ですか？」

「先週、退院したんだけどね。また体調を崩しちゃって。今日は夜まで病院で点滴」

「そうだったんですね。でも、退院したってことは快復しているということですよね」

「そうだと良いんだけど」

「ひばりはまた陸上ですか？」

「ショートトラックのチームから練習参加の打診があって、今は長野なんだ」

そうか。あの子は、もう次の道を。

「ケーキを買ってきたんです。キッチンを使って良いですか？　お部屋に持っていきますよ」

「じゃあ、お言葉に甘えようかな。横になっていないと、まだつらくて」

「すみません。私がチャイムを押したから」

「ううん。久しぶりに人と会えて嬉《うれ》しい。時間があるなら、少し話し相手になってよ」

「はい。もちろんです。紅茶を淹《い》れてから、お部屋に伺いますね」

國雪君は既に選手を引退していますが、メインスポンサーとは契約が続いています。早期の引退に伴い、本来なら数千万円の違約金を払う必要がありましたが、引退の理由が理由だったため、スポンサー側が配慮してくれたとのことでした。

悲劇のヒーローとして、図らずも國雪君の存在は、この競技に興味の無い国民にまで知れ渡りました。抜群の知名度を武器に、解説者、指導者として生きる道もあるでしょう。スポンサーは現在、彼の第二の人生がどうなっていくのか推し量っているのかもしれません。

勝手知ったる雛森家の台所で、熱い紅茶を淹れて。

トレーに載せたケーキと共に部屋を訪ねると、國雪君はベッドに横になっていました。

彼は現在も静養中の身です。免疫力の低下が原因で発症したという乾癬《かんせん》は酷《ひど》くなる一方で、透き通るような白皙《はくせき》に滲《にじ》む紅斑《こうはん》が痛々しく、直視出来ませんでした。

「美味《おい》しいな。ケーキなんて久しぶりに食べた」

「現役時代は糖質を気にしなきゃいけませんでしたもんね」

アスリートという人生を選んだのは自分です。後悔なんて意地でもしませんが、歩んできた道のりで犠牲にしてきたものは確かに存在します。

「本当は連絡してから来ようと思ったんです。だけど、気を遣わせてしまうのが嫌で」

「遊びに来てくれて嬉しいよ。僕も泉美ちゃんと喋りたいことがあったから」

「いつでも電話して下さい。大学の講義くらいしか予定はないので」

「皆、引退すると同じだね。あんなに自由な時間が欲しかったのに、いざ、白紙のカレンダーを前にすると、やりたいことが見つからないんだ。読みたい漫画も、見たい映画も、沢山あったのに。楽しもうって気持ちになれない」

分かる気がします。

高校生くらいまでは、学校で盛り上がっている話題に自分もついていきたいと思っていました。それなのに、今では何もかもが馬鹿らしく思えてしまいます。

「國雪君が話したかったことって何ですか？」

「泉美ちゃんが引退を決めたのも怪我が理由だったでしょ。僕はさ、まだ受け入れられないんだ。もう二度と選手には戻れないって頭では分かっているのに、心が納得してくれない。毎日、苦しくて、押し潰《つぶ》されそうで。泉美ちゃんもそうだったのかなって」

「そうですね」

「どのくらいで慣れた？」

考えるより早く、首を横に振っていました。

「慣れる日なんて来ません。今でも毎日つらいです。もしも夢が叶《かな》っていたら、オリンピックに出場出来ていたら、こんな気持ちにはならなかったんですかね。やり残したことは一つもないって。そういう気持ちで、スケート靴を脱ぎたかったです」

「そっか。慣れる日なんて来ないか」

「はい。私でもそうなんだから、國雪君はなおさらだと思います」


楽しい時間は、あっという間に過ぎていきます。

気付けば、二人の前に置かれていた皿とティーカップが空になっていました。

國雪君は万全の体調ではありません。

二人分の食器をトレーに載せ、立ち上がろうとしたところで、

「泉美ちゃんにもう一つ、聞きたいことがあるんだ」

憂いを帯びた眼差《まなざ》しで、彼が口を開きました。

「何ですか？」

「言っていたじゃない。四大陸選手権で僕がチャンピオンになったら、聞いて欲しい話が二つあるって。こんなことになってしまって、聞きそびれてしまったけど、気になっていたんだ。どう頑張っても僕はもう挑戦出来ないから、あの日の話を聞かせてもらえないかな」

あれから、まだ三ヵ月しか経っていません。しかし、これは、決して取り返しが付かない三ヵ月です。私と國雪君の世界は、あの事故をきっかけに、どうしようもないほどに変わってしまいました。だから、あの日と同じ言葉を、同じ気持ちで告げることは出来ません。

「一つだけで良いですか？」

「一つだけ？」

「はい。残りの一つは、今はまだ……」

「うん。それで構わないよ。話したくないことは聞かない」

気付かぬうちに指先が震えていました。

今日は國雪君の顔が見たかっただけです。元気であるはずがないけれど、様子を聞いて、出来ることがあれば力になりたいと思っていました。

本当にそれだけのつもりでしたから、これは想定外の展開です。でも、彼が望むなら。

両の手の平を、強く、精一杯強く、握り締めて。

「私、國雪君のことが好きです」

積年の想いを伝えると、彼はポカンと小さく口を開けました。

二年半、同じ屋根の下で暮らしていたのです。伝えたいことの一つは、色恋にまつわる話だと、さすがに気付かれていると思っていました。しかし、この反応は……。

「ごめん。夢にも考えていなかった。え、いつから？」

「小学生の頃からです。ずっと、大好きでした」

「それって家族とか友達としてではなく？」

「男性としてです。自分が國雪君にとってそういう対象じゃないことは知っていますが、叶うことなら恋人になりたいと思っていました」

「うちで暮らしていた間も？」

「もちろんです。気持ちは強くなる一方でしたし、毎日、楽しくて仕方なかったです」

「……そっか。そういうことに疎いって自覚はあったけど、ごめん。本当に、まったく考えたことがなかった」

「そういう人だから好きなんだと思います。あの、國雪君って今、恋人はいないですよね」

「今というか、一度もそんな人はいたことがないよ」

十代の頃から、彼は自分の立場やスポンサーのことを考え、異性との交流に細心の注意を払っていました。同じフィギュアスケーターに対してでさえ距離を取っていたように思います。

「では、いつか國雪君に恋人が出来たら、すっぱり諦《あきら》めますので。それまで、好きでいても良いですか？」

「何それ」

おかしなことを言ったつもりなんてなかったのに、笑われてしまいました。

「こんなことになっちゃってさ。頭の中が、ずっと、ぐちゃぐちゃなんだ。だから、今は何て答えたら良いか分からないんだけど、一つだけ、はっきりしていることがある。嬉しいよ。泉美ちゃんくらい僕のことを理解している女の子は、この世にいないじゃない。それこそ、ひばりより喋っている時間は長いしね。そういう人に好きだって言ってもらえて、少しだけ心が楽になった。僕は本当に大勢の気持ちを裏切ってしまった男だから」

「そんなことないですよ。皆、今でも國雪君のことが大好きです」

気付けば、彼の両目から涙が溢れていました。

「僕は……もう、駄目になってしまったから。だから、でも、まだ……」

嗚咽《おえつ》を始めた國雪君は毛布に顔を埋めてしまい、その先は聞こえてきませんでした。

「頭の中がぐちゃぐちゃなのは、私も同じです。だから、これから、ちゃんと整理するので、いつかもう一つの話も聞いて欲しいです。國雪君に最初に聞いて欲しい話があるんです」

2

まさか今日、告白することになるなんて、夢にも思っていませんでした。

ただ、長く心の中心を占めていた想いを吐き出したことで、気持ちが軽くなったことも事実です。昨日までより確実に拓《ひら》けた視界で、未来を見つめることが出来るようになりました。

一つ予想外だったのは、私の告白に対し、彼が拒絶も承諾もしなかったことでした。

自分が女として見られていないことは分かっていました。それでも、振られて、気持ちにけりをつけて、新しい人生を始めようと思っていました。

だから、あれはイニシエーションみたいな告白だったわけですが、意外にも國雪君は答えを保留にしたいと言いました。

もしかしたら、それは万に一つみたいな確率かもしれませんが、彼の恋人になれるみたいな可能性もあるのでしょうか。

いいえ、期待しては駄目です。希望を持たなければ、失望することもありません。

フィギュアスケートでもそうでした。今度こそはと期待する度に深く傷ついてきました。

振られたとしても、落ちると決まっていた試験に落ちただけのことです。

死ぬわけでも、縁が切れるわけでもありません。恋人になれなくとも私たちは友達です。

そう理解していたから、告白後も時々、雛森家に遊びに出掛けました。

食材を買って、お手伝いさんの代わりに、台所で料理を作りました。

國雪君と二人で、時には紫帆さんを交えて三人で、食卓を囲みました。

紫帆さんは最近、ほとんど寝たきりです。こんな体調の妻を放っておいて、翔琉さんは何をしているのでしょう。すべてを失ったつもりなのかもしれませんが、彼には家族がいます。こんなにも心配してくれる人がいるのです。

長野でショートトラックの合宿に参加していたひばりは、帰って来たその足で休学届を出し、北海道に旅立って行きました。次はスピードスケートのチームで練習するのだそうです。

別の競技のエースを引き抜こうとしているのだから、三顧の礼ではありませんが、今頃、手厚く歓迎されていることでしょう。

ただ、ひばりは激しい人見知りをします。協調性も高くありません。

アスリートには外圧に強いタイプと弱いタイプがいますが、ひばりは典型的な後者です。

知り合いすらいない土地で、彼女が上手《うま》くやれているのか心配でした。


春が終わり、蟬が鳴き始めても、國雪君の体調は快復しませんでした。

フィジオセラピストを信じ、リハビリを頑張っているのに、左足の感覚は戻らず、日々、倦《けん》怠感《たいかん》に苛《さいな》まれています。変わらず乾癬にも悩まされています。國雪君は一日も早く社会生活に復帰したいと話していますが、未《いま》だ将来の見通しは立っていません。

七月も終わろうかという頃、ひばりが北海道から帰って来ました。

日に焼け、腿《もも》が太くなっているように感じるのは気のせいではないでしょう。

スピードスケートとフィギュアスケートは同じ氷上競技ですが、囲碁とオセロくらい中身が違います。求められる筋肉の部位、質も異なるはずです。

合宿から帰って来たひばりは、相変わらず何を考えているのかよく分かりませんでした。実際のところは何も考えていないだけかもしれませんが、心が読めません。

早いもので、ひばりももう十八歳です。自らの意思で、自らの道を決められる年齢です。この子は本気で、スピードスケートに転向するつもりなのでしょうか。

子どもの頃、ひばりを管理していたのは翔琉さんでした。コーチや振付師の選定も、大会参加も、すべて翔琉さんが決めていました。紫帆さんや國雪君は、父と娘の関係をフォローすることはあっても、ほとんど口を出すことはありませんでした。

しかし、その翔琉さんが消え、ひばりは自由を手にした代わりに指針を失いました。進むべき道を示す人がいなくなったことで、荒野に足を踏み出しました。

ひばりの人生を決めるのは、ひばり自身であるべきです。だけど私は、誰よりも認めた選手が、認めざるを得なかった才能が、ほかの競技に奪われるなんて、耐えられません。

「國雪君はひばりが競技を変えてしまっても良いんですか？」

「ひばりがフィギュアスケートをやめたら悲しいよ。でも、あいつが笑顔でいられるなら、僕はその方が嬉しい。母さんも同じじゃないかな」

私の気持ちより、家族の気持ちが優先されるべきです。分かっています。そんなこと分かっているけれど、心が、身体が、納得していませんでした。

だって、あの子は、雛森ひばりです。私が誰よりも憧《あこが》れた選手なのです。

夏休みが始まると、私はそれまで以上に雛森家に入り浸るようになりました。

國雪君と紫帆さんは、いつでも家族のように来訪を歓迎してくれます。

ひばりもひばりで「また、うちに住めば良いのに」なんて呑気《のんき》な顔で言ってきます。

「ナショナルチームの合宿に招待されたんですよね。次はいつ北海道に行くんですか？」

「分かんない。行かないかもしれないし」

「何ヵ月も練習に参加していたのに、まだ迷う理由があるんですか？」

「あんまり面白くなかったんだよね」

それは二ヵ月に及んだ北海道生活の話でしょうか。

「気の合う子がいませんでしたか？　それとも、コーチが厳しかったとか？」

「皆、優しかったよ。誰も私のことを馬鹿にしないし」

ひばりは子どもの頃から、KSアカデミーでも浮いていました。レジェンド選手の娘ということもありますが、最大の理由は、実力が抜きん出ていたからです。あの子は特別だからと、皆から精神的にも物理的にも距離を置かれていました。

「でも、単純だから飽きちゃったんだよね」

「それは、あちらの関係者の前では口にしない方が良いと思いますよ」

私は門外漢ですが、ひばりが考えているほど単純な競技でないことは分かります。スピードを競う競技は、一瞬、一ミリ、一度の精度でタイムが変わってくるからです。それこそジャンプの踏み切りのように、一歩一歩に正確性が求められるはずです。

ただ、繊細であることと難度が高いこととは、似ているようで違います。

ひばりは子どもの頃から、難しい技にチャレンジすることが大好きでした。勝負ではなく挑戦を生き甲斐《がい》とするひばりにとって、真に心を満たせる競技ではないのかもしれません。

ひばりは秋がきても北海道と神奈川を行き来する生活を続けていました。

札幌《さっぽろ》に拠点を置くフィギュアスケートのクラブにも誘われており、時々、そちらでも練習に参加しているそうです。大会に出場するつもりはないようですが、心が何処にあるかを確かめるように、ひばりは二足のわらじを履く生活を続けていました。

もうすぐウインタースポーツが最も盛り上がる季節がやってきます。

ひばりがいない今季、全日本選手権の優勝は京本瑠璃選手で決まりでしょう。

何しろ彼女は初出場の世界選手権で二位になった女性です。優美なスケーティングの技術を持っていますし、振付師、江藤朋香《えとうともか》さんが作るプログラムは、いつ見ても斬新かつ秀逸です。

しかし、彼女がベストかという問いには、素直に頷くことが出来ません。

フィギュアスケートに魅せられて、もうすぐ二十年が経ちますが、私の心と魂を揺らした選手は、雛森ひばりだけです。

ひばりの演技が大好きでした。心から憧れ、少しでも近付きたくて、壊れるまで練習を続けたのに、あの子は悪意を嫌がって、この競技に見切りをつけてしまいました。

もしも、ひばりが負けたのなら、認めても良いです。

でも、勝負を経ずに、ひばり以外の女性が女王を名乗るのは、納得出来ません。

時に怒りは希望と同じ熱量のモチベーションになるのでしょう。

誰にも話していない本音を形にするため、私はこの一年間、努力を続けてきました。

國雪君に告白した時、手も足も震えていたことをよく覚えています。恋人になりたくて好きになったわけじゃないのに、想いを告げるには大きなパワーが必要でした。

今回も同じです。「本当」を口にするのは怖いから、とてつもなく大きな勇気が必要です。

でも、だからこそ、初めての相手は好きな人が良い。

心の一番柔らかい場所を曝《さら》け出すなら、その相手は國雪君以外に考えられません。

彼に、いつ、それを告げようか。

悩み始めた十二月。私の与《あずか》り知らないところで、世界が再び揺れました。

紫帆さんが意識不明の重体に陥り、病院に救急搬送されたのです。

雛森家を襲う哀しみの連鎖は、いつまで続くのでしょう。

手伝えることはありませんか？　力になれることはないですか？

願えば願うほど、私だけが家族ではないことを思い知ります。こんなに好きなのに。こんなに皆のことを考えているのに。ただ傍にいようとするだけで、一つ、障害があります。

自らも体調は万全ではないのに、その日、國雪君は病院に泊まることにしていました。

会いたい。短い時間で構わないから話したい。少なくとももう一人、紫帆さんを心から心配している人間がいることを知って欲しい。連絡をもらってすぐに、心がそう叫びました。

午後十時過ぎ。辿《たど》り着いた病院で、少しだけ國雪君と話すことが出来ました。

薄暗い灯《あか》りの下、人気《ひとけ》の無いロビーのベンチで、彼が紫帆さんの病名を初めて口にして。

文字通り、目の前が真っ暗になりました。

完全骨折が判明した時、引退を勧告された時、何度も絶望を味わってきましたが、私には命がありました。明日がありました。夢は叶わず、努力に裏切られ、失望ばかりが積み重なる人生だったものの、いつだって未来は残っていました。しかし、紫帆さんには、もう。

「ひばりには内緒にしておいてもらえないかな」

あの子は先週から再び北海道に飛んでいます。

「あいつを迷わせたくないんだ。母さんもそれは望んでいないはずだから」

「でも、紫帆さんは……」

「うん。いつか、ちゃんと言うよ。でも、父さんのこともあるし、タイミングを計りたい。だから、ひばりの前では知らない振りをしていて欲しい」

紫帆さんに一ヵ月や二ヵ月で「その時」が訪れることはありません。ただ、今の進行状態が続くなら、臓器は一年もてば良い方だそうです。予期せぬ悪化が起これば半年ということもあり得るし、どんなに楽観的に見積もっても二年はもたない。それが、長く紫帆さんの主治医を務める医師の見立てでした。


東京で開催されたその年の全日本選手権を、私は自室で見ていました。

去年のチャンピオンであるひばりは、今年、会場にいません。

遠く北海道の地で、大会を見ているのかも分かりません。

主役のいない全日本選手権で、私は初めて怪我以外の理由で動けなくなる選手を見ました。

フリーの冒頭で立て続けに着氷に失敗した京本選手が、呆然《ぼうぜん》と立ち尽くしてしまったのです。それから、彼女に浴びせられたのは、後押しの声援ではなくブーイングでした。

国内大会でもジャッジに対するものであれば聞いたことがあります。ただ、選手に対するブーイングなど私は聞いたことがありません。

彼女の母が再逮捕されたというニュースが流れたのは、二日前の深夜のことです。

京本選手は子どもの頃から度々、素行を咎《とが》められていました。正直に言えば、私も苦手な選手の一人です。でも、これはあんまりではないでしょうか。幾ら気に食わなくても、あんなことがあって、それでも挑戦をやめなかった選手に……。

こんなことをされたら普通は心が折れます。ひばりもそうでした。あの世界選手権で、ありったけの敵意に晒《さら》され、もう良いやと気持ちを切ってしまいました。

しかし、京本選手は違いました。三度目の転倒の後、顔を上げた彼女は、ゆっくりとその場を回り始め、会場の観客を睨《にら》み付けたのです。自分を認めなかった人間の顔を胸に刻みつけるように、演技の最後まで観客席を睨み続けていました。

彼女の心の強さに感嘆すると同時に、ひばりのことを思い出しました。

どうか、この京本選手の姿を見ていて欲しい。あなたと同じように嫌われ、傷つき、それでも戦っている彼女の姿を見て、何かを感じ取って欲しい。

ひばりがフィギュアスケートをやめるなんて嫌です。

帰って来て欲しいです。

世界最高の演技を、今後、ひばり以外の誰にも不可能な演技を、見せて欲しいのです。

そう思ってしまったら最後、動き出さずにはいられませんでした。

最終順位も確認せずにコートを羽織り、家を飛び出しました。

今日なら、今なら、國雪君に本音を話せる気がしたからです。


日付も変わろうかという時刻に訪ねたのに、國雪君は快く家に上げてくれました。

スーパーを探し回って買った特大のローストチキンを渡すと、こんなの二人じゃ食べ切れないよと笑われてしまいました。

私はクリスマスが嫌いです。この季節が大の苦手です。意識したくなくても全日本選手権を意識し、叶わなかった夢と現実を思い知らされるからです。

でも、嫌いだからこそ、せめて食べ物で気を紛らわせようと、毎年、特大のチキンを買っていました。雛森家に居候していた間も、その習慣を続けていました。

「全日本選手権を見ましたか？」

「うん。最後は直視出来なかった。京本瑠璃みたいな選手でも、あんなことが起こるんだね。完璧《かんぺき》な選手なんて一人もいないけどさ。失敗する姿をほとんど見せない選手だったから」

「トップレベルで戦うなら、一番大事なのは心なんでしょうね」

「そうかもしれない」

私の場合はメンタル以前の問題でしたが、頂点を競い合う選手たちにとっては、心こそが最優先で守らなければならないものなのかもしれません。

「引退してから、ずっと、心が押し潰されそう。そんな話をしたことがありましたよね」

「うん。あの日、泉美ちゃんに言われた言葉は正しかった。本当に慣れる日なんてこないんだね。もうすぐ一年が経つのに、ずっと、苦しい。泉美ちゃんも変わらない？」

「はい。変わりません。きっと、一生、この敗北感を抱えて生きていくんだと思います。でも、そんなの悔しいじゃないですか。だって私は悪くありません。頑張りました。やれることはすべてやりました。それなのに、夢を持った人間だけ、こんなに苦しい感情を一生背負うなんて理不尽です。だから、リベンジしようと思うんです」

「リベンジ？」

意味が分からずに、國雪君はキョトンとした顔で私を見つめました。

「正直に告白します。私、本当は自惚《うぬぼ》れ屋で、凄《すご》く我《わ》が儘《まま》なんです。子どもの頃は、自分のことを天才だと思っていました。世界一の選手になれると信じていました」

何もかも白状すると決めた私のことを、國雪君は真顔で見つめていました。

「我が儘な人間って諦めが悪いんです。私にはアスリートとしての才能がありませんでした。だけど、はい、そうですかと簡単に諦めるのも癪《しゃく》じゃないですか。だって私は私に生まれました。嘆いても、ほかの誰かにはなれません」

人生にコンティニューはありません。

世界で一番有名な犬が言っていたように、"You play with the cards you're dealt"です。

「ひばりと友達になって、現実を突きつけられて、何度も絶望にのみ込まれそうになりました。それでも、私はずっと、自分に最大限、期待し続けていました。胸に消えない炎が燃え続けていました。笑って下さい。私、今でも本気で、世界一になりたいと考えているんです」

「笑わないよ。笑うはずがない。僕は泉美ちゃんの努力を知っているもの。ひばりと自分を比べて、どれだけ傷ついてきたかも。それでも、友達でいてくれたことも」

「私は、私を認めなかった世界に、これから別のアプローチで挑もうと思っています。実は何年も前から、コーチになるための勉強を始めていたんです。トップ選手にはなれませんでしたが、私もスター選手たちと同じ指導を受けてきています。知識も資格もあります。だから次は指導者として世界に挑戦します」

「そっか。泉美ちゃんはそうやって前を向くことに決めたんだね」

「これは理想論でも決意表明でもないんです。進学先もその目的で決めました。『公認スポーツ指導者』はもう取得しましたし、そう遠くない未来に『公認スケートコーチ』も取ります。早い段階からインストラクターの経験も積んできているので、最短で取得出来るはずです」

厳密に言えば、フィギュアスケートのコーチに資格は必要ありません。ただ、実績もない大学生が自称したところで誰もついてこないでしょう。だから私は必要のない資格も含めて軒並み取得してきました。まずは肩書きで信用を勝ち得ようと考えたからです。

「國雪君は世界一のコーチって、どんな人だと思いますか?」

「難しい質問だね。選手によっても答えは変わるだろうし」

「私の答えはシンプルです。世界一の選手を育てた人が、世界一のコーチであるはずです」

誰が何と言おうと、競技の世界では結果がすべてです。

「國雪君。私はひばりと一緒に戦いたいです。あの子と一緒に夢を叶えたいんです。だから、お願いします。教えて下さい。ひばりをこの世界に連れ戻す方法はありませんか?」

あの子は昔から、やりたいことにしか手を伸ばさない子でした。

誰よりもアンコントローラブルな選手、それが雛森ひばりです。

「泉美ちゃんは優しいね。本当に、いつも、家族以上に、ひばりのことを考えていてくれる。だけど、ごめんね」

そう告げた國雪君の顔に、言葉とは裏腹な微笑が浮かんでいました。

「どうして謝るんですか？　私は……」

「勇気を振り絞って告白してくれたんだよね。僕にしか頼れないと思って、正直に話してくれたんだよね。だから、僕も兄として君の質問に正直に答えるよ」

彼の美しい二つの瞳が、私を真っ直ぐに見つめて。

「昔から父さんとひばりは衝突し続けてきたでしょ。あれは父さんが男で、ひばりが女だからだ。あらゆるスポーツがそうだとは言わない。でも、フィギュアスケートは、絶対に、男女で別の競技だ。ひばりのことを理解出来る人間がいるなら、それは泉美ちゃんしかいない。こんなことしか言えないことが心苦しいけど、あいつを引き戻せる人間がいるとすれば、それは泉美ちゃんだけだよ。心の底から、僕はそう感じている」

3

指導者という生き方を最初に意識したのは、中学生の頃だったと記憶しています。

きっかけは劣等感と、それを上回る嫉妬《しっと》でした。

私より努力していない人間が、軽々と遥《はる》か上の演技をしてみせること。それが悔しくて、コーチの指導力が違うせいではないかと、情けなくも外的要因に言い訳を求めてしまい、職業としての指導者を意識するようになりました。

とはいえ、冷静に考えてみれば、私ほど恵まれている選手はなかなかいません。アスリートを目指すに足る身体能力を与えられ、環境という意味でも、保護者の理解という意味でも、これ以上ない場所に最初からいました。それにもかかわらず、十代半ばで指導者という未来を志すようになったのは、結局のところ、隣にひばりがいたからでした。

私があの子だったらこうするのにと、夢想しても仕方のないことを、何百回、何千回と考えてきたように思います。

私にひばりほどの才能があったなら、練習のやり方を変えて、プログラムも変えて、もう世界に羽ばたいているはずです。思春期の眠れない夜に、そんなことばかり考えていました。

しかし、今ならば分かります。頑張れないことも、集中力が続かないことも、選手の一部なのです。私にはきついことを我慢し続ける才能がありましたが、ひばりにはそれが欠けていました。足りないのは、恵まれなかったのは、私だけではないのです。

皆、何かが足りなくて、それでも、配られたカードで戦っています。

私はもう選手ではないし、戻ることも出来ません。ですが、ひばりならまだ間に合います。

今、彼女に欠けているのは、あの子の気持ちと、あの子が心を許せるパートナーです。

國雪君と話して、心が完全に固まりました。

私にはひばりが必要ですし、あの子にも私が必要です。

ただ、気持ちを正確に伝えるには、覚悟以外にも必要なものがあると分かっていました。あの子の性格を考慮した練習プログラムと、新しい演技構成のビジョンです。

言うだけなら誰でも出来ます。

私が本気であることを理解してもらうには、具体的に示せるものが必要でした。

ひばりが北海道から帰って来たのは、二月の終わりのことでした。

これまでで最長となる遠征を終え、ようやく神奈川に戻ってきたのに、相も変わらずその心は見えません。ひばりは来年も高校三年生です。復学し、春から年下の子どもたちと共に高校に通うのでしょうか。それとも、休学なり退学なりをして北海道に行くつもりでしょうか。

國雪君には、紫帆さんの病状を秘密にして欲しいと頼まれています。家族の気持ちを無視して、私が何かを伝えることはありません。でも、本当にこれで良いのだろうかという葛藤《かっとう》は拭えませんでした。手遅れになった後で知れば、大好きな母親の病状を教えてもらえなかったことに、ひばりは深く傷つくでしょう。

子どもの頃から、ずっと、一緒に戦ってきました。ひばりの性格はよく分かっています。あの子は望んで動いている時は恐ろしいほどの集中力を発揮しますが、意思の強制には子どもみたいな拒否反応を示します。つまり説得にも工夫がいるのです。

言葉とタイミングを選び、慎重に、その心を動かさなければなりません。

新潟オリンピックは一年後です。ひばりなら二十三歳でも、二十七歳でも、挑戦出来るでしょう。しかし、少女の身体で戦えるのは、次が最初で最後です。

その日は朝から國雪君に告白した時より緊張していました。

人生を懸けて、あなたのコーチをするから、戻って来てくれませんか。

もう一度、今度は二人で一緒に、オリンピックを目指しませんか。

友達を誘うだけなのに、こんなに怖いのは、断られたら、二度と立ち直れないほど絶望することになると分かっているからです。何より、コーチになるという夢を、自分が最も尊敬している選手に聞いてもらうからです。

紫帆さんの一時退院を祝い、雛森家は本日、家族三人で夕食を共にすると聞いています。

食事が終わる頃を見計らって訪ねよう。その時を待ちながら、自室でアイデアノートに目を落としていたら、夕刻、チャイムが鳴りました。

まだ両親が帰って来る時刻ではありません。郵便物が届いたと思ったのですが、玄関の前に立っていたのは、夜、話をしたいと考えていたひばりでした。

「ひばりがこの家に来るのは初めてですよね。迷いませんでしたか？」

「大丈夫だった。お兄ちゃんが地図を書いて教えてくれたから」

「紫帆さんの一時退院は今日ですよね。後で雛森家に遊びに行こうと思っていたんですよ」

「そっか。でも、私も泉美ちゃんに聞いて欲しい話があったから」

「ひばりがですか。珍しいですね」

何でしょう。改まってそんなことを言われると、身構えてしまいます。

「真剣な話なの」

「心配しないで下さい。私はひばりがいつでも真剣だって知っていますよ」

このタイミングで考えられそうな話題は一つです。スピードスケートへの転向を正式に決めたということであれば、何としてでも翻意を促さなければなりません。引き留めて、私たちが愛した競技に、この奇跡の天才を連れ戻すこと、それこそが私の使命です。

興奮してはいけません。冷静になる必要があります。

これが最後のチャンスかもしれないと理解して、説得しなければなりません。

「聞いて欲しい話とは何ですか？」

怒られる前の子どものように怯《おび》えた眼差しで、私を見つめて、それから。

「オリンピックで金メダルを取りたいの。でも、どうして良いか分からなくて。泉美ちゃんに助けて欲しい」

そんな言葉と共に、ひばりは頭を下げてきました。

この子に頭を下げられるなんて初めての出来事です。頼み事をされた記憶は数え切れないほどにありますが、こんな風に真摯《しんし》に訴えられたことはありません。

「お父さんも帰って来ないし、もうお兄ちゃんにも頼れないし、泉美ちゃんしかいないの」

「頭を整理したいので、少しだけ時間を下さい」

今、ひばりが欲しいと言ったのは、どちらのメダルのことでしょう。

「フィギュアスケートの話をしているんですよね？」

今にも泣きそうな顔で、ひばりの頭が縦に一度動きました。

「北海道でスピードスケートの練習に参加していたんですよね？　あちらで生活する時間も長

くなる一方ですし、てっきり転向を決めたんだと思っていました」

「コツが分かって楽しくはなったよ。練習はつまらないけど、それはほかの競技もそうだし」

「では、どうしてですか？」

「泉美ちゃんもお兄ちゃんに聞いたんでしょ？　お母さんがもうすぐ死んじゃうって」

妹を迷わせたくないからと言って、國雪君は紫帆さんが救急搬送されたことも伝えませんでした。将来を見定める大事な時期だから、自分のことだけ考えていて欲しい。それは、紫帆さんの願いでもありました。しかし、長期遠征から帰ってきた妹に、とうとう。

「泉美ちゃんがフィギュアスケートを始めたのは、どうして？」

「お父さんに言われたからです。ひばりも翔琉さんに勧められたからでは？」

「私は違うよ。お父さんが期待しているのは、お兄ちゃんだけだもん。私がやりたいって言った時も、お前は馬鹿だから無理だって言って、反対された」

「それは知りませんでした」

翔琉さんは英才教育を、どちらにも等分に与えてきたのだと思っていました。

「でも、お母さんがやらせてくれたの。上手くいかなくたって良い。やりたいことをやったら良いって。お母さんが背中を押してくれた」

「もしかして昔は紫帆さんもスケーターだったんでしょうか」

「ううん。お母さんは選手じゃないよ。喘息《ぜんそく》持ちだもん。だけど、フィギュアスケートが大好きで、家のお仕事を手伝っている時に、お父さんと会ったって」

紫帆さんと翔琉さんの馴《な》れ初めについては、朧気《おぼろげ》ながら聞いたことがあります。

「子どもの頃、お母さんの部屋で、毎晩のようにフィギュアスケートを見ていたの。昔の試合とかアイスショーの映像を見ながら、お母さんが解説してくれて。私はよく分からなかったけど、楽しそうに話すお母さんの顔を見ているのが好きだった。だから、自分もやってみようと思った。私があんな風に滑ったら、もっと笑ってくれると思ったから」

気付けば、ひばりの両目から涙が伝っていました。

「言われたことを覚えられなくて。守れなくて。叱られてばかりだったけど、お母さんは大丈夫だよって言ってくれた。皆、私のことを馬鹿だって言うけど、お母さんだけは絶対に私をそんな目で見なかった。自分のことだもん。私だって皆より頭が悪いことくらい分かるよ。毎日怒られてばかりで、嫌になって、ほかのスポーツがしたいって言ったら、お父さんに三時間も怒られた。最初は反対していたくせに、やめることを許してくれなかった。そんな時も、お母さんが内緒で別のクラブに連れていってくれたの。見つかったら一緒に怒られようって言って、笑ってくれた。いつだってお母さんは私のことを一番に考えてくれていた」

知る由もなかった雛森ひばりの十八年が、その震える唇から語られていきます。

「私はお母さんに笑って欲しかった。お母さんを笑顔にしたかった。だけど、馬鹿だからちゃんと出来なくて。もう我慢出来ないって思って。何度も逃げ出した。でもね、それはお兄ちゃんがいるからだったの。お兄ちゃんがいるから別に逃げても良いんだって思ってた。それなのに、あんなことが起きて。もう私しかいないって分かったけど、つらくて、耐えられなくて、また逃げ出した。お母さんを笑顔にしたいのに。私の夢はそれだけなのに。弱いから」

「ひばりが逃げたなんて紫帆さんは思っていませんよ。紫帆さんは、ひばりに、ひばりが本当にやりたいことをやって欲しいと考えています」

説得しなければいけないのに。この子をフィギュアスケートに取り戻すことが、私の使命なのに。いつしか自らの立場さえ忘れて、本音を喋ってしまっていました。

「私、お母さんを世界一幸せにしたい。そのために出来ることは何だろうって考えたら、一つしか思いつかなかった。オリンピックで一番の演技をして、金メダルを取ること。それしかない。でも、連盟の人たちに嫌われてしまったし、もうお父さんにも頼めない。やっと何をしなきゃいけないか分かったのに。どうして良いか分からない。だから、ここに来た」

つまり、あなたは……。

「助けて。何でもやるから。全部、言われた通りにするから。お願い。泉美ちゃんにしか頼めないの。私に金メダルを取らせて」

二〇二九年　十二月二十二日　午後三時二十七分

最後の一回だけとはいえ、ひばりは公式練習で四回転アクセルを着氷しました。

KSアカデミーの関係者は、ひばりがそれを既に跳べるようになっていることを知っていますが、世間は提出された予定要素を見ても半信半疑だったはずです。そもそも挑戦者すらいない技ですから、ハッタリだと思われていても不思議ではありません。

しかし、これが現実です。

ライバルたちが受けた衝撃は推して知るべしでしょう。

ホテルの部屋に戻ると、阿久津先生からのメッセージが届いていました。

『ごめんね。母の体調が芳しくなくて、やっぱり明日は戻れそうにない。二人きりでは心細いようなら、代わりに誰か同行させるよ。正直、私は泉美がいれば、ひばりは大丈夫だと思っているけどね。』

振り付けを担当した阿久津先生と、コーチの私、今大会は二人で、ひばりを支えてきました。

先生は選手としても経験豊富な方です。全日本選手権のことも私たち以上に理解しています。

ひばりにとっても、コーチとしては新人である私にとっても、心強い存在でした。

ただ、大会直前に入院中のお母様の容態が悪化してしまい、昨晩、ショートプログラム後に、夜行バスで神奈川まで戻っていました。

ベッドに潜り込んだひばりは、早くも熟睡しています。

『分かりました。二人で頑張ります。先生はお母様の傍にいてあげて下さい。昨日まで支えてくれた先生のためにも、明日は絶対に勝ちます。』

メッセージを返したタイミングで、口を開けて眠る私の友達が寝返りを打ちました。

心配など何一つない。そんな安心しきった表情でいびきをかいています。

私たちはもう、お互いに全幅の信頼を置くチームです。

阿久津先生が言う通り、私がいれば、ひばりは大丈夫でしょう。

大会期間中の食事は、普段以上に気を遣うものです。

海外遠征では手に入る食材の問題もあるため、余計に難しいわけですが、全日本選手権は国内大会であり、大会中の食事はＫＳアカデミーが用意してくれています。

決戦前夜の食事会場に向かうと、フォークに手を伸ばすより早く、ひばりが口を開きました。

「お父さんに会いたい。フリーを滑る前に喋りたい」

「試合後じゃなくてですか？」

「お父さんに言いたいことがあるの」

幼少期より、ひばりは翔琉さんから逃げ続けてきました。家族なのに、自宅でも極力、顔を合わせないようにしていました。

翔琉さんが試合の前に、娘のコンディションに影響するようなことを言うとは思えません。ただ、二人は相性が悪いから、対峙《たいじ》すれば少なからず心が揺れるはずです。

「どうしても試合前でなくてはいけませんか？」

「うん」

翔琉さんの明日の来場時刻は予想がつきません。昨日は顔を隠していたという話ですし、目立ちたくないなら、最終滑走グループの出番直前に会場入りする可能性もあります。

試合前に喋りたいなら、今夜のうちに連絡を取っておく必要があるでしょう。

自室に戻ってすぐ、新潟アイスアリーナに電話をかけ、野口達明さんに繋いでもらいました。

状況が状況です。言葉を選んでいる暇も余裕もありません。

紫帆さんのこと、ひばりが翔琉さんと試合前に会いたがっていることを伝えると、野口さんは声を詰まらせ、しばらく沈黙してしまいました。それから、

『事情は理解した。公式練習が終わる前に会場入りしておくよう、翔琉に言っておく』

「ありがとうございます。私たちは京本選手のライバルなのに、すみません」

野口さんは鳥屋野《とやの》スケーティングクラブの部長でもあります。

正直に、思ったことを告げると、一瞬の間が生まれました。

『……そんなこと何の関係があるんだ？　滝川さんだったか。二十歳そこそこでコーチをやっているんだ。肩に力が入るのは分かる。でもな、あんたはまだまだ子どもだよ。困った時は大人に頼って良いんだ。それが若者の特権なんだからな』

野口さんは俺に任せろと言ってくれましたが、翔琉さんの気持ちは想像もつきません。

娘が会いたいと言っただけで素直に応じてくれるなら、一年以上、家族との連絡を絶たないような気がします。ただ、それでも、紫帆さんの容態を知れば……。


十二月二十三日。全日本選手権、最終日。

ひばりは朝から見たこともないほど緊張していました。

ライバルは参考記録とはいえショートでワールドレコードを更新した京本選手です。

正直、ジャンプは一本だって失敗出来ないのに、ひばりは今日、成功確率が二割以下の四回転アクセルを跳ぶつもりでいます。緊張するなという方が無理でしょう。

午後二時。

公式練習で相対したライバルは、驚くほどリラックスした表情を浮かべていました。

ショートプログラムで二位だったひばりは、本日、二十三番目の演技者です。大会が予定通りに進めば、午後九時前にその時はやってきます。

七時間後の決戦に向け、賢く時間を使っていかなければなりません。

朝会った時はびっくりするくらい硬かった表情も、気付けば和らいでいました。

氷の上に立てば少女に戻る。勝ち負けの前に、まずはこのスポーツを楽しめる。それは、きっと、ひばりだけが持っている独特の強さです。

本日の開場時間は午後一時だったでしょうか。

まだ公式練習の時間だというのに、座席は半分以上埋まっていました。


四番目、加茂瞳選手の楽曲がかかると、信じられないような大歓声が起きました。

三十一歳になった女王が、昨日初披露した四回転トウループを、再び着氷したからです。

加茂選手の予定要素に四回転は入っていませんでした。過去、公式戦で披露したこともありませんし、練習しているという噂を聞いたこともありませんでした。

四回転ジャンプを一本跳べるようになったところで、ひばりや京本さんには勝てないでしょう。そもそも彼女は既にオリンピック出場権を手にしていますから、たとえ表彰台から漏れたとしても問題ありません。つまり、これはプライドの問題です。

自らが女王であることを示すための矜持《きょうじ》のジャンプなのです。

昨日は加茂選手が四回転トウループを成功させた瞬間から、会場の空気が一変しました。

試合当日の今日は、拍手の音量も、観客のボルテージも、その比ではありません。

ひばりの演技だけに集中したい私でさえ、涙が滲むのを止められませんでした。

今日まで女子シングルを引っ張ってきたレジェンドが、時代が変わってもなお、戦う姿勢を貫くこと。それは、きっと、この競技の未来を豊かにするはずです。

気付けば、リンク上の選手たちも立ち止まり、女王に視線を送っていました。


公式練習を終え、控え室に戻ると、高階さんが私たちのことを待っていました。

「雛森先生に会ったよ。ひばりちゃんに取り次いで欲しいと頼まれた。何か聞いている？」

周囲に人がいないことを確認してから、高階さんは不安そうな顔で尋ねてきました。

「はい。私は会場で見つけられなかったので、助かりました」

「良かった。話は通っていたんだね。泉美ちゃんが承知しているなら良いんだ」

翔琉さんは業界では知らない者がない有名人です。ひばりも注目選手ですし、二人が会っていたら目立つのは間違いありません。しかも、単なる家族の会話にはならないでしょう。

状況を察した高階さんがスタッフに頼み、人目につかない会議室を手配してくれました。

部外者が立ち会うべき邂逅《かいこう》ではありません。会議室まで案内してくれた彼は「試合、頑張ってね」と、簡潔な言葉を残し、去って行きました。

私もそれに倣おうと思ったのに、踵《きびす》を返したところで手首を強く摑《つか》まれました。

「泉美ちゃんは一緒に来て」

「それは出来ません」

ひばりの精神状態は心配ですが、さすがに翔琉さんだって嫌がるはずです。

「良いから来て」

「行きません。家族の問題には立ち入れません」

「泉美ちゃんも家族でしょ」

何の迷いもなく言い切ったひばりは、私の手を放そうとしませんでした。

「お父さんに約束を守らせたい。だから一緒に聞いて欲しい」

「約束?」

私の問いには答えず、ひばりは勢いよく会議室の扉を開いてしまいました。

まだ話も、心も、まとまっていないのに!

非難する暇もなく会議室に引っ張り込まれ、目の前の男性と目が合いました。

翔琉さんが、真っ黒なコートを羽織ったひばりの父が、そこに一人で立っていました。

4

「お願い。泉美ちゃんにしか頼めないの。私に金メダルを取らせて」

懇願を受けたあの日から、私とひばりの本当の物語が走り出しました。

ひばりは今でもKSアカデミー所属のフィギュアスケーターです。

恥の世界選手権以降、一度も顔を出していないものの、退部したわけでも引退したわけでもありません。単に手続きが煩わしくて放置していただけだと思いますが、結果的に競技に戻るためのハードルはありませんでした。

しかも、私がひばりを指導したいと願っていたのと同じ強さで、ひばりは私に助けて欲しいと考えていました。

あなたのコーチになりたいですと告げると、何度も、何度も、感謝されました。

もともと私自身が何年も前から望んでいたことです。正直にそれも話したのに、ひばりは自分だけが我が儘を聞き届けてもらえたみたいな顔で、大喜びしていました。

現時点で、私には指導者としての実績が、ほとんどありません。競技選手を一から担当するのも、これが初めてです。

完全なる新人なわけですが、ひばりは私がコーチになることに、微塵《みじん》も不安を抱いていませんでした。母親を慕う子どものように、百パーセントの信頼を寄せてくれていました。

私たち二人の夢は、願いは、今日、寸分の狂いもなく完全に重なったのです。


これまで様々な競技に浮気し続けてきた天才が、図らずも初めて本気で、フィギュアスケートに向き合おうとしています。その迫力に、怖気《おぞけ》と同時に震えるような感動を覚えました。

雛森ひばりにアスリートとして欠けていたものは、強靭《きょうじん》な意志です。

母の未来と引き換えに生まれた覚悟であることを思えば、手放しで喜ぶことは出来ません。

それでも、過程はどうあれ、私たちは二人でアイスリンクに帰って来ました。

「本気でオリンピックの金メダルを取りにいきますからね」

「うん。絶対に勝つ」

ジュニア選手たちの練習風景を見つめながら、一つずつ確認していくことにしました。

「今までのように、やりたいことだけをやるというわけにはいきませんよ」

「分かっている。だから、泉美ちゃんに助けを頼んだんだもん」

「覚えなければならないこと、我慢しなければならないことも、沢山あります」

「うん。大丈夫。もう逃げない」

目標を達成したいなら、犠牲にしなければならないものも発生します。これまでのひばりは捨てることが出来ない選手でした。諦《あきら》めるくらいなら、我慢するくらいなら、別にいらない。そういう生き方を貫いてきました。

しかし、これからはそういうわけにはいきません。フィギュアスケートは頭を使うスポーツですから、勉強だって必要です。

「最初に確認したいことがあります。ひばりが規定を無視する姿を、何度見たか分からないんです。正直、これを聞くのは怖いのですが、競技のルールをどの程度、把握していますか？ 例えばショートとフリーの違いは」

「さすがにそのくらい知ってるよー。ショートは三分でフリーは四分でしょ。で、後半に跳んだジャンプの得点が倍になるんだよね」

どうしましょう。いきなり完全に間違っています。この子は十年以上、選手として滑ってきたのに、規定時間も得点係数も理解していなかったのでしょうか。

「ショートは二分四十秒、フリーは四分が規定の演技時間で、プラスマイナス十秒以内は減点されません。ですので正確に言うなら、ショートは二分五十秒以内、フリーは四分十秒以内の演技に収める必要があります。後半のジャンプが加点されるのは正しいですが、係数は1.1倍です。ずっと2倍もらえるつもりで跳んでいたんですか？」

「ほぼ2倍じゃん」

何処が「ほぼ」なのでしょう。いきなり目眩《めまい》を覚えるような現実を突きつけられたわけですが、これまでのひばりはルールに関する話なんて聞こうともしていませんでした。

コーチに言われた通り滑るだけ。ただし、別のジャンプが跳びたくなったら、その場のノリで勝手に変更してしまう。そういう極めてピーキーな選手でした。

特定のミスが起きた場合、その場で当意即妙に選手がプログラムを調整しなければなりません。そのためにも、最低限、頭に入れてもらわねば困る知識が幾つもあります。

「ひばりが大好きなジャンプは跳べる本数が決まっています。それは覚えていますか？」

「ショートは三回。フリーは七回でしょ」

「正解です。きちんと理解出来ていますね」

「そりゃ、知っているよー。私、選手だもん」

「では、ザヤックルールは理解していますか？　あなたはこのルールに抵触するせいで、ノーバリューのジャンプが多いんです」

「ザヤック？」

小首を傾げられてしまいました。やはり分かっていなかったようです。ミスを犯す度にコーチに教えられてきたはずですが、本人に覚える気が皆無だったからでしょう。

「昔、得意なジャンプばかり跳んで、世界選手権を制した選手がいたんです。彼女の演技が物議を醸し、その後、ジャンプの繰り返し違反という規定が生まれました。ひばりは試合で夢中になると、予定を無視して、コンビネーションの後半に高難度ジャンプを跳ぶことがありますよね。そのせいで何度も得点がゼロになっているんです」

「どういうこと？」

「例えば同じジャンプでも、三回転と二回転であれば違う技と判定されるので問題ありません。ですが、あなたは演技の後半で、独断で難度を上げ、ソロでも跳んだジャンプを繰り返すことがあります。そのせいで基礎点が0になるんです」

「あー。だから難しいジャンプを成功したのに怒られるのか」

「普通は逆なんです。コンビネーションで難度の低いジャンプを跳び、ソロで難しいジャンプに挑戦する予定が、回転不足の判定を受けて認定が変わり、ザヤックルールに抵触します。予定要素を上げて自滅する選手なんて、ひばりしかいないと思います」

「そっか。でも、もう分かったよ。つまり勝手なことをしなきゃ良いってことでしょ？」

「その通りです。でも、心配はいりません。私はひばりが跳びたいと願う技に、すべて挑戦して欲しいと思っていますから」

「本当に？」

「ひばりなら出来ると信じていますので。ただ、勝負は水物です。失敗した時に不本意な減点をくらわないよう、工夫しながらプログラムを作りましょう」

現行のルールで最も得点が稼げるのはジャンプです。抑制する意味がありません。

「『技術点』と『演技構成点』の違いは理解していますか？」

「分かるよ。点数が二つ出るんでしょ。足し算って面倒くさいよね」

こちらも漠然としか理解していない可能性が高そうです。

「ジャンプやスピン、ステップのことを、エレメンツと呼ぶのは知っていますよね。必須条件《ひっす》になるエレメンツの合計が『技術点』です。先程、ショートでは三回ジャンプを跳ばなければならないと言いましたが、必要なエレメンツの数で言えばショートは七つあります」

「そんなにあったっけ？」

「三回のジャンプと三回のスピン、そして、ステップです。フリーはジャンプが七回に増え、コレオシークエンスが入るので、十二のエレメンツが必要になります。スピンも難度によって基礎点が変わるので、これからは積極的に高得点を期待出来る技を練習して欲しいです」

「うん。分かった。何でもやる」

コレオシークエンスとは、スパイラル、アラベスク、スプレッドイーグル、ハイドロブレーディング、スピン、二回転までのジャンプ、そして、日本人には馴染み深いイナバウアーなど、二種類以上の異なるムーブメントを組み込んだ、フリーでのみ必須となるエレメンツです。

スピンにしろステップにしろ、ひばりは出来ないのではなくやらなかっただけです。

まずは技術点で誰にも太刀打ち出来ないプログラムを作り、演技構成点やコレオシークエンスについては、補足する形で考えるのがベストでしょう。

同世代のライバル、京本選手は、アーティスト気質の江藤朋香さんに師事しています。江藤さんは国際的な知名度こそ低いものの、振付師としては間違いなく超一流です。

指先まで統制された演技を披露するライバルに、ひばりは演技構成点で勝ったことがありません。技術点で圧倒出来ているから負けていないだけです。コーチや振付師の力で埋められる差もありますが、ひばり自身の表現力については、地道に鍛えていくしかありません。

「演技構成点でも稼げるように頑張る」

「いきなりすべてで完璧を目指すのは無謀です。ただ、すべての要素で高得点を狙いたいという意識の変化は頼もしいですね。出来ることから一つずつ、やっていきましょう」

ひばりの頭に手を置き、そのボサボサの髪を撫《な》でると懐かしい感情が湧き上がりました。

「癪ですが採点競技は見た目から。『綺麗《きれい》』は女の武器です。まずは髪を伸ばしましょうか」

5

指導者になるための準備を、私は高校生の頃から始めていました。クラブで小学生クラスの指導を手伝っていたのは、資格取得に必要な指導期間をあらかじめ稼いでおくためです。

大学ではスポーツ科学を専門に勉強してきましたし、資格も取れるだけ取ってきました。

それでも、コーチを二十歳の若輩に任せようと思う親は稀《まれ》でしょう。誰もが知る実績があるならともかく、私はノービスでしか全国大会の表彰台に上がったことがないからです。

しかし、私がひばりのコーチを務めることに、紫帆さんと國雪君は反対しませんでした。むしろ手放しで応援してくれました。

雛森家と距離を取っていた父は良い顔をしませんでしたが、来季、ひばりを強化選手に戻して欲しいという頼みには、無言で頷いてくれました。

父は父。私は私。親子ではあっても戦場は違います。

私は、私が戦うべき場所で、全力を尽くすだけです。

練習は苦しくなくては意味がない。耐え忍んだ先にこそ光が見える。そんな凝り固まった考えで指導を続けるコーチも珍しくありませんが、根性論など時代錯誤です。

過負荷が必要なフィジカルトレーニングはともかく、氷上での練習は楽しい方が良いに決まっています。飽きっぽいひばりの集中力を持続させるため、私は工夫を凝らした練習プログラムを、三桁《けた》、用意してきました。日々、新鮮味が薄れないようにするためです。

ひばりがフィギュアスケートから離れていたのは、十代後半という女子選手が体形の変化に最も悩む一年間です。別の競技でつけた筋肉も、正しく調整していかなければなりません。

とはいえ、まずはジャンプからです。最大の武器を取り戻さなくては、スピンやステップのレベルを上げても、ロシアの天才少女たちと競えません。

祈るような思いで見つめたその先で、ひばりは私の不安を、たった一度のジャンプで一蹴《いっしゅう》しました。その能力は、才能は、微塵も劣化していなかったのです。

どんな天才少女も、大人になる過程で身体の変化に苦しむことになります。ひばりだって例外ではありません。肉付きが変わり、身長も百七十センチの大台に到達しました。それにもかかわらず、すべてをねじ伏せるバネとセンスで、次々と高難度ジャンプを着氷していきました。

「北海道で交ぜてもらっていたクラブにね、ジャンプ専門のコーチになりたいっていう変な人がいたの。海外だと専門のコーチがいるのが普通なんだって。その人がハーネスを使いこなせるようになりたいって言ったから、休日に一緒に四回転アクセルを練習していたんだ」

あっけらかんとした口調で、衝撃的な事実を告げられました。

ハーネスというのは、竿《さお》のような物で選手を吊《つ》り上げ、空中姿勢をサポートする補助器具です。KSアカデミーでも導入されていますが、専門家とまで言えるコーチはいません。

「でも、危ないからって監視されるようになっちゃって。やっと練習が再開出来て嬉しい」

真顔で語っていますが、ひばりが挑戦していたのは、とんでもない技です。四回転アクセルは得点が設定されているジャンプの中で、最高の技だからです。

女子選手にそれが習得可能かどうかはともかく、挑戦を生き甲斐とするこの子の心を、本当に頼もしく感じました。


四月。ひばりは連盟が定める強化選手への復帰を果たしました。

プログラム作りでは、得点の対象になるエレメンツの構成を先に決めるのが一般的です。それから振り付けをしていくわけですが、高い演技構成点を狙うなら振付師の力は欠かせません。私が作った構成をベースに、ひばりも信頼している阿久津清子先生に振り付けをお願いすることにしました。

ひばりの身体能力はギフトと言うしかないものです。ただ、アスリートの肉体に完成はありません。フィジカルトレーナーにアドバイスをもらい、時間をかけて可動域をさらに広げてもらいました。國雪君に栄養士を紹介してもらい、日々の食事も改善させました。

これまでのひばりは、身体能力を見せつけるだけの言わば力業のような演技が多かったように思います。しかし、美しさとは難しい技だけで表現されるものではありません。根本から意識が変わったということを対外的に示すために、髪を伸ばしてもらったわけですが、外見の変化は思わぬ驚きを連れてきました。

現役時代、國雪君が圧倒的な人気を誇っていたのは、その実力もさることながら、スタイルとビジュアルが優れていたからです。ひばりは國雪君の妹であり、美丈夫である翔琉さんと美人薄命と言うべき紫帆さんの娘です。

そう。もともと素材は抜群に良いのです。見た目に無頓着《むとんちゃく》で、野生児みたいな髪形や服装をしていたから気付かれていなかっただけで、実に愛らしい容姿をしています。

髪を伸ばしたひばりは、リンクに降りて表情が変わると、まるで雪の妖精《ようせい》のようでした。

『フィギュアスケートは遊びじゃん。楽しいか楽しくないかでしょ』

二年前の夏。京本選手に対して、ひばりはそう言いました。

しかし、あの頃の欲望に忠実なだけの少女は、もう何処にもいません。

好きなことしかやってこなかったひばりが、嫌なことからは逃げ続けていた天才が、すべてのエレメンツ、すべてのコンポーネンツに対し、本気になっていました。

ひばりの復帰の舞台に、私は国内大会ではなくチャレンジャーシリーズを選びました。それも、あの大ブーイングを浴びたアメリカの地です。

世界の頂点を目指すなら、罵声に耳を傾けている暇はありません。いちいち動揺なんてししていられないのです。

だから、私たちを認めない観客に囲まれた場所から、この戦いを始めることにしました。

今回の目的は勝つことではありません。失敗で失うものもありません。

復帰第一戦です。まずは、やりたいことを、やりたいように、自由にやってみて下さい。

私の言葉を真に受け、思う存分、羽を伸ばして滑ったひばりは、ショートプログラムで大幅な減点を伴うミスを犯してしまいました。

しかし、今回のひばりは、そこからが違いました。得点が発表されると、何がいけなかったのかを真っ先に聞いてきたのです。

たった一日で問題点を理解したひばりは、翌日のフリーで、コーチの私でも言葉にならないほど素晴らしい演技を披露しました。

五種類の四回転ジャンプと三回転《トリプル》アクセルを含むジャンプシークエンス、すべてを圧倒的な完成度で着氷し、観客席も埋まらないシーズン冒頭の大会で、いきなりフリーのワールドレコードを更新したのです。

キス・アンド・クライで得点を見た時、我を忘れて抱きついてしまいました。

じっくりと二月に向けてコンディションを調整していくつもりだったのに、こんなスコアを出したら、皆に本気度が伝わってしまいます。ロシア勢からもマークされるでしょう。

でも、仕方がありません。

氷の上に立ったら、いつでもフルスロットル。それでこそ、雛森ひばりなのですから。

五ヵ月後の決戦に向け、まだまだブラッシュアップ出来ることが山ほどあります。ひばりとも相談した上で、グランプリシリーズへの派遣は断りました。ひばりは飛行機が苦手で、海外では集中力を欠いてしまうことがしばしばあります。滑走順のために世界ランキングを上げることも重要ですが、今は目の前の練習に集中し、表現力を磨き続けた方が良いと判断しました。

重要なのは、いかにして二月にベストコンディションに持っていくかです。早い段階から、私はそう考えていましたが、全日本選手権の二週間前に、まさかの事態が起こりました。

ロシア勢が急遽《きゆうきよ》欠場となったグランプリファイナルで、加茂選手が表彰台に上り、オリンピック出場権を獲得してしまったのです。

彼女の快挙により、出場枠は残り一つとなりました。

図らずも、全日本選手権こそが絶対に負けられない大会になってしまったのです。

二〇二九年　十二月二十三日　午後三時五分

高階さんが手配してくれた会議室で再会した翔琉さんは、随分と髪が伸びていました。目の下に酷い隈《くま》を作っており、マスクをしていても、やつれていることが分かりました。

「お母さんのこと知ってる？」

一年振りの挨拶《あいさつ》すら飛ばして、ひばりは翔琉さんを睨み付けました。

「お母さん、もうすぐ死んじゃうんだよ。今すぐ帰って来て」

「仕事がある」

「そんなのどうでも良いでしょ」

掴まれた手首に、痛いほどの力が伝わってきました。

「お医者さんは、もう治らないって言ってた。二月まで生きていられるか分からないって言ってた。でも、私は間に合うって信じてる。だから帰ってきて。オリンピックで金メダルを取るから。私がお母さんを笑顔にするから。お父さんはお母さんの隣にいてあげて」

気付けば、ひばりの全身が震えていました。

理由は分かりません。父親と喋ることが怖いのか、それとも、怒りからなのか。答えを知る術《すべ》もありませんが、この子が本当の気持ちだけを口にしていることは分かっていました。

一分？　それとも二分？　親子はどれくらいの間、見つめ合っていたでしょう。

「一つだけ条件がある」

やがて苦渋に満ちた眼差しで、翔琉さんが口を開きました。

「今日、四回転アクセルは跳ぶな」

再び、ひばりの手の平に強い力が入りました。今度は分かります。これは怒りでしょう。

「逃げたくせに指図しないで」

「京本瑠璃は四回転ルッツを跳べないし、四回転ループも安定しない。普段通りの演技が出来れば、絶対に逆転出来る。ただ、一度でも転倒すれば、逃げ切られてしまう可能性が高い」

「うるさい。コーチでもないのにごちゃごちゃ言わないで」

「オリンピックで滑る姿を紫帆に見せてくれるんだろ？　だったら冷静になれ。今日は勝つことだけを考えろ。京本はお前の後に滑る。お前が一度でも転倒すれば、勝負する必要がなくなるから、向こうは恐らく四回転ループを外してくる」

さすがに翔琉さんはよく観察しています。前日練習でも、本日の公式練習でも、京本選手が唯一失敗していたのが四回転ループでした。

「お前が転倒しなければ、向こうは四回転ループも跳ばざるを得ない。後から滑る選手に、より厳しい演技を要求しろ。重要なのは勝敗だ」

次の瞬間、私は信じられないものを見ました。

あの翔琉さんが、ひばりに頭を下げたのです。

「お願いだ。勝負に徹してくれ。お前の練習を見た。四回転アクセルを跳べる可能性があることも分かった。でも、今日は跳ぶべきじゃない。紫帆のことを思うなら、勝つための選択をしてくれ。最高の演技は、二月にオリンピックで見せてくれ」

何があっても、たとえ直前練習の出来が芳しくなくても、フリースケーティングでは四回転アクセルを跳ぶ。ひばりはそう決めていましたし、私もそれを認めていました。

しかし、翔琉さんの懇願を受け、今、はっきりと、ひばりの中に迷いが生じていました。

翔琉さんのアドバイスは、百パーセント、ひばりのことだけを考えて発せられたものです。

実際、何一つ間違っていないと思います。ライバルとの得点差はわずかに１・６９点。それぞれが期待出来る得点を考えれば、ミスさえ犯さなければ確実に逆転出来るはずです。

京本選手は四種類の四回転ジャンプを跳び、そこにコンビネーションまで絡められる天才ですが、最大の得点源がジャンプである以上、ひばりの優位は揺るぎません。

「頼む。俺も言う通りにするから、お前も夢を叶えるために賢くあってくれ」

翔琉さんに頭を下げられるなんて、きっと、ひばりは人生で初めてです。畏《おそ》れ、逃げ続けてきた父親からの最大級の願いを受け、ひばりはどうしようもないほどに葛藤していました。


ペアの表彰式が終われば、すぐに女子シングルの最終決戦が始まります。

私たちに残された時間は、もうそれほど多くありません。

泣いても、笑っても、もうすぐ、すべてに決着が付くのです。

最終話

決戦

1

今シーズン、日本の女子シングルには、世界大会への出場枠が二つしかない。

そして、最初の一枠を勝ち取った加茂瞳《かもひとみ》は、全日本選手権の開幕を前に、こう宣言した。

「私は選手です。現役で競技を続けている以上、たとえ全日本選手権で負けても、オリンピック出場は絶対に辞退しません」

瞳はクラブではなく企業に所属している選手だが、帰国以降、新潟のリンクを拠点に練習を続けてきた。この一年間、私、江藤朋香《えとうともか》の次に、京本瑠璃《きょうもとるり》の演技を見てきた人間である。

瞳は瑠璃の可能性を十分に理解した上で、恐らくは、雛森《ひなもり》ひばりの実力も把握した上で、あのように宣言したのだ。

二月のオリンピックでは、全員が複数回の四回転ジャンプを跳んでくるロシアの天才少女たちと戦わなければならない。ロシアの出場枠は三枠だから、前回大会のように、すべてのメダルを独占されても不思議はない。

メダル争いに割って入りたいなら、瑠璃と雛森の二人を派遣するべきだ。選手としては歯がゆいだろうが、それを誰よりも理解しているからこそ、瞳は記者会見を開き、先に釘《くぎ》を刺した。

手に入れた出場権は絶対に渡さないと、自らの意思を表明したのだ。

一昨日《おととい》のショートで、瑠璃は非公認ながら94・14点でワールドレコードを出している。

一方、ライバルの雛森ひばりは、92・45点というスコアを獲得し、二位につけてきた。

二人の差は、わずかに1・69点。

昨今の女子フリーでは、トップの選手が150点前後の得点になることが多い。ただ、瑠璃と雛森はどちらも200点近い得点が期待出来る構成プログラムを持っている。

ショートでリードを奪えたことは良かった。

作戦を立てるという意味で言えば、最終滑走者になれたことも大きい。

しかし、1・69点差はアドバンテージとして心許《こころもと》ないと言わざるを得ない。オリンピック行きのチケットを手にするのは、ほぼ確実にフリーの勝者になるはずだ。

十二月二十三日、日曜日。

全日本選手権、最終日となる本日は、ペアのフリースケーティングから競技が始まる。

腕時計に目を落とすと、既に午後五時を回っていた。

大会が予定通り進んでいれば、ペアの表彰式が終わり、女子シングル、第一滑走グループが六分間練習をおこなっている頃合いだ。

滑走グループが後半の選手たちは、関係者しか立ち入れないバックヤードで、各々のやり方で試合への準備を進めている。瑠璃はイヤフォンをつけ、外界の音をシャットアウトした状態で、入念にストレッチを繰り返していた。

今も、昔も、音楽を聴きながらコンディションを整える選手は多い。

一般的に選手が耳にするのは、集中力やモチベーションを高めるための、お気に入りの楽曲である。ただ、瑠璃が聴いているのは、これからフリーで滑る楽曲だった。

フレデリック・ショパン『夜想曲《ノクターン》第2番　変ホ長調　作品9の2』。

当日でさえ何十回と音源を聴き、演技をシミュレーションし続ける。それが、子どもの頃から続けている瑠璃の準備の仕方だった。

京本瑠璃は天才だ。深く、正しく、自分の中に潜ることが出来れば、必ず勝てる。

今日の私の仕事は、それを十全にサポートすることである。

「朋香さん。瑠璃の調子はどうですか?」

準備運動の様子を見つめていたら、ジャージ姿の瞳に声をかけられた。

選手たちが放つ殺気で、バックヤードの空気は凍りついている。しかし、瞳はおよそこの場には相応《ふさわ》しくないリラックスした表情を浮かべていた。最終滑走グループが呼ばれるまで、まだ一時間以上あるとはいえ、この余裕はベテランならではだろう。

「オリンピック行きが決まっている選手は気楽なものね」

「惨敗したら、ファンにも世間にも顔向け出来ません。緊張はしていますよ」

「四回転トウループは跳ぶの?」

「はい。跳びます」

「そっか。応援しているよ。三十代のあなたが跳ぶことには、きっと成功以上の価値がある」

「年齢を強調されると悲しいですけどね」

今日、優勝するのは瑠璃か雛森だ。それでも、この競技を少女だけのものにしないために。

他のスポーツとは一線を画す、美しさをこそ問う芸術競技であると証明するために。瞳は意地と覚悟を胸に戦うのだろう。

「ノクターンって現役時代に朋香さんも使っていましたよね。瑠璃の選曲ですか？」

「ううん。あの子はプロにはプロの仕事があるって考えだからね。小学生の頃から、曲と振り付けは一任されている。相談するのは、ジャンプの種類くらいかな」

「そういう割り切り方は瑠璃らしいですね」

「そうだね。でも、今回、初めて希望を出されたの」

オリンピックシーズン、勝負の楽曲に悩んでいた私に、瑠璃はこう言ってきた。

『朋香先生が現役時代に滑ったプログラムで戦いたいです。私と先生じゃ大人と子どもくらい実力が違うけど、だからこそ先生の理想を氷上に描けると思います』

あの子は素直じゃないから、いつだって照れ隠しで言葉に棘《とげ》を潜める。そんなことは、とっくの昔に理解している。

瑠璃が言いたいのは、二人の集大成で戦いたいということだ。

だから、現役時代、最も気に入っていたプログラムをベースに、振り付けを作っていった。

「信頼されていますね」

「振付師としてはね」

「人間としてだと思いますよ」

瞳のコーチはオリンピアンを何人も育てている、敏腕のカナダ人である。振付師だって元銀メダリストのスイス人だ。

瑠璃ほどの才能があれば、瞳のような最高の環境を求めても、身の丈にあっていないと非難されることはない。

実際、世界選手権の結果を受け、海外の一流どころから逆に打診を受けたこともあった。

だが、瑠璃は私たちこそが世界一のチームと信じ、修練を積み上げてきた。

「来年、私がプロスケーターになったら、振り付けを作ってもらえるんですよね？」

「もちろん。あなたの気が変わらなければ喜んで」

「私が瑠璃に勝っても反故《ほご》にしないで下さいね」

二つの意味で笑ってしまった。

「そもそも勝てる可能性があると思っているの？」

「負けるつもりでは滑りません」

「その心の強さがあるから、あなたは世界一になれたんでしょうね」


昨日の公式練習後、瑠璃に話しかけてきた二人のジュニア選手は、どちらも第三滑走グループに入っている。

人に好かれることに慣れていないからだろう。終始、子どもみたいな悪態をついていた瑠璃だが、二人の演技時間になると、珍しく会場を映し出すモニターの前に移動していた。

何だかんだ言いながら、自分を慕ってくれた年下の選手たちが気になっているらしい。

第四滑走者として登場した中学三年生の選手は、最初のジャンプで三回転《トリプル》アクセルを決め、今日一番の拍手を受けていた。

続いて現れたジュニアチャンピオン、中学二年生の少女もまた、最初のジャンプで見事な四回転トウループを成功させる。

高さこそ瑠璃に劣るものの、スピードは申し分ないと言って良い。

「やるじゃん」

「二種類目の四回転も練習しているかもね。アドバイスをしてあげたら？　喜ぶと思うよ」

「昨日、邪険にしちゃったから、もう私に幻滅しているかも」

「それは大丈夫。保証する」

「何で先生にそんなこと分かるんですか」

「ファンがあなたの性格を知らないはずないでしょ」

小学生の頃から、散々メディアの前で暴れてきたのだ。瑠璃を品行方正な選手だと考えている人間などいるはずがない。

「それもそうか。じゃあ、合宿で会ったら声をかけるくらいはしてみます」

瑠璃が年下の選手に興味を持つなんて、ほとんど革命みたいな出来事だ。

一歩、また一歩。歩みは遅くとも、この子も人間として成長している。

第三滑走グループの演技も、残すところ、あと一人。

もうすぐ最終滑走グループの六分間練習だ。

「そろそろリンクに向かおうか」

いよいよ最後の勝負が始まる。

勝者はまだ、誰も知らない。

2

「泉美《いずみ》ちゃん。私、どうしたら良い？」

翔琉《かける》さんとの再会後、最初に告げられたのは、私が一番聞きたくなかった言葉でした。

大幅な減点のリスクがあったとしても、四回転《クワッド》アクセルに挑戦すると私たちは覚悟を決めていました。ただ、成功率は甘く見積もっても二割といったところです。

心技体が充実している今日のひばりであれば、残り五種類の四回転ジャンプは、ほぼ確実に加点がもらえるジャンプになります。

「ごめんなさい。少し考えさせて下さい」

何があっても迷わないつもりだったのに、私まで分からなくなってしまいました。

今一度、冷静になって、手札を整理してみた方が良いかもしれません。

フィギュアスケートの得点は【技術点】と【演技構成点】、二つの合計で決まります。

点数が読みにくいのも、ひばりが苦手としているのも、後者です。

【演技構成点】には「スケーティング技術」、「構成力」、「演技力」の三つの採点項目があり、それぞれが０・２５点刻みの10点満点で評価されます。最高得点は30点ですが、【技術点】と同程度の得点を期待出来るようにするため、係数がかけられます。

演技構成点の係数は男女で異なり、単純計算で女子は男子の八割しか得点を得ることが出来ません。ショートでは男子が１・６７倍、女子は１・３３倍。フリーでは男子が３・３３倍、女子は2・67倍と設定されているからです。

女子シングルの選手がフリーで全項目10点満点を獲得した場合、最終的な得点は80・10点になります。これが現在のルールで得られる女子フリーの演技構成点の最大値です。

ひばりは演技構成点では京本選手に勝てないでしょう。

ただ、勝敗により大きな影響を及ぼすのは【技術点】です。高難度ジャンプを習得している選手の技術点は、演技構成点を大幅に上回る可能性が高いからです。

京本選手は四回転ジャンプを五回予定しています。一方、ひばりは七回のジャンプすべてに四回転を組み込んでいます。

ただ、単純にその回数だけで勝負が決まるわけではありません。

技術点を最も期待出来るのはコンビネーションジャンプです。フリーでは三回まで許されており、二人は共に基礎点が1.1倍になる後半に予定しています。コンビネーションの難度も、ひばりの方が高いため、順当に行けば大幅なリードを奪えるはずですが、前半の四つのソロジャンプこそが、勝敗を分ける鍵《かぎ》になっても不思議はありません。

現行のルールでは、すべての三回転、四回転ジャンプのうち、二種類のみ二回繰り返すことが許されており、その内、四回転は一種類のみです。

京本選手は四種類の四回転ジャンプを習得しており、四回転トウループを二回ともコンビネーションに組み込んでいます。彼女がフリーで予定しているソロジャンプは、基礎点が低い方から、三回転アクセル、四回転サルコウ、四回転ループ、四回転フリップになります。それぞれの基礎点は、8・00、9・70、10・50、11・00。合計で39・20点です。

一方、ひばりは、四回転ループ、四回転フリップ、四回転ルッツ、四回転アクセルを予定しています。ルッツの基礎点は１１・５０、アクセルは１２・５０点ですから、合計は４５・５０点です。「基礎点」だけを見れば、ソロジャンプだけでも６・３０点の差が生まれるわけですが、そこに「出来栄え点《GOE》」が加算されることを忘れるわけにはいきません。

ＧＯＥの最高はプラス５、最低はマイナス５です。ＧＯＥが０であれば基礎点がそのまま得点になり、プラス１なら10パーセント、プラス２なら20パーセントが基礎点に加算されます。逆にマイナス４なら40パーセント、マイナス５なら50パーセントが減算されることになります。

それぞれが習得している最高のソロジャンプで比較すれば分かりやすいでしょう。京本選手が四回転フリップを成功させた場合、期待出来る最大値は、基礎点の１１・００点にＧＯＥの５・５０点が加算された１６・５０点です。

ひばりが四回転アクセルを成功させた場合は、基礎点の１２・５０点に、ＧＯＥの６・２５点が加算され、合計は１８・７５点となります。

一本のソロジャンプで２・２５点のリードを奪えるわけですが、これは、あくまでも出来栄え点で最高のプラス５をもらえた想定での計算です。

ＧＯＥのジャッジには明確な基準があります。「高さ」と「距離」があるか。正しく「踏み切り」と「着氷」が出来ているか。無駄な力が入っておらず、「姿勢」が良いか。この辺りの条件を満たすのは、ひばりにとって難しい話ではありません。問題は「創造的な入り方が出来ているか」とか「音楽に合っているか」といった芸術性を求められる部分です。これらの基準に対し、ひばり自身の個性は、ほとんど役に立ちません。

しかも、四回転アクセルで転倒した場合、たとえ認定されたとしても、基礎点の50パーセントが減算されるため、最終的なスコアは6・25点になってしまいます。

それぞれが最高の技に挑み、京本選手が完璧《かんぺき》に成功し、ひばりが転倒した場合、たった一本のソロジャンプで、逆に10・25点の差がついてしまうのです。

『京本はお前の後に滑る。お前が一度でも転倒すれば、勝負する必要がなくなるから、向こうは恐らく四回転ループを外してくる』

翔琉さんの言葉が、頭から離れません。

四回転アクセルを外す場合の構成も準備はしてきていますが、プログラムを変えるなら、一刻も早く決断を下し、気持ちと頭を切り替えてもらう必要があります。

あの子は私を信じ、決定権を委《ゆだ》ねてきました。

私が選ぶべき正しい答えは、一体、どちらなのでしょうか。

大会中、ＫＳアカデミーの関係者は、試合会場に隣接する高層ホテルに宿泊しています。

女子シングルの競技が始まるのは、ペアの表彰式と整氷が終わった後です。

一度、部屋に戻り、休息を取ってもらおうと思ったのですが、ひばりの希望もあり、クラブがホテル内で貸し切りにしていた会議室で調整を進めることになりました。

役職に関係なく、クラブのスタッフ全員が本日の出場者を応援しています。

会議室で会った部長の勧めに従い、ひばりは珍しくマッサージを受け入れていました。

本日、二十三番目の登場になるひばりの演技が始まるまで、あと三時間半。

四回転アクセルに挑むのか、見送るのか、そろそろ決めなければならないのに、私の心は今も是と非の真ん中にありました。

苦しい時、迷った時に思い出すのは、いつだって國雪《くにゆき》君の顔です。

携帯電話の通話ボタンを押すだけで、神奈川にいる彼に相談出来るでしょう。

しかし、ひばりのコーチは私です。

この大切な選択を人任せには出来ません。

ひばりは昔から音楽にこだわりがありません。そのため、今シーズンも楽曲は家族に決めてもらっています。フリーは紫帆《しほ》さんが選んだ、フランツ・リストの『愛の夢』です。

「第二滑走グループの試合が始まったら、ランニングから始めましょう」

既に私を除くスタッフは全員、会議室から去っています。

使用楽曲をかけながら、プログラムの最終確認をおこなっていると、

「ねえ。泉美ちゃんってさ。何でそんなに優しいの？」

意図の分からない言葉を、脈絡なく告げられました。

「何の話ですか？」

「お兄ちゃんと恋人になったんでしょ？」

予期せぬ言葉が届き、思わず、固まってしまいました。

「新潟に来る前に聞いたよ。泉美ちゃんと付き合うことになったって」

返す言葉が見つからない私に、ひばりは嬉《うれ》しそうに言葉を続けました。

「問題児の私に呆《あき》れて、皆、離れていったのに。泉美ちゃんだけは味方でいてくれた。お兄ち

ゃんの具合が悪くなって、皆、離れていったのに、泉美ちゃんは恋人になってくれた。何でそんなに優しいの?」

違います。いいえ、事実としては正しいのですが、ひばりの理解は間違っています。

だから、そんな純真な目で見つめられても困ります。

まだ誰にも話していませんが、確かに私は一ヵ月前、國雪君と恋人になりました。でも、選んだのは私ではありません。彼が私を選んでくれたのです。しつこく片想いをしていた私を、彼が受け入れてくれたに過ぎません。

「お兄ちゃんと泉美ちゃんが結婚したら嬉しいな」

「気の早いことを期待されても困ります。それに、ひばりは勘違いしています」

「勘違い?」

髪の毛を伸ばして、メイクをしてもらって、誰もが振り向くような女の子になっても、この子の本質は何一つ変わっていません。今も人の心を読むことが苦手なままです。

「私は、ひばりを指導すれば、世界一のコーチになれると思いました。だから、一緒に戦っているんです。優しいからコーチを引き受けたわけではありません。自分のためです」

「じゃあ、やっぱり勘違いじゃないね」

いつものように、へらへらと笑いながら、ひばりはそう反論してきました。

「そんなの、ほかの人も同じじゃん。皆、私のことを天才だって言う。皆、世界一にしてあげるって、最初は言う。だけど、すぐに呆れて、見捨てられちゃう。一人だけじゃん。私がどんな人間か知っても、一緒に頑張ろうって言ってくれたのは、泉美ちゃんだけだよ」

違います。私は利己的で、我《わ》が儘《まま》で、自分が可愛いのです。

だから、親の忠告も無視して、友達も利用して、野望を追っています。

しかし、ひばりはそんなこと微塵《みじん》も感じていませんでした。

「私は、私を信じてくれた泉美ちゃんのことを信じてる。だから、泉美ちゃんに決めて欲しいの。今日、私は、どっちのプログラムで滑ったら良い？」

3

第三グループ、最終滑走者の演技が終わると、雛森翔琉《ひなもりかける》が座席に戻って来た。

ここはパスがなければ入れない関係者席だ。顔見知りも多い。目立って気付かれたくないからか、一昨日は一度も離席しなかったのに、今日の翔琉は忙《せわ》しなく携帯電話を確認しており、入退場を繰り返していた。

「落ち着かないな。仕事か？」

「ああ。家に帰ると、ひばりに約束した。ただ、簡単に投げ出せる仕事でもないからな」

翔琉の娘が二歳年上の友人をコーチにした。半年前、それを知った時、俺は、あの子がもうフィギュアスケートに本気で取り組む気がないのだと思った。実績皆無の大学生とチームを組んだのは、要するに、都合が良い環境でしか生きられない選手だからだ。あれほどまでの才能を、こんな形で無駄にするのかと失望した。

しかし、現実は、年老いた男の浅薄な想像に反し、痛快なものだった。

今や業界にチーム雛森を揶揄《やゆ》する人間はいない。いたとしても負け惜しみにしかならない。滝川泉美《たきがわいずみ》と雛森ひばりは結果で、俺のように見くびってきた人間を黙らせてきたからだ。

「六郎太《ろくろうた》の娘に事情を聞いたよ。紫帆《しほ》ちゃん、危ないのか？」

「俺のせいだ」

「病気は誰のせいでもないだろ」

最終滑走グループに登場する六人がリンクに現れると、今日一番の歓声が上がった。

この六分間練習が終われば、いよいよ待ったなしだ。

オリンピック出場という最大の夢をかけて、少女たちが激突する。

勝者と敗者だけじゃない。老兵からすれば、最前線で戦う選手は脇役ですら輝いて見える。


俺、野口達明《のぐちたつあき》の人生が最も輝いていたのはいつだろう。

歳を取ったせいか、眠れない夜に、一人きりで酒を飲みながら、時々そんなことを考える。

余命を告げられたという翔琉の妻、紫帆は、初恋の女性だ。

遥《はる》か昔の青春時代。

紫帆の父親が経営していた名古屋《なごや》のアイスリンクには、得も言われぬ喜びも、名状し難い怒りも、身を切り裂くような失望も、落ちていた。

西条紫帆《さいじょうしほ》がいて、雛森翔琉がいて、腰巾着《こしぎんちゃく》の滝川六郎太がいて、瞳の母である加茂梨紗子《かもりさこ》がいたあの日々があったから、当時の情熱と悔しさが胸に焼き付いて離れないから、俺は今でもフィギュアスケートに関わり続けている。

引退後、梨紗子は他競技のアスリートと結婚したが、夫婦生活は上手《うま》くいかなかったらしい。若くしてひとり親になった梨紗子は、娘の瞳と共に新潟市へと引っ越してきた。故郷にクラブを作った俺を頼り、親子二人で縁もゆかりもない土地にやって来た。そして、親身になって二人をサポートしているうちに、気付けば、瞳は俺にとっても娘のような存在になっていった。

一度はリンクが消滅した新潟市から、次々とスケーターが育っていったのは、ひとえに瞳に憧《あこが》れた多くの選手が、鳥屋野《とやの》スケーティングクラブを選んでくれたからだ。

俺がいなければ今の自分はいない。瞳はメディアの前でそう話してくれるけれど、感謝しなければならないのは、どう考えてもこちらの方だった。

翔琉の妻、紫帆とは、もう二十年以上会っていない。声も聞いていない。

「翔琉。俺はお前の娘を応援していない。でも、紫帆ちゃんが最後に笑顔であって欲しいとは思っている。だから複雑だよ。余計なことは考えずに、瞳と瑠璃を応援していたかった」

「紫帆はお前に感謝していたよ。女子シングルのこの十五年間は、加茂瞳の十五年間だった。お前たちがいなかったら、きっと、死ぬほどつまらない十五年だった」

どうだろう。瞳ほどのスターは難しくとも、マスメディアは都合良く代替品の虚像を作り上げたはずだ。何年も持て囃《はや》した雛森國雪《ひなもりくにゆき》から、あっという間に次の選手に乗り換えたように。瞳が表舞台を去っても、すぐに次のアイドルが作り上げられたはずである。

実力はさておき、世の中というのは、そういうものだ。

オリンピックは現役選手なら誰もが出場を夢見る舞台だ。

ただ、どれだけ素晴らしい演技を披露しても、各エレメンツの基礎点が明確に決まっている以上、技術点が期待値以上に伸びることはない。より優れた技を習得している選手がミスを連発しない限り、大逆転は起こらない。

最終滑走グループ、前半の選手が滑り終えた段階で、依然、トップには第三グループで四回転トウループを成功させたジュニア選手が立っている。

ここまでは新時代の到来を予感させる流れだが、本命が登場するのはこれからだ。

公式練習を経て、瞳が四回転トウループに挑戦することは周知の事実となっている。

主役が登場すると、全方位の座席がオフィシャルグッズのバナータオルで埋め尽くされた。

『二十二番。加茂瞳さん。ＭＢＲコーポレーション』

瞳に限っては勝敗が大きな意味を持つ試合でもない。しかし、六歳から見守ってきた競技者のラストイヤーである。握る手にも自然と力が入った。

集大成のフリースケーティング、楽曲はモーリス・ラヴェルの『ボレロ』。

最初のジャンプで、瞳は四回転トウループに初挑戦する。

練習で成功させる姿は何十回と見てきたが、公式戦での演技は、まったくの別物だ。

世界一長いクレッシェンドとも言われる『ボレロ』の旋律と共に、誰よりも闊達《かったつ》自在な女王の演技が始まる。

瞳は身体の使い方に一切の無駄がない選手だ。

ワンストロークでスケーティングが何処までも伸びていく。

会場を埋め尽くしたファンたちが呼吸さえ忘れて見守る中。

女王は高く跳び上がり、音と音の隙間に、刹那《せつな》の円が四つ描かれた。

回った！　降りた！

回転も、踏み切りも、着氷も、完璧だった！

そのまま流れるように、奏でるように、円熟の舞が披露されていく。

もう言葉はいらない。心配も、不安も、ない。

この競技を愛し、誰よりも愛された女王の演舞を、最後まで見守ろう。

4

「瞳さんの演技、気になるでしょ？　見て来て良いですよ」

ランニングの足を止めた瑠璃が、汗を拭《ぬぐ》いながらそう伝えてきた。

最終演技者は六分間練習の後、出番まで三十分以上待たなければならない。

バックヤードに戻った瑠璃は、すぐさま戦闘態勢の立て直しに入っていた。

「雛森を見たいので、私も瞳さんの演技が終わったら会場に移動します」

フィギュアスケートは順位が相対的に決まる競技だが、他人の得点には関与出来ない。

余計な情報、感情に惑わされないよう、自分の出番がくるまで他人の演技、結果には、一切目を向けない。これまでの瑠璃は、ずっと、そういうタイプだった。

「瞳の演技は、後でゆっくり見るよ。それより瑠璃がライバルの演技を気にしていたことに驚いた。自分の準備に集中した方が良いんじゃない？」

「今日は見ておきたいんです」

「相手は化物だよ。動揺しない？」

「先生と私なら誰にも負けないって信じていますから」

それなら、どうして今季でのパートナー解消を望むのだろう。成長には変化が必要だ。新しいコーチや振付師と組むことで見えてくる景色もある。それは分かるが、瑠璃はずっと、二人なら最強だと言っていた。むしろこの子こそが相性を信じていたのに。

バックヤードまで届く鳴り止まない拍手で、瞳の演技が終わったことを知る。

演技が始まった直後の大歓声は、四回転ジャンプに挑戦した時のものと考えて間違いない。それが成功したのか否か、得点を聞けば大方の予想はつく。

「じゃあ、行こうか」

「はい」

スケート靴を手にした瑠璃と共に、試合会場へと入って行く。

とっくに瞳の演技は終わっているのに、会場はまだ異様な雰囲気に包まれていた。

これから世紀の対決が始まるからではない。それだけ瞳の演技が素晴らしかったのだろう。

『加茂さんの得点。１６２・３６』

会場にアナウンスされた得点を聞き、思わず瑠璃と目を合わせてしまった。

１６０点を超えた？　シーズンどころか瞳の自己ベストだ。

彼女が全盛期だった時代とは、規定が違う。一概には比べられないけれど、日本人の女子選手で、瑠璃と雛森以外の選手がフリーで１６０点を超えたのは恐らく初めてである。

『総合得点２４３・３７。現在の順位は第一位です』

二位と30点近い差がついている。

練習していた四回転トウループのみならず、二回の三回転アクセルを含め、すべてのジャンプを成功させたのかもしれない。

コーチと共にキス・アンド・クライから引きあげてきた瞳が、瑠璃に気付き、足を止めた。

「やるじゃん。まだ引退する必要ないんじゃない？」

祝福の言葉をかけられたというのに、瞳の顔に浮かんだのは曖昧《あいまい》な微笑だった。少なくともたった今、自己ベストを更新した選手が見せる表情ではない。

「それでも、君たちとは何十点の差がつくか分からない」

「ま、50点くらいかな」

この後、登場する二人は、どちらも桁違《けたちが》いに難度が高い構成プログラムでフリーに挑む。どちらが勝っても、負けても、歴史が変わるだろう。

『二十三番。雛森ひばりさん。ＫＳアカデミー』

ライバルの名前がアナウンスされると、瞳は瑠璃の肩にそっと手を置いた。

「私は瑠璃が優勝する姿が見たい。頑張って」

「へー。応援してくれるんだ」

「一緒に練習していなかったら、四回転は跳べなかったかもしれない。感謝しているの」

「私、勝つべき時は絶対に勝つので。オリンピックには二人で行きましょ」

こちらとしても合同練習から得られるものは多かった。

表現力ではさすがに瞳に一日の長がある。彼女と切磋《せっさ》琢磨《たくま》出来たことで、瑠璃はフィギュアスケーターとしての完成形に近付いたはずだ。


この子が積み上げてきた十九年の人生、それが報われるかどうか、もうすぐ決まる。

まずはライバルの演技を特等席で見させてもらおう。

リンクサイドに並んで立つと、あまりの緊張で腹部に刺すような痛みが走った。

現役時代でも、ここまで気負ったことはなかった。

どうしてこんなに怖いんだろう。

京本瑠璃の人生は、いつの間にか江藤朋香の人生になっていた。

夢を叶《かな》えてあげたい。

二人で一緒に、明日《あした》からも次の夢を追っていきたい。

勝ちたい。

今日だけは負けたくない。

雛森ひばりがスタートポジションにつくと、会場からすべての音が消えた。

彼女を彩るドレスは、吸い込まれるような青を基調としている。髪の毛を伸ばしたライバルは見違えるほど美しい選手になったが、変化はそれだけではない。

以前は感じられなかった闘志も、その目に宿るようになった。

この二年間に何があったのかは知らない。

ただ、すべてを賭《か》けてきたのは、瑠璃だけではないということだ。

雛森ひばりが最終決戦に選んだ楽曲は、フランツ・リスト『愛の夢』。

女子選手の中で最も高い身長も、その長い手足も、およそ現代のフィギュアスケーターには似つかわしくない。ジャンプが最大の得点源を占めるこの競技では、小さければ小さいほど有利なのに、彼女はセオリーをねじ伏せる身体能力であらゆる技を極めてきた。

これから始まるのは、たった一度の失敗が勝敗を分ける極限の戦いである。

敗者になれば、また四年間、待たなければならない。それでも、この少女は最高難度の技に挑むのだろうか。女には絶対に不可能とされる四回転アクセルに挑戦するのだろうか。

穏やかなピアノの旋律と共に、雛森の演技が始まる。

大人の容貌《ようぼう》に変化した彼女の所作からは、荒々しさが消えていた。

腕や指の動きがバラバラで、雑然とした印象の拭えなかったスケーティングが、見違えるほど滑らかになっている。たった数回のストロークで、それが分かった。

音符を踏みしめるように長短のステップを使い分け、雪の妖精《ようせい》がスピードに乗っていく。

右足のバックアウトから助走に入った雛森が、前方を向くと同時に、左足のフォアアウトに乗った。そのままアウトエッジで氷を摑《つか》むと、高く回転をつけて踏み切る。

白銀の舞台の上、光の中心で宙高く舞い上がった少女が、四回転半を回り切る！

着氷は再び右足バックアウト。

エッジがリンクを切り裂き、鈍い音を立てて着氷した雛森のバランスが崩れた！

しかし、転倒すると思った次の瞬間、動物のような体幹で身体を支えた彼女は、片手を軽くついただけで堪《こら》えてみせた。

間違いない。女子では史上初となる四回転アクセルの認定だ。

脳に演算を走らせる。

肉眼での印象になるが、回転不足はない。エッジエラーもステップアウトもなかった。とはいえ片手をついているから、出来栄え点、GOEはマイナスになるはずだ。四回転アクセルの基礎点は12・50。GOEは恐らくマイナス1か2といったところだろう。

瑠璃の最初のジャンプは、最も不安のある四回転ループである。基礎点は10・50だから、転倒さえしなければ、最初のジャンプでアドバンテージを奪えるかもしれない。

ライバルの得点を計算していると、あっという間に、次の大技がやってきた。

四回転ルッツ。

これも瑠璃には跳べないジャンプである。

後ろから跳ぶジャンプの中では最高難度で、基礎点もアクセルに次いで高い。

繊細に音符を拾いながら、雛森はリズムに乗ったまま完璧な四回転ルッツを着氷していた。

瑕疵《かし》が見つからない。今度は満点に近いGOEがもらえるはずだ。

雛森ひばりのプログラムは、技術点を伸ばすことに主眼を置いて作られている。

息つく暇もなく、体力があるうちに、次々と高難度ジャンプが披露されていく。

基礎点の高い方から順に並べられた、嫌みなほど自信に満ち溢《あふ》れた構成。

三本目の四回転フリップも、四本目の四回転ループも、教材VTRを再生したのかと思うほどに見事だった。

高さも、スピードも、着氷の姿勢も、すべてが美しい。

しかも感嘆すべきはジャンプの質だけではなかった。跳ぶ寸前まで表情でも演技を彩っていた。こんなの私たちが知っている雛森の演技じゃない。

この二年間の何処かで、彼女は殻を破ったのだ。

自分が楽しければそれで良い。以前の雛森はそういう意識で滑っていたが、今は観客を魅了しようとしている。だからこそスケーティング以外の細部にまで配慮が及ぶようになった。

旋律の打鍵《だけん》が変わったタイミングで、高速フライングキャメルスピンが始まる。

ここまでの彼女の演技は、四回転アクセル以外、完璧だったと言って良い。そして、スピンもまた、それまでの選手たちとは一線を画すスピードを伴っていた。

今シーズン、彼女の演技は九月のチャレンジャーシリーズでしか見ていない。

正直、引き込まれたし、フリーの基礎点では勝てないと感じたけれど、演技構成点では圧勝出来ると思っていた。二人の表現力にはノービスとシニアほどの差があったからだ。

だが、あれは三ヵ月も前の演技である。

雛森はたった数ヵ月で、演技の色と奥行きを磨いてきた。父や兄が持っていた表現者としての華を、自らも武器として携えてきた。

図らずも、彼女が創り上げていく世界に魅了され、のみ込まれていく。

前半の演技を締めくくるのは、コレオシークエンスだ。

レベルは存在せず、固定された基礎点の3・00に対し、GOEのみで評価される。

彼女の今季の振付師は、阿久津《あくつ》清子《きよこ》さん。選手の特徴を生かしつつ、芸術面もフォロー出来るクレバーな女性である。

コンビネーションを三つ並べる後半で息切れをしないように、しかし、観客を魅了することも忘れないように。

緩急をつけて、しなやかな肢体が音楽を捉《とら》えていった。


曲調が変わり、プログラムはジャンプの基礎点が1.1倍になる後半戦に突入する。

彼女が残しているエレメンツは、三つのコンビネーションジャンプと二つのスピン、それにステップシークエンスだ。体力がきつくなる後半も、これまでのような完成度で演技を続けられたら、とんでもないスコアが出るかもしれない。

雛森ひばりの顔には、うっすらと笑みが浮かんでいる。

苦しくないのか？　疲労なんて感じてもいないのか？

過去の彼女は演技中に音楽から外れていくことも珍しくなかった。予定要素を忘れたかのように、その場のノリで技を繰り出し、勝てる試合を落としてきた。

しかし、今日はひと味もふた味も違う。

こんなに正確な演技、一度も見たことがない。

滝川泉美。あの二十一歳の若者が、少女の野性を完璧に手なずけたということだ。

失敗する気がしない。脱線する気配も感じられない。

表情まで武器にして、『愛の夢』がリンクに顕現していく。

あらゆるエレメンツの中で最も得点を期待出来るのが、三連続のコンビネーションジャンプである。セオリー通り、雛森ひばりは大技を後半一つ目のジャンプに予定していた。

四回転ルッツ、シングルオイラー、三回転フリップ。

男子のトップ選手でも難しい、超絶高難度のコンビネーションだ。

瑠璃の未来がかかっていなければ、私だって奇跡のプログラムの成功を願いたいが、これは勝負である。絶対に負けられない一世一代の戦いだ。

リズムに合わせて雛森のギアが上がっていく。

後半、演技が乱れる可能性があるとすれば、まずはこのコンビネーションだろう。

鬼気迫る表情でバックアウトの助走に入った雛森ひばりが、高く跳び上がる。

クワッド！　シングル！　トリプル！

嘘みたいな音量の拍手と共に、会場の空気が渾然《こんぜん》一体となる。

そして、息つく暇もなく、雪の妖精は次のコンビネーションの体勢に入った。

披露されたのは、四回転サルコウからの三回転アクセル！

女子では瑠璃と雛森にしか出来ない、セカンドジャンプに三回転アクセルを持ってくる大技中の大技だ。しかも、彼女はそれを四回転サルコウから繋《つな》いできた！

示し合わせたわけでもないのに、三連続ジャンプも、二連続ジャンプも、二人の構成はかなり似通っている。ただし基礎点はどれも雛森の方が上である。

セカンドジャンプでは着氷に乱れが出たものの、転倒やお手つきはなかった。ＧＯＥは下がるかもしれないが、マイナスとまではいかないはずだ。

次々と繰り出される大技に、拍手の音はさらに大きくなる。

観客たちは最早《もはや》、座ることさえ忘れてしまったかのようだった。

雛森ひばりのプログラムは、前半と後半の頭にジャンプが設定されている。少しでも体力があるうちに、すべての技を決めてしまおうという構成だ。ただ、私たちはそうはしなかった。

「すべてのエレメンツを、朋香先生が一番相応しいと思う場所に配置して下さい。必ず滑り切って見せますから」

瑠璃の言葉を信じ、私は最終盤のきつい場所に二つ、コンビネーションジャンプを配置している。妥協はしない。最高以外は目指さない。チーム京本瑠璃は、演技構成点でオール満点を目指しているからである。

それでも、ここまで完璧に近い演技を続けられたら、不安に駆られてしまう。

瑠璃のために用意したプログラムは、本当にあれで正しかったのだろうか。平常心でなどいられない舞台で、最強の敵を相手に、本当にいつも通りの力を発揮出来るだろうか。

その時、左の手首が潰《つぶ》されるんじゃないかと思うほどの強さで、握り締められた。

「大丈夫です。先生だけは疑わないで」

ライバルを睨《にら》み付ける瑠璃の声は自信に満ち溢れていた。

そうか。これほどの演技を見せられても、この子は怯《ひる》まないのか。

私が信じた舞姫は、世界で一番心が強い。そうだ。それが京本瑠璃じゃないか！

残るジャンプはあと一つ。

四回転トウループからの三回転ループを難なく成功させると、雛森ひばりは小さくガッツポーズを作った。

予定通り、期待通り、やり切ったということだ。

七回のジャンプ、すべてが完璧だったわけじゃない。四回転アクセルでは片手をついたし、二つ目のコンビネーションでも着氷でバランスを崩していた。それでも、彼女自身が九月にフリーで叩き出したワールドレコードを更新することは間違いない。

あとは終幕に向けてのパフォーマンスで、演技構成点を何処まで伸ばせるかだ。

ここまでの演技をされてしまうと、どれほどの得点が出るか、正直、想像もつかない。

現時点で、ただ一つ確かなことは、これで、ほとんど一つのミスも許されなくなったということである。瑠璃はこの後、過去最高の演技を成功させなければならないのだ。

5

感情が理性を凌駕《りょうが》するとは、こういう感覚のことを言うのかもしれません。

ひばりが披露する演技に、心が深く、強く、支配されていきます。

友達がジャンプやスピンを成功させる度に、言葉に出来ない感動が全身を貫き、私は芸術競技の真髄を、真の喜びがいかなるものかを、理解していきました。

この四分間を奇跡と呼ばずして、何を奇跡と呼べば良いのでしょう。

私たちが用意してきたのは、ほかの誰にも絶対に真似出来ないプログラムでした。それを、ここまでの完成度で、美しさで、演じて見せたのです。

最後のエレメンツであるレイバックスピンを成功させ、ひばりが歴史にも記憶にも残るだろう四分間の演技を終えると、観客は再び総立ちになりました。

拍手の音量も、人々の感情の揺れも、加茂選手の演技後を凌《しの》いでいます。

女王の演技で極まった会場のボルテージさえ味方につけて、ひばりは用意してきたプログラムを、完璧に近い出来で演じて見せたのです。

ジャッジを待たずとも分かります。とんでもないスコアが出ることでしょう。

会場の観客はもちろん、中継を見ている視聴者まで含めて、今この瞬間、全員が逆転優勝を確信しているに違いありません。

リンクから戻って来た雪の妖精は、差し出されたエッジカバーを受け取るより早く、私に抱きついてきました。

「ありがとう！　泉美ちゃんのお陰だよ！」

感謝をしなければならないのはこちらの方ですが、もう言葉なんて必要ありません。

誰にも真似出来ない。追随を許さない演技でした。

思いを正確に伝えるため、同じだけの強さで抱き締め返すと、

「素敵な滑りだった」

背中から意外な声が届きました。

振り返ると、最終滑走者である京本選手が、不敵な笑みを湛《たた》えて私たちを見つめていました。

「ありがとう！　瑠璃ちゃんも頑張って！」

「私が女王になるための良い前座だったよ」

それは、実に彼女らしい挑発の言葉でしたが、ひばりは皮肉の通じる相手ではありません。

「楽しみにしてるね！　私、瑠璃ちゃんの演技、大好きだから！」

目を輝かせて答えたひばりを一瞥《いちべつ》してから、京本選手はリンクへと降りて行きました。

ひばりの隣に座り、キス・アンド・クライから眺める風景。

それは、選手として戦っていた頃とは、大きく異なるものでした。

手を繋ぎながら二人で得点を待っている間も、心臓の早鐘が鎮まりません。

アンダーローテーションもエッジエラーもなかったと思いますが、一抹の不安は残ります。

翔琉さんの失脚と恥の世界選手権を経て、ひばりは嫌われ者になってしまいました。採点競技である以上、ジャッジの好みが得点に影響を及ぼすことは避けられないでしょう。

この素晴らしい演技が正当に評価されて欲しい。どうか色眼鏡で見ないで欲しい。


『雛森さんの得点。２０３・８９。総合得点２９６・３４。現在の順位は第一位です』


「やった！　やったよ泉美ちゃん！」

勢いよく抱きつかれ、ショートプログラム後の光景を再現するように、私たちは床に二人で倒れ込んでしまいました。センタースクリーンに表示された数字を見て、勝利を確信したのは私だけではなかったようです。

国内選手権はジャッジを同胞が務めるため、得点がインフレしやすい大会です。

今大会のひばりの調子なら、四回転アクセルを成功させれば、前人未到の２００点台に届くのではという期待はありました。それでも、ここまでの合計得点は想像出来ませんでした。

最終滑走者が残っていますので、私たちがテレビに映し出されている時間はそう長くありません。ひばりの想いを伝えるなら、今です。

私はキス・アンド・クライに着席する前に、背景ボードの隅に貼られていたメッセージカードを剝《は》いでいました。あんな隅に貼られていたのでは、中継に映らないからです。

ポケットに入れていたカードを渡すと、ひばりは両手を大きく伸ばして、目の前のカメラに向かって掲げました。

『お母さん大好き』

それは、この子が紫帆さんにどうしても届けたかった、唯一にして絶対の願いでした。

ひばりが半年以上、脇目も振らずに走り続けてきたのは、紫帆さんのためです。

余命を告げられた母に最高の笑顔になって欲しくて、すべての時間を捧《ささ》げてきました。

今日、この瞬間に、努力が、想いが、願いが、最高の結実を見たと言って良いでしょう。

私たちの想いは、ついに報われたのです。

6

京本瑠璃は最終滑走者にして、この全日本選手権の大トリだ。

リンクの上で自らの身体と対話を重ねた後、瑠璃はバックステップを踏みながら器用にジャージを脱いでいった。

雛森は真っ青なドレスを戦闘服にしたが、瑠璃のドレスは血よりも鮮やかな赤である。

情熱と怒りの赤。

研ぎ澄まされた美しさを持つ瑠璃に、一番似合う色だ。

リンクサイドに戻って来た瑠璃から、まだ熱の感じられるジャージを受け取ったその時、雛森ひばりの得点がアナウンスされ、再び、地鳴りのような歓声が爆発した。

見たこともないスコアになることは分かっていた。基礎点から期待値の推測も出来ていた。

それでも、衝撃を禁じ得ない。

女子シングルでは史上初となる、フリーでの200点台。

これはもうワールドレコードどころの話じゃない。

男子と女子で係数の異なる演技構成点が同条件で計算されたなら、男子相手でも優勝が狙えるような得点だ。彼女が披露した演技は、それほどまでに異次元のレベルにあった。

それでも、瑠璃が怯むことはない。

コーチである私も同じだ。

「一人じゃない。絶対に叶うよ。あなたと私なら」

前もって考えていた励ましの言葉もあったのに、自然と唇が動いていた。

私の目を真っ直ぐに見つめて、瑠璃が一度、強く頷《うなず》く。

それから、炎よりも熱い赤がリンクに飛び出していった。

私と瑠璃が重ねた八年間は、きっと、今日この四分間のためにあった。

そんな勘違いさえしたくなるほどに、絶体絶命で、しかし、最高に昂《たか》ぶる舞台である。

氷の獅子《しし》よ。

私の舞姫よ。

さあ、あなたのすべてで歌ってくれ！

7

『二十四番。京本瑠璃さん。鳥屋野スケーティングクラブ』

最終滑走者の名前がアナウンスされると、緩み切っていたひばりの顔が引き締まりました。

「瑠璃ちゃんの演技を見よう！」

逆の立場なら、これは絶体絶命の状況です。

完璧な四分間を演じても、ひばりの得点に届く保証はありません。転倒どころかＧＯＥを少し取り零《こぼ》しただけで、致命傷になるでしょう。そう気付いているはずなのに、京本選手の顔にはいつもの不遜《ふそん》な自信がみなぎっていました。

あれは、諦《あきら》めている人間の表情ではありません。

目に痛いほどの赤を纏《まと》い、リンクの中央に立った彼女が演技の態勢に入ります。

音楽はフレデリック・ショパン『夜想曲第２番　変ホ長調　作品９の２』。

振付師である江藤朋香さんが現役時代によく使用していた楽曲です。

かつて朋香さんはスケート雑誌でこんな風に語っていました。

『使用楽曲を決めた後、ピアノで左手と右手の動きを確認します。打鍵とスケーティングを完璧に一致させることは不可能ですが、意識して寄せることは出来ます。』

彼女の作るプログラムが魅力的なのは、楽典の理解が他を圧倒しているからです。それを知った時から、私は動画投稿サイトでピアノを弾いている映像を確認するようになりました。一流の技術を少しでも盗みたかったからです。

ノクターンは最後の二小節を除けば、すべてが四小節のフレーズで成り立っています。左手は一貫して同じ伴奏型を続け、右手が旋律を歌っていく形式です。主題となるメロディの繰り返しが多いため、弾き手は様々な装飾を加えていきますが、その繊細な変化を一つ一つ丁寧に拾いあげていくプログラムは、まさに江藤朋香さんの真骨頂と言えるでしょう。

演技が始まり、たった数秒で、京本選手が氷の獅子と呼ばれていることを思い出しました。獰猛《どうもう》さと気品を内包した彼女のダイナミックな演技は、見る者を瞬時に虜《とりこ》にしていきます。

しかし、勝敗を決めるのは、結局のところ、十二あるエレメンツの出来です。

京本選手の最初のジャンプは、四回転ループ。練習を見る限り、習得している四種類の四回転ジャンプのうち、最も不安定なジャンプです。

彼女は五回の四回転ジャンプを予定していますが、一度でも転倒すれば、その時点で勝負は決まるでしょう。最初の技で決着が付く可能性もあったわけですが、

「降りた！　凄《すご》い！　高い！　綺麗《きれい》！」

最後のチケットを争っている真っ最中だというのに、ライバルが着氷に成功すると、ひばりは我がことのように歓喜していました。

京本選手もまた、大舞台になればなるほど強くなる選手です。このジャンプなら高いＧＯＥを期待出来るに違いありません。

最初の四回転アクセルでひばりは片手をつきましたから、現時点ではショートのリードをさらに広げられた形になります。

とはいえ、ジャンプはまだ六回残っています。京本選手は四回転ルッツを跳べませんから、この先も基礎点では常にひばりにアドバンテージがあります。

響き渡る甘美なメロディに乗り、完璧なマリアージュが氷上に綴《つづ》られていきます。

十代でここまで全身を制御出来る選手が過去にいたでしょうか。

オーソドックスなスリーターンの助走から、右足のトウをカーブの延長線上に突き、獅子が高く跳び上がります。

音楽と一体になった京本選手は、大技の四回転フリップを一分の乱れもなく成功させました。

続く四回転サルコウも、スピード、高さ共に、申し分ないものでした。

姿勢も、着氷も、教科書に載せたいくらいに綺麗です。

ジャンプに入るべきタイミングも、優美な旋律の中で、ここしかないという場所でした。

私は京本選手がスピンで乱れる姿を見たことがありません。今日もレベル4に認定されるだろうチェンジフットキャメルスピンを、完璧に成功させていました。

もう前半も終盤ですが、ここまでは演技構成点も伸びる一方です。

彼女の三半規管は、一体どうなっているのでしょう。

スピンの直後に配置された前半最後のジャンプ、三回転アクセルでも、一切の乱れが見られませんでした。

あまりにも雅《みやび》で繊細な二分間が終わろうかという頃、場内の雰囲気が変わり始めました。ひばりの得点がアナウンスされた時、最終滑走者の演技を待たずして、誰もが勝者を予感したはずです。そういう空気に会場全体が包まれていました。

しかし、京本選手がエレメンツを成功させる度に、人々の心には疑問が生じていきます。本当に勝敗は決していたのでしょうか。最終滑走者がこのまま完璧な演技を続けたら、直前に叩き出されたワールドレコードにも届くのではないでしょうか。

フィギュアスケートの得点計算は極めて複雑で、肉眼ではおよそ不可能なジャッジもあります。ただ、各技の基礎点を知っていれば、優劣の想像はつきます。

演技構成点では京本選手に勝てません。ショートで敗北を喫したように、ジャンプで大差をつけなければ、万が一ということもあります。

アイスリンクの脇に立ち、身体は冷える一方なのに、背中を汗が伝いました。

一秒ごとに、眼前の演技に引き込まれれば引き込まれるほどに、恐怖が顔を覗《のぞ》かせます。

ただ、私たちにとっては幸いなことに、演技はまだ半分残っています。

全力で挑んでいる選手に対し、こんな言い方はしたくありませんが、一度でも転倒すれば勝負は決まります。

ここまで高難度の技を並べて、最後までミスせず演じ切れるとは思えません。

ひばりが後半に三つのコンビネーションジャンプを持ってきたのは、それが可能なスタミナを有しているからです。

京本選手も体力がありますが、ひばりには敵《かな》いません。強化合宿の体力測定でも、往復持久走や長距離走では大きな差がありました。

江藤朋香さんが作るプログラムには隙がありません。それは言い換えれば、休む暇がないということでもあります。あんなに動きの多い演技を続けて、最後まで正常な呼吸を保っていられるはずがないのです。

シンプルなピアノの旋律だけで構成されたノクターンの曲調が変わり、勝負を大きく左右する後半の演技が始まりました。

京本選手が後半の頭に予定しているのは、最大の得点が期待出来る三連続ジャンプです。四回転トウループ、シングルオイラー、三回転サルコウ。

図らずもライバルで似たようなコンビネーションを跳ぶことになったわけですが、ひばりは最初に四回転ルッツを跳び、サードジャンプは三回転フリップで降りています。基礎点はこちらの方が3点高いとはいえ、京本選手のレベルが低いわけではありません。

女子でここまでのコンビネーションを跳べる選手は、歴史上、五人に満たないはずです。

観客の誰もが息をのんだ次の瞬間。

京本選手は超絶難度のコンビネーションジャンプを、完璧に成功させていました。

分水嶺《ぶんすいれい》になっても不思議はない技を降りたのに、その表情は一切変わりません。笑みすら見せず、流れるように次の演技に入っていきます。

朋香さんが作ったプログラムを見ていると、ただエレメンツを並べただけでは意味がないのだと思い知らされます。どんな大技も、それ自体はプログラムの一つに過ぎません。

仮に、このまま最後まで完璧な演技が続いたとしても、ひばりが負けるとは思えません。常識的に考えて、追いつかれるはずがないスコアが出ているからです。

ただ、勝負に絶対はありません。

ここまで京本選手は一つのミスすら犯しておらず、しかも高難度の大技が演技に溶け込んでいました。繋ぎまで含めて、エレメンツが洗練されています。

ひばりは三つのコンビネーションを、後半の演技が始まってすぐに披露しました。体力が残っているうちに、難しい技を終わらせるためです。阿久津先生も、私も、ひばり自身も、そうすべきと考えて迷いもしませんでした。

しかし、江藤朋香さんはプログラムの調和を何よりも優先する振付師です。

三連続ジャンプを成功させた後、京本選手はステップシークエンスに入りました。

まだ二つも大技が残っているのに、大胆な足捌《さば》きでステップが踏まれていきます。

彼女の演技は体幹のずらし方に特徴があります。リズムに合わせて、細かいエッジで難しいステップを軽々とこなしていくのです。上半身にも意識が行き届いており、肩と腕と指の動きまで相応しい形に制御されています。

緩急のついたあまりにも雅なダンスに、心を支配され、魅了されていきます。

続けて、一糸乱れぬフライングスピンが披露され、息つく暇もなくコレオシークエンスがやってきました。

リンク全面を大胆に使ったハイドロブレーディングからのレイバック・イナバウアー。

京本選手が観客席に目を向けたのは、本日、初めてではないでしょうか。

燃えるような意志を灯《とも》したその瞳に、誰も彼もがのみ込まれていきました。


彼女が残しているジャンプは、あと二つ。いずれもコンビネーションです。

バックインで助走に入った京本選手が、右足に深く乗り、体重をかけました。

既に彼女の体力は大幅に削られています。呼吸だって乱れているはずです。

それでも、踏み切りと同時に重心移動をおこない、しっかりと四回身体を回して着氷して見せました。


四回転トウループは成功しましたが、まだ終わりではありません。

フィギュアスケートではすべてのジャンプが後ろ向きの着氷となるため、セカンドジャンプにアクセルを持ってくる場合、着氷後、足を踏み換える必要があります。着氷した右足から半回転して左足に踏み換えると、彼女は本日二度目となる三回転アクセルに挑みました。

ともすれば四回転ジャンプよりも難しいとされる技であり、体力を消耗し切った最終盤でのセカンドジャンプです。

今日初めて、京本選手の姿勢が崩れました。

力があらぬ方向へと入ってしまい、不自然に身体が起き上がっています。

それでも。それでも！

着氷はほとんど乱れませんでした。驚異的な体幹で身体を回し切り、バランスを少し崩しただけで着氷して見せました。

ＧＯＥは期待出来ないかもしれませんが、大幅な減点まではないでしょう。

彼女の体力は底無しなのでしょうか。休む暇もなく最後のジャンプが始まりました。ルッツは整数回転のジャンプでは最高難度の技になります。唯一、助走で描いたカーブとは逆方向に跳ぶため、滑走の力を回転に生かすことが出来ないからです。

ただ、彼女のルッツは、ひばりと違い三回転です。踏み切りも、高さも、速さも、飛距離も、回転数も、文句のつけようがありません。

三回転ルッツを綺麗に着氷すると、続けざまに三回転トウループが披露されました。

信じられません。いや、信じたくないと言った方が正しいでしょうか。

目の前で繰り広げられた光景が、頭では理解出来ても、心では納得出来ませんでした。

コンビネーションは着地した右足バックアウトで踏み切らなければならないため、セカンドジャンプの選択肢はトウループかループしかありません。

この全日本選手権で京本選手が披露しているのは、今季のグランプリシリーズで演じたプログラムをアップグレードしたものです。十一月の段階で、彼女はルッツからのコンビネーションをプログラムの前半に配置していました。そして、まだ余裕のある体力を生かして、三回転ルッツから、より基礎点の高い三回転ループへと繋いでいました。

つまり、最後のジャンプは、意図的に難度が落とされたものです。

理由は明快でしょう。江藤朋香さんは三連続ジャンプの後にステップとスピン、コレオシークエンスを並べ、それから二つのコンビネーションジャンプを配置しました。

体力的な問題で成功率が下がるとしても、彼女が描くプログラムでは、最高潮の場面にこそ、連続コンビネーションが必要だったのです。これが、このプログラムの完成形だと信じたからこそ、基礎点を落としてでも、クライマックスに二つの大技を持ってきました。

技を極めた雛森ひばりと、美しさを追い求めた京本瑠璃。

技術点のアドバンテージと、演技構成点のディスアドバンテージ。

ここまでの演技をされてしまったら、勝負は完全に読めなくなります。

また一滴、冷たい汗が背中を伝って。

私は、確信していた勝利が、ろうそくの炎のように揺らぎ始めていることに気付きました。

8

体力も尽きかけている演技の最終盤。

瑠璃が七つ目のジャンプを着氷した瞬間、私は無意識の内に拳《こぶし》を天に突き上げていた。

瑠璃が披露しているプログラムは、本当にハードなものだ。ジャンプの基礎点こそ雛森に劣るものの、表現面でも、構成面でも、世界で一番難しいことに挑戦していると言い切れる。

だからこそ、すべてのエレメンツを完璧にこなすことは不可能だと半ば覚悟していた。練習でもミスなく終えられたことは皆無だったからだ。

しかし、この大舞台で、一つのミスが命取りになってしまう極限のシチュエーションで、瑠璃はほとんどパーフェクトに近い四分間を演じてきた。

残るエレメンツは一つ。

最後の技は、小学生時代から得意としているキャンドルスピンである。

フリーレッグを背後から伸ばして頭上に高く持ち上げるビールマンスピンの一種で、新体操選手のように柔軟な肉体を持つ瑠璃のそれは、胴体と足のラインが直線に極めて近い形になる。ジャンプと違い、練習や努力で習得出来る技ではない。どれだけ真似したくとも、あの身体の柔らかさがなければ、土台、不可能な技だからだ。

奇跡にも似たプログラムを締めくくるに相応しい高速スピンで、瑠璃のノクターンは終演を迎えることになった。


素晴らしかった。

誰よりも美しかった。

これこそが本物の芸術作品だ。

京本瑠璃にしか出来ない最高の演技だったと断ずるに、些《いささ》かの躊躇《ためら》いもない。

この子が、かつてここまでの歓声を浴びたことがあっただろうか。

子どもの頃から瑠璃は嫌われ者だった。十三歳で全日本女王になった後でさえ、世間からはヒールとして疎まれていた。

その瑠璃に、万雷の拍手が降り注いでいる。

演技を終えてもなお、表情一つ変えずにいるあの子は、今、何を思っているのだろう。

瑠璃が祝福されているというだけで、私は泣きそうになってしまう。

観客席に向けておざなりな一礼をして、瑠璃は真顔のままリンクサイドへと戻って来た。

「最高だったよ」

エッジカバーを差し出し、素直な感想を告げると、ようやく瑠璃の顔から緊張が消えた。

「知っています」

これほどの演技を成功させた後でも、この子のふてぶてしさは変わらないらしい。

やれるだけのことはやった。

いや、私たちはやれる以上のことを成し遂げた。

あとは、この素晴らしい演技が正当に評価されることを願うだけだ。

9

京本選手がリンクから上がっても、スタンディングオベーションが続いていました。

全力で手を叩くひばりの横顔に、薄《うっす》らと涙が浮かんでいます。

感服するしかない四分間の演技でした。正直、勝敗は分からなくなったと思います。

ひばりのミスは二回で、京本選手は一回です。ただ、基礎点ではこちらが上回っていますので、出来栄え点を踏まえても、技術点では私たちが大きくリードを奪っているはずです。

これほどまでに聴衆を魅了する演技を披露したというのに、京本選手は笑顔の一つも見せずにリンクから戻って来ました。

そこで、ようやく我に返ったように、ひばりが拍手を止めました。

「あ。私……」

「彼女がライバルだったことを思い出しましたか？」

「瑠璃ちゃん、完璧だったよね？」

「二回目の三回転アクセル以外はそう見えました」

エッジカバーを装着した彼女は、江藤コーチと共に、堂々たる歩みでキス・アンド・クライへと向かっていきます。

彼女は今、どういう心境なのでしょう。

不安なのか。それとも、勝ったと確信しているのか。

採点を待つ時間を埋めるように、センタースクリーンに先程までの演技が映し出されていきます。次々と決まっていく大技に、観客席からは再び惜しみない拍手が送られていました。

京本選手ほどスケートファンから忌避されてきた女性はいないような気がします。その言動で彼女は子どもの頃から敵ばかり作ってきました。

しかし、今大会では、たった二回の演技で、観衆の心を鷲掴《わしづか》みにしました。

この競技を愛する人々の心を、実力でひっくり返して見せたのです。

体験したことのない異様な空気に、会場中が支配されています。

皆が分かっているからでしょう。十九歳、二人の天才は、どちらも最高の演技を披露しましたが、二ヵ月後の新潟オリンピックに出場出来るのは一人だけです。

ショートプログラムを終えた時点で、二人には１・６９点の差がありました。そして、ひばりはフリースケーティングで２０３・８９点という、非公認ながらワールドレコードを叩き出しました。総合得点の２９６・３４は女子の歴代最高です。京本選手のフリーが２０２・１９点以下なら、ひばりの勝利。２０２・２１点以上なら、ひばりの敗北となります。

気付けば、私の左手を摑むひばりの右手が小さく震えていました。

「大丈夫です。絶対に大丈夫」

敵ながら凄《すさ》まじい演技だったことは認めます。

GOEと演技構成点次第で、軍配が向こうに上がる可能性があることも分かっています。

それでも、震えるひばりの右手に自らの左手を乗せ、力強く握り締めました。

「信じましょう。ひばりの演技は、これ以上ないほど素敵だったんですから」

去年、京本選手の母親が全日本選手権の真《ま》っ只中《ただなか》に逮捕されていなければ。

國雪君が怪我で引退していなければ。

ひばりが心を切らず、去年も競技を継続していれば。

たった一つ何かが違っただけで、オリンピック派遣枠は今回も三つだったはずです。

二人は二月のオリンピックで、決着をつけることになっていたはずなのです。

しかし、極限のシチュエーションだったからこそ、最高の演技が出来たというのも一面では事実でしょう。全身全霊で倒しにいかなければならない相手がいたから、この奇跡のような勝負が実現したのです。

10

一種異様な空気が会場を支配している。

瑠璃がリンクから上がっても、観衆のざわつきは収まらなかった。

静まらない心臓の鼓動を感じながら、キス・アンド・クライに瑠璃と並んで着席する。

不安なのは選手の方だ。自分では完璧だったと感じていても、実際にはミスが起きている可能性がある。

踏み切り、着氷、回転の過不足、客観的な出来を、選手が正確に把握することは難しい。

だからこそ、コーチの私が勝てるよと告げなければならないのに。

この子は最高の賛辞を受けるに相応しい演技をしたのに。

未《いま》だ言葉を見つけられずにいた。

瑠璃の演技は期待以上だった。

ただ、最大のライバルもまた、想像を遥かに超える演技を披露した。

断言なんて出来ない。どっちが勝つかなんて分からない。

信じているのに。

勝利を確信したいのに。

逆転負けが脳裏にちらつき、不安をかき消せない。

「大丈夫です」

その時、小さく震えていた私の左手を、上から瑠璃が握り締めてきた。

人に触れられることが大嫌いな瑠璃が、自分から。

「先生と私なら、絶対に勝てます」

コーチの私がかけなければならない言葉を、先に言われてしまった。

「瑠璃。たとえどんな結果になろうと、私のチャンピオンはあなただから」

左手をひっくり返し、瑠璃の冷えた右手を握り返す。

「朋香先生は臆病《おくびよう》ですね。私は自分が勝ったってもう知っていますよ。既に決まっている勝利のスコアを聞くだけです」

こんな時でも、この子は最後まで強がれるらしい。

アナウンスが始まり、場内の音が消える。

心臓が止まるんじゃないかと思うほどの恐怖と緊張が、全身を走り抜けた。

11

ひばりと手を繋ぎ、目を閉じて、運命の瞬間を待っていました。

勝者は。

オリンピックに行くのは。

『京本さんの得点』

彼女の名前がアナウンスされた次の瞬間、繋いでいた手が、強く、握り返されました。

ひばりの十九年と私の二十一年。

フィギュアスケートだけに人生を捧げてきたと言ったら大袈裟《おおげさ》かもしれませんが、躊躇いなく胸を張れる程度には、努力と祈りを積み上げてきたと自負しています。

この子に、ひばりに、どうか、どうか！

『202・23。総合得点296・37。最終順位は第一位です』

最後の審判が告げられると同時に、膝《ひざ》から力が抜け、頽《くずお》れてしまいました。

同時に、ひばりの上半身がくの字に折れ、

「あ……ああ…………ああああぁぁぁ！」

言葉にならない悲鳴をあげて、床の上に崩れ落ちていきました。

「何で！　どうして！」

現実が受け止められず、慟哭《どうこく》する友達にかける声が見つかりません。

京本選手の得点は202・23。大台に乗っていますがフリーで勝利したのはひばりです。

しかし、勝負はショートの差で、わずか0・03点差で、決まっていました。

ひばりは完璧でした。

ひばりは何も悪くありません。

失敗したのは、間違ったのは、私一人です。

作戦を決めたのも、エレメンツの構成を考えたのも、四回転アクセルを跳ぼうと言ったのも、私でした。

翔琉さんに止められたのに。ひばりだって迷っていたのに。

私がゴーサインを出したジャンプで片手をついてしまったから……。

泣きじゃくる親友にかける言葉さえ見つからないまま、その場で立ち尽くすことしか出来ませんでした。

12

『京本さんの得点。２０２・２３。総合得点２９６・３７』

アナウンスされた得点を聞いても、私は瞬時に勝敗を確信することが出来なかった。

ショートプログラムが終わってから、何十回と二人の得点を見比べてきたのに。

瑠璃には何点のアドバンテージがあるのか。

フリーでどれほどの差がついたら逆転されるのか。

何度も確認してきたのに、極度の緊張状態で頭がまるで回っていなかった。それでも、

『最終順位は第一位です』

疑いようもない結果が鼓膜に届き、瑠璃と繋いでいた左手が、信じられないほどの強さで握り締められた。

この子は普段から、喜んでいる姿や落ち込んでいる姿を見られることを、極端に嫌がる。

テレビに映っている状態で感情を出したくないのだろう。

瑠璃は優勝を知っても頑《かたく》なに強張《こわば》った表情を崩さなかったが、私だけが知り得ていた。

繋いだ手を通して、たった一人、私にだけは伝わっていた。

嬉しい。

成し遂げた偉業が誇らしい。

歯を食いしばって、カメラを睨み付けていても、私にだけはそれが分かった。

ねえ、瑠璃。

あなたは自らの手で未来を摑み取ったんだね。

闘い続けた十九年の人生が、ついに報われたんだね。

13

最終順位が発表されてもなお、会場を異様な空気が支配していました。

「オリンピックに行けないの？　何で？　だって、これじゃ、お母さんに……！」

最後まで続けられず、ひばりは頭を抱えて床に突っ伏してしまいました。

何か言わなきゃいけないのに。

それこそがコーチである私の仕事なのに。

返すべき言葉を見つけられませんでした。

その時、取り乱す敗者の姿を映そうと、カメラマンが近寄って来ました。

敗北に打ちひしがれる選手を、メディアの前に晒《さら》したくありません。

床に突っ伏して泣きじゃくるひばりを隠すため、ジャージに手を伸ばすと、

「邪魔」

カメラを近付けてきた男の前に、京本選手が立ち塞《ふさ》がりました。

「ここは取材エリアじゃないでしょ。どけよ」

冷徹に言い放ち、次の瞬間、彼女は躊躇いもなくカメラマンを突き飛ばしました。

それから、泣き続けるひばりには目もくれずに、会場から出て行ってしまいました。

「瑠璃！　いい加減にしなさい！」

その背中を江藤さんが追いかけていきます。

ライバルの名前を聞いて顔を上げたひばりの目が、真っ赤に腫《は》れていました。

そこで、ようやく気付きました。この子が泣く姿も、癇癪《かんしゃく》を起こす姿も、幼い頃から飽きるほどに見てきました。しかし、負けて涙を流す姿は初めて見ました。

フィギュアスケートは遊び。楽しいか、楽しくないか。そう言い切ってきたひばりは、これまで勝利にも敗北にも執着しない選手でした。それなのに、初めて絶対に勝つと決意を固めて挑んだこの舞台で……。

私はコーチです。この子が心を許してくれた、たった一人の友達です。

それなのに、期待に応《こた》えられませんでした。

この子の夢を、友達の最大の願いを、私が殺してしまったのです。

「ごめんなさい。ひばり。本当に、ごめんなさい」

溢れる涙が抑えられません。

絶対に負けてはいけない戦いだったのに。

私のせいで、私が判断を誤ったせいで、世界最高の才能に、取り返しのつかない失敗をさせてしまいました。

この命で償えるなら、今すぐ死んでしまいたい。

泣きじゃくる雪の妖精を抱き締めたまま、私はただ、ただ、打ちのめされていました。

14

「勝った！　勝った！　私たちが勝った！」

瑠璃を追いかけてバックヤードに足を踏み入れるやいなや、私は叫んでしまっていた。

「先生。恥ずかしいから、はしゃがないで」

呆れたような眼差《まなざ》しで睨まれたが、何度、両の拳を握り締めても、気が静まらない。

「今喜ばないで、いつ喜ぶの？」

「二ヵ月後に、もっと高い景色を見せてあげますよ」

「オリンピックに今日の雛森ひばりを超える敵がいる？」

「いない気がしますけど、先生がはしゃいでいると、まぐれで勝ったみたいじゃないですか」

私たちはたった二人のチームなのに、抱き締めようとしても瑠璃は逃げる。

鳥屋野スケーティングクラブの人たちなら一緒に喜んでくれるだろうが、あいにく誰も近くにいないからこの感動を分かち合えない。

「すぐに表彰式が始まります。朋香先生もカメラに抜かれるかもしれません。私のパートナーなんだから、勝って当然みたいな顔をしていて下さいね」

最終日は試合が終わっても喧噪《けんそう》が続く。

テレビ用のインタビューが終われば、休む暇もなくリンクの上で表彰式が始まる。その後も代表選考会に、オリンピック派遣選手による記者会見と、まだまだ忙しい。

表彰式が始まり、メダルをかけられた三人の表情は、実に対照的だった。

笑顔で観客に応えていたのは三位の瞳だけで、瑠璃は花束や賞状を渡された時も、終始、無表情で宙を見つめていた。

その右隣、二位になった雛森ひばりは、必死に歯を食いしばっていたけれど、肩の震えが止まらず、零れる涙を堪えられずにいた。もともと理性的なんて言葉とは対極にいる選手ではあるが、こんなにも勝敗に感情を見せるのかと驚かされた。

リンクを一周しながら観客に挨拶《あいさつ》している間も、三人の様子は変わらない。

雛森は相変わらず泣いていたし、瑠璃は客席に視線を向けなかった。

そんな二人の様子に気付き、三位でありながら、まるで優勝者のように先頭で振る舞ってくれた瞳がいなければ、本当に酷《ひど》いセレモニーになっていた可能性がある。


表彰式後のテレビインタビューを、瑠璃は簡潔な言葉で済ませた。

冷めた声で「オリンピックでも金メダルを取ります」とだけ語り、追いすがる記者やカメラマンを無視して、バックヤードへと消えて行った。

代表選考会が終わり次第、内定選手と補欠の選手は連盟主導の記者会見に臨むことになる。どうせそこでも喋《しゃべ》らなければならないのだから、二度手間だとでも考えているのだろう。

早々に消えたのは主役だけではなかった。銀メダリストの雛森はセレモニーが終わっても涙が止まらず、インタビューに応じられるような精神状態ではなかった。

必然、報道陣の前には、例年のように加茂瞳が立つことになった。

瞳は今日、四回転ジャンプを公式戦で初めて成功させている。三位に終わったとはいえ、まだまだ第一線で戦える選手であることを、有無を言わせぬ結果で示して見せた。

彼女にとっては次が最後のオリンピックだ。現在の心情も気になる。

瞳がメディアに語る言葉を聞き届けてから、控え室に戻ることにした。


競技のアイコンになるトップ選手の発言は、時に重く、若者たちへの指針となる。

瞳は十五年間、フィギュアスケート界を引っ張ってきた選手だ。その彼女が、報道陣の前で迷いなく告げた言葉に、強く胸を揺らされた。

メディア対応を嫌う瑠璃にも、マイクの前に立つことすら出来なかった雛森にも、瞳の言葉を聞いて欲しかった。未来を担う二人にこそ、瞳の覚悟が伝わって欲しいと、心から思った。

テレビ用のインタビューを終えた前女王の周りには、さらなる言葉を引き出そうと、記者たちが列をなしている。私も瞳と喋りたかったが、しばらく解放されるとは思えない。

水を受け取りに来た彼女に短いねぎらいの言葉だけかけて、瑠璃の下に向かうことにした。

控え室に戻ると、既に室内は閑散としていた。

この後、オリンピック、世界選手権、四大陸選手権、世界ジュニア選手権、四つの大会への派遣選手が連盟より発表されるが、本日の結果を受け、ペア、アイスダンス、女子シングルのオリンピック派遣選手は確定している。時間がかかるとすれば、グランプリシリーズと全日本選手権で順位が異なる男子シングル、四大陸選手権と世界選手権に派遣する選手の選定だろう。

ジャージに着替えた瑠璃は、ストレッチマットを広げ、一人、整理体操をおこなっていた。

「疲れたでしょ。クールダウンを済ませたら、記者会見まで休もうか」

「どっちかって言ったら、本当に疲れるのはこの後ですけどね。記者会見って絶対に出ないと駄目なんですか？　別に話すことなんてないんですけど」

「皆があなたの声を聞きたいのよ」

夢の舞台への切符を手にしたというのに、瑠璃には浮かれた様子が一切見えない。試合後に笑顔を見せたのも、私と二人きりになっていた間だけだった。

目標は世界一なのだから、まだスタートラインに立っただけ。最大のライバルを倒したとはいえ、そんな風に考えているのかもしれない。

マットの上で身体を伸ばしている間も、瑠璃の目はずっと一箇所に向いていた。

控え室の隅で、ジャージを頭から被《かぶ》った選手が肩を震わせている。

顔が見えなくとも、足の長さでそれが誰かは一目瞭然《りょうぜん》だ。雛森ひばりは衣装を着たまま、滝川泉美の隣で、ずっと鼻をすすって泣いていた。

夢に破れた選手の気持ちは理解出来る。私自身も挫折《ざせつ》ばかりの選手生活だったからだ。

そして、図らずも、今の私には雛森にかけるべき言葉もあった。

だけど、結局、その場では口に出来なかった。それを彼女に告げるべき人間は、もっと、別にいる気がしたからだ。

「オリンピックに派遣されるのは私と瞳さんで、世界選手権は私とあいつですよね」

瑠璃は両膝を抱えて座り込んだままのライバルを顎《あご》で指し示した。

「世界選手権に選ばれたら、あいつ、参加すると思いますか？」

代表と無縁の選手たちは、自由に帰途につける。もう控え室に残っているのは数人だが、会話が聞こえる距離でもない。

「逆の立場だったら、どう？」

「リベンジせずにシーズンを終えるなんて、私なら我慢出来ません。でも、今日は悔しくて何も考えられないかも」

今大会の敗北は、ただの一敗ではない。敗者が失うのは四年という時間だ。オリンピックを目指している選手は、次のチャンスをまた四年間、待たなければならない。オリンピックというのは、つくづく残酷なものだと思う。


瑠璃のストレッチを手伝っていたら、瞳が帰って来た。

誰にもらったのか、顔が隠れそうなほど大きな花束を抱えている。

真っ赤な薔薇《ばら》を一本抜き、瞳はそれを瑠璃に差し出してきた。

「おめでとう。チャンピオン」

フリーの演技を終えて以降、瞳はずっと、晴れ晴れとした表情を浮かべている。

銅メダリストが一番の笑顔を見せている。不思議と今日はそんな大会になってしまった。

「何でそのチャンピオンより、三位の選手のインタビューが長いの？」

「そりゃ人気と需要が違うからね。聞いたよ。カメラマンを突き飛ばしたんでしょ？　連盟の人たち、苦い顔をしていた。素行には気をつけた方が良い。つまらないことでチケットを失うこともある」

「ロシアの選手に勝てるのは私だけなんだから、代表から外すわけないじゃん」

「君の代わりに、ひばりを代表にしても勝てるでしょ」

しごく真っ当な指摘を受け、瑠璃が言葉に詰まる。

「立派な人間になれとは言わない。でも、子どもたちに嫌われる選手にはならないで。これからはあなたたちが、この競技の希望になるんだから」

「無理。私、誰かのために滑るつもりなんてないので」

本当にそうだろうか。瑠璃は私を世界一にしたいと言って、この大会に挑んでいた。

今はまだ一人かもしれない。だけど、この子はきっと、誰かへの想いを力に出来る選手だ。

「瞳さん。本当に来シーズンは現役でやらないの?」

「意外。私の将来に興味あるの?」

茶化すように返され、瑠璃は露骨に表情を変えた。

「私は瞳さんに憧れたことがない」

「知ってる」

「でも、おばさんが成し遂げたことに対しては、敬意を抱いている。三十一歳で四回転ジャンプの成功は、ちょっと凄いと思うしね。十年後も今と同じように滑っていられるかと問われたら、私は自信がない」

瑠璃が素直に人を褒めるのは珍しい。

「まあ、自分が運の良い選手だとは思っているよ。私くらい怪我に強い選手は珍しいしね」

「怪我への耐性は運じゃなく実力でしょ」

「瑠璃は私に引退して欲しくないの？　私が現役を続行したら、来年も主役になれないよ」

「その方が良い。注目されても鬱陶《うっとう》しいだけだもん」

「分かんないな。君は今日、オリンピック行きを決めた。参考記録とはいえワールドレコードも更新した。それなのに、どうしてそんなに苛々《いらいら》しているの？」

それは私も疑問に思っていたことだった。

ミスが許されない極限の試合で、最高の演技を披露し、勝利したのだ。

もっと喜んだら良い。何なら今日だけは、いつもの不遜な言動も大言壮語にならない。

胸を張って笑ったら良い。勝ち誇れば良いのに。

「フリーでは負けたから」

たった一言で、瑠璃はその複雑な感情を説明した。

「勝ったよ。総合得点では勝ったけど、最高の演技が出来たのにフリーでは勝てなかった」

夢にまで見た舞台への切符を手に入れたのに、満足するどころか悔しさを糧に闘志を燃やしている。この妥協を許さない姿勢が、この子を高みにまで引っ張り上げたのかもしれない。

「あいつには何度も負けているから、完璧に勝たないと気が済まない。世界選手権でリベンジしたいけど、そっちも瞳さんになる可能性があるんだっけ？」

瞳にとって、それは思いも寄らぬ質問だったのだろう。

しばし宙を見つめてから、彼女はこちらに視線を向けてきた。

そうだね。あなたが考えている通りだと思うよ。言葉にはせずに、一度、頷いて見せると、瞳は納得したような顔で口を開いた。

「派遣要件を満たす選手が複数いるなら、普通はオリンピックと分けると思うよ。でも、最終的には本人の意思次第じゃないかな。ちょっと見ていられないくらいショックを受けているし」

雛森ひばりは控え室の隅で、今も膝を抱えてうずくまっている。

「現役を長く続けていると業界に知り合いが増えるから、聞きたくない噂も耳に入ってくる」

「何の話？」

「あの子の母親、余命を告げられているんだって」

想像もしていなかった事情を知らされ、瑠璃の頬が一瞬で引きつった。

「何処か他人事《ひとごと》って言うのかな。あの子、浮世離れしているじゃない。どうして今回はこんなに真剣なんだろうって、不思議に思っていたけど、オリンピックで演技をする姿を、どうしても見せたかったのかもしれないね」

「だから同情しろってことですか？　見せたい相手がいるだけ幸せでしょ。私にはもうそんな家族いないもの」

そんなことない。瑠璃、そんなことはないよ。

あなたはまだ若いから、気付いていないだけ。人も、心も、時間と共に変わっていく。

あなたと、あなたの両親の道が、最後まで分かたれているとは限らない。更生は簡単なことではないけれど、いつか許せる日だってくるかもしれない。家族ではなくとも、自分を見て欲しいと願える人が現れるかもしれない。

まだ十九歳。あなたはこれから、どんな未来だって描いていける。

「ひばりと一緒に世界選手権に行きたいんでしょ。だったら直接そう言ってみたら？　瑠璃に誘われたら、あの子も心が動くかも」

「瞳さんって結構お節介だよね」

そろそろ記者会見に臨む選手が呼ばれても良い頃合いだ。

連盟は代表選考にいつまで時間をかけるつもりなのだろう。

その時、雛森の背中をさすっていた滝川泉美が、不意に立ち上がった。彼女は怪訝《けげん》な表情を私たちに向けており、その右手にスマートフォンが握られていた。

あんな顔でこちらを見てきたということは、あのニュースを、今、知ったのだろうか。

滝川の視線でスイッチが入ったのか、瑠璃がライバルに向かって歩き出す。

随分と大人になったとはいえ、瑠璃は瑠璃だ。攻撃性まで緩和されたわけじゃない。呼吸をするように敗者を痛めつけても不思議ではない。

万が一の事態に備え、その後についていく。

「いつまで泣いているつもり？」

雛森ひばりの前に立った瑠璃は、そのハスキーな声で冷たく問い質《ただ》した。

大きく肩を震わせてから顔を上げたライバルの目が、真っ赤に腫れている。

「泣くような演技じゃなかったでしょ。私に勝ったくせに落ち込むな」

意味が分からないのだろう。戸惑いを隠せない顔で雛森は首を傾げた。

「負けたのは私だよ」

「あんたさ、フィギュアスケート、やめないよね？」

「どうして？」

「勝ち逃げされたら、むかつくからに決まっているでしょ。この後、世界選手権に選ばれたら、辞退しないで」

「加茂選手が行くんじゃないの？」

「おばさんはオリンピックだけで十分でしょ。次はフリーでもあんたを叩きのめすから、絶対に逃げないで」

「そうですね。ひばり。もう一度、戦いましょう」

瑠璃の後に続けたのは、コーチの滝川だった。

「次は、オリンピックで」

それが告げられた後、一瞬だけ間があった。

私は彼女の言葉を正確に理解出来ていたけれど、当の二人には伝わらなかったようで。

「はあ？　四年も待つわけないでしょ。三月の世界選手権に出て来いって言ってんのよ」

瑠璃は即座に睨み付けたが、雛森のコーチも怯まなかった。

「二ヵ月後の話です」

手にしていたスマートフォンに一度目を落としてから、

「新潟オリンピックで、私たちはあなたを倒します」

滝川泉美はそう言い切った。

「何言ってんの？　まさか」

瑠璃が弾《はじ》かれたように私を振り返る。

「こいつも女子シングルの代表に選ばれたんですか？」

「多分、ね」

「団体戦のメンバーじゃなくて？」

首を横に振る。まだ代表発表の記者会見にも呼ばれていない。少なくとも現時点で、そんな報道は出ていないはずだ。

「連盟が土壇場で派遣基準を覆したってことですか？　そんなの駄目でしょ。瞳さんは私たちの足下にも及ばないけど、だからって試合の後で規定を変えるなんて許されない」

「派遣基準を変えたわけじゃないと思う」

「じゃあ、補欠として選ばれたってことですか？」

私が再び首を横に振るより早く、控え室の扉が開いた。

「失礼します」

現れたのは、大会運営者でもある連盟理事の女性だった。私たちの姿を確認すると、

「京本瑠璃選手。雛森ひばり選手。代表選手発表の記者会見が始まりますので、四階、マリンホールへの移動をお願いします」

用件だけ口早に告げ、理事の女性は扉を閉めてしまった。

今、理事の彼女は、二人の名前しか呼ばなかった。

聡《さと》い瑠璃はその違和感の正体に、もう気付いている。

「ふざけるなよ。瞳さんが外れるのは、おかしいでしょ」

状況が分からず混乱している雛森の隣で、瑠璃が怒りの形相を浮かべる。

「大会後に規定を変えるなんて、瞳さんにも、死に物狂いで戦った私たちにも、失礼だ！」

「瑠璃。違うの。落ち着いて」

「違わないでしょ！」

「連盟が規定を変えたわけじゃない」

「だったら三人オリンピックに行けるってこと？　何で？　開催国だから？」

「そんな都合の良いルールはないでしょ」

答えたのは、私たちのやり取りを面白そうに見つめていた瞳だった。

「何で笑っているの？　瞳さんが四回転ジャンプを習得したのは、オリンピックで戦うためでしょ？　夢を奪われて、何でそんな顔をしているのよ！」

穏やかな眼差しのまま、瞳は二人の十九歳の肩に手を置いた。

「今朝、引退届を提出したの。だから、私は明日からプロスケーターなんだよね」

晴れやかな顔でそれが告げられたが、瑠璃の怒りは収まらなかった。

「本気で言っているの？　瞳さん、記者会見で言ってたじゃん。私たちに負けても、絶対に辞退しないって。あれは嘘だったの？」

「それは勘違いだね。私は『現役選手である以上、絶対に辞退しません』って言ったんだよ」

そうか。瞳がそれを提出したのは、今朝のことだったのか。

加茂瞳は誰よりも全日本選手権の価値と意味を理解している選手だ。だからこそ、大会が終わるまで発表を控えるよう、連盟に頼んでいたのだろう。そして、表彰式が終わった後、自らの口で、テレビカメラの前で、引退を発表した。

私はついさっき、その様子をこの目で目撃したが、早々に控え室に戻っていた瑠璃や雛森は、今この瞬間までそれを知らなかったのだ。

「どうして？　どうして諦められるの？　オリンピックのために戦ってきたんじゃないの？」

「そうだね。でも、私と君たちじゃ、想いが違うのよ」

「同じ選手でしょ。何が違うって言うわけ」

瑠璃の憤りを受け止めるように、瞳の顔から笑みが消える。

「私はオリンピックに三回挑戦した。そして、三回とも屈辱を味わった」

瞳はわずか二ヵ月、誕生日が遅かったせいで、ソチオリンピックには出場出来なかった。

それから、四年の時を経て。

十九歳で初出場となったオリンピックでは、ロシアの少女に敗れ、銀メダルに終わった。二十三歳で挑戦した二度目の大舞台でも、やはりロシアの天才少女たちに歯が立たず、銅メダルに終わってしまった。四年前、三度目の挑戦となった二十七歳の大会では六位に終わり、手ぶらで帰国することになった。

十代半ばの加茂瞳は、間違いなく世界一のスケーターだったが、オリンピック史に刻まれているのは敗北の歴史だ。

「悔しい思いをしたのは個人戦だけじゃない。男子にはいつも最強の選手が揃っていたのに、ペアにも、アイスダンスにも、世界と戦えるチームが生まれたのに、団体戦ではいつも私が足を引っ張ってきた。二十代になって、グランプリファイナルや世界選手権で優勝したこともあったけど、必ず『ロシアがいないからだ』と言われた。戦争も、ドーピング問題も、私には関係ないのに、いつも亡霊と比較されて貶《おとし》められてきた」

饒舌《じょうぜつ》に語る瞳の言の葉が震えている。

「でもね、言い返せなかったの。だって事実だから。私は四回転を跳べない。ロシアの選手たちが出場していたら、勝てなかった。そんなこと、私が一番よく分かっている。でもさ、悔しいじゃない。だって、これは人々をどれだけ魅了出来るかを争う競技でしょ？」

瞳はマスメディアの前で、いつだって優等生の仮面をつけて生きてきた。スポンサーに配慮して、カメラの前ではファンが求める『加茂瞳』像を演じ続けてきた。

だけど今、瞳の前には、この競技の未来を変え得る二人だけが立っている。

「そろそろ見たいのよ。一人の天才を作るために千人を犠牲にして、倫理に蓋《ふた》をして子どもの成長を止めて、ドーピングも、買収も、洗脳も、何だってやってきた奴らが、吠《ほ》え面をかく姿を。実力で屈服する姿を」

気付けば、雛森ひばりの涙が止まり、瑠璃の顔から怒りが消えていた。

「本当はシーズンの最後まで戦うつもりだった。でも、二人を見て心が固まった。瑠璃の四回転ループは成功率が五割でしょ。ひばりの四回転アクセルに至っては、二割以下だって言うじゃない。オリンピック行きのチケットがかかっているんだから、そんな技で勝負しちゃ駄目でしょ。それなのに、君たちは怯まなかった。あろうことかコーチの二人も背中を押していた。その姿を見て、心が震えたの。この競技を一番愛しているのは自分だって信じているからね。二人の未来に賭けたくなった」

雛森が右手の袖《そで》で乱暴に目元を拭う。

「本当に良いんですか？　私が代わりにオリンピックに行って」

　オリンピックに派遣される代表選手は、記者会見の場で発表される。全日本選手権で優勝した瑠璃は当確だが、浮いたもう一枚のチケットは、まだ誰の手にも渡っていない。ただ、今日の結果を踏まえれば、残りの一人は明らかだろう。

「代わりだなんて思わないで」

　両目いっぱいに涙を湛える少女の頭を、瞳は優しく撫《な》でる。

「私、自己ベストを出したんだよ。それなのに、50点以上も差があったじゃない。胸を張って戦って来なさい」

「まあ、瞳さんが出場しても、メダルは期待出来ないですもんね」

　この期に及んで失礼なことを口走った瑠璃の頭をはたく。

「私はどっちが勝っても構わない。女子シングルの火を、どちらかが継いでくれればそれで良い。と言うか、余裕ぶっているけど、瑠璃、次は普通に負けるんじゃないの？」

「引退したくせに、鬱陶しいな」

　再び控え室の扉が開き、別の女性理事が顔を覗かせた。

「すみません！　そろそろ記者会見が始まりますので、速やかに四階へ移動して下さい！」

　瞳が戦士たちの背中を力強く押し出す。

「さ、次の時代を作って来なさい」

「はい。行って来ます！　瑠璃ちゃん、行こう！」

「馴《な》れ馴《な》れしくするな。敵だぞ」

「団体は一緒に戦うんじゃないの？　瑠璃ちゃんがショートで、私がフリーでしょ」

「はあ？　何であんたがフリーなのよ。どっちも私が滑るに決まっているでしょ」

「えー。一緒に戦おうよー」

「うるさい。くっついて来るな」

「私、場所分かんないもん。連れて行ってよー」

雛森に摑まれた右手を乱暴に振り払い、瑠璃は滝川泉美に目をやった。

「ねえ。あんたってさ、これからもこいつのコーチを続けるの？」

「そのつもりです」

「泉美ちゃん、引退まで私のコーチをしてくれるって約束したもんねー」

嬉しそうに雛森が答えたが、瑠璃の顔に差していた陰は消えなかった。

「こいつにとって、もっとベストなコーチがいるとは思わないの？」

「仮にいても、その人を超えるように努力します。私は、人生を、ひばりの才能に捧げると決めましたから。どうして、そんなことを聞くんですか？」

こちらの表情を一瞬だけ確認して、それから、瑠璃は小さな溜息《ためいき》をついた。

「私たちはオリンピック後にチームを解散する。そっちはどうするのかなって思っただけ」

シンプルな回答を受け、滝川と雛森の動きが止まった。

「え？　何で？　瑠璃ちゃんと江藤先生、最高のコンビなのに」

「そうですね。チーム京本と、あと一度しか戦えないのは悔しいです」

「朋香先生の振り付け、最高だったでしょ？」

「はい。江藤先生の振り付けがなければ、京本さんの演技構成点はもう少し低かったと思います。そうなれば勝っていたのは私たちだったかもしれません」

滝川の言葉を受け、瑠璃は私の目を正面から見つめてきた。

「先生。三年間もごめんなさい」

一瞬、我が耳を疑った。

瑠璃が謝った？　しかも、他人が見ている場所で？

もう長い付き合いになるが、私に対してであれ、ほかの誰かに対してであれ、この子が誰かに謝罪する姿なんて一度も見たことがない。

「私のコーチまで引き受けたせいで、先生は振り付けの依頼数を減らしてきたでしょ？　こんなの駄目だって理解していたのに、ずっと、言えませんでした」

瑠璃の瞳に、薄らと涙が浮かんでいる。

「来シーズンからは、もうコーチは頼みません。別の指導者を探します。だから、先生も当然いるべき場所を目指して下さい」

「当然いるべき場所？」

私は望んでここに立っている。最初は仕方なくだったかもしれないが、今は自分自身の意思で瑠璃の隣にいる。私が戦っていたい場所は、この子の隣なのだ。それなのに……。

「朋香先生は世界一の振付師になって下さい」

告げられたのは、目標として思い描いたこともなかった未来だった。

「……オリンピックが終わったら契約を解消したいって言うのは、つまり、振付師は続けて欲しいけど、コーチは替えたいってこと？」

「はい。一流のコーチを探したいなら、オリンピックで金メダルを取った直後がベストじゃないですか。世界選手権が終わってからじゃ、もう遅いと思います。私は世界一の選手になります。だから、先生もそれを目指して下さい」

自分でも触れられない心を探る。世界一なんて私は夢見たことすらない。しかし、この子は、瑠璃は、私のことを、私自身よりも遥かに高く評価していたのかもしれない。

二日間のもやもやが晴れたような気もするし、そうではないような気もする。

来シーズンも瑠璃のコーチと振付師を続けるつもりだった。だから、契約を解消したいと言われて、本当に大きなショックを受けた。

だけど、この子が考えていたのは、私が一人で歩いて行く未来のことで……。

「一年前にした質問を覚えていますか？　先生はあの時、答えてくれませんでしたよね」

あの質問だと、すぐに気付いた。大切な試合の前日に、私は深く考えもせずに返した一言で、この子を傷つけてしまっている。口を開けずにいると、

「朋香先生は私のことを、今も他人だと思っていますか？」

怯《おび》えるような眼差しで、瑠璃はそう尋ねてきた。

「私は自分が嫌われ者であることを知っています。それが自分のせいだという自覚もあります。でも、先生には他人だなんて思って欲しくありません」

あえて言葉にしなくとも、そこにある心は変わらない。だが、どうしたって伝わらないものもある。口にしなければ、届けなければ、分かり合えないこともある。

器用ではない私たちは、きっと、ずっと、少しずつ言葉が足りなかったのかもしれない。

「私は、あなたのことを家族だと思っているよ」

それを告げると、ようやく瑠璃の顔から緊張の色が消えた。

オリンピックが終わったら、何もかもが変わってしまうのだと思っていた。

瑠璃は一人、世界に羽ばたき、私は以前のように、小さくまとまった人生を歩いていく。そんな将来が待ち受けているのだと考えていた。

だけど、もしかしたら、それは勘違いだったのかもしれない。

私たちの道は、少しだけ形を変えて、それでも、続いていくのかもしれない。

「これからのことは、また後で話そうか。そろそろ行きなさい。二人がいないと記者会見が始まらない」


雛森に両手で腕を摑まれたまま、瑠璃は控え室を出て行った。

二人を見送ると、自然と滝川泉美と目が合った。

私たちはどちらも、自らの選手を、この世に二人といない天才と信じたコーチだ。

「会見場は広いと聞いています。見に行きませんか」

「そうね。どうせ瑠璃は問題発言をするだろうから尻拭《しりぬぐ》いをしないと」

「大変そうですね」

「あなたもでしょ」

「はい。でも、それ以上の幸せをもらっていますから」

その言葉には、心から同意が出来た。
出会った八年前から、私の舞姫はずっと、手に負えない問題児だけれど。
あの子がくれる以上の幸せとは出会ったことがない。
例えば、これから始まる未来で。
勝っても、負けても、悔しさや涙で終わっても、この気持ちだけは変わらないはずだ。

私と出会ってくれて、ありがとう。
私を選んでくれて、ありがとう。
二人で成し遂げてきたすべてが、今の私の誇りです。

初出　「小説 野性時代」２０２３年9月号・10月号

この作品はフィクションです。
実在の人物・団体・事件とは一切関係がありません。

装丁　川谷康久
装画　つん子

綾崎 隼（あやさき しゅん）
1981年新潟県生まれ。2009年、第16回電撃小説大賞〈選考委員奨励賞〉を受賞し、受賞作の『蒼空時雨』で翌年デビュー。21年、『死にたがりの君に贈る物語』で第１回けんご大賞〈ベストオブけんご大賞〉を受賞。「花鳥風月」シリーズ、「ノーブルチルドレン」シリーズ、「レッドスワンサーガ」シリーズ、「君と時計」シリーズ、『君を描けば嘘になる』『盤上に君はもういない』『ぼくらに嘘がひとつだけ』『それを世界と言うんだね』など著作多数。

この銀盤《ぎんばん》を君《きみ》と跳《と》ぶ

2023年12月12日　初版発行

著者／綾崎《あやさき》 隼《しゅん》

発行者／山下直久

発行／株式会社KADOKAWA
〒102-8177　東京都千代田区富士見2-13-3
電話　0570-002-301（ナビダイヤル）

印刷所／大日本印刷株式会社

製本所／本間製本株式会社

●お問い合わせ
https://www.kadokawa.co.jp/（「お問い合わせ」へお進みください）
※内容によっては、お答えできない場合があります。
※サポートは日本国内のみとさせていただきます。
※Japanese text only

定価はカバーに表示してあります。

ISBN 978-4-04-114286-8　C0093